Fenna Walter

Ludmilla und die Angst

© 2021, Fenna Walter
Herstellung und Verlag:
BoD – Books on Demand, Norderstedt

Autorin: Fenna Walter
fenna.walter@gmx.de

Illustrationen: Lena Walter
lenastine.walter@web.de
und Fenna Walter

ISBN: 9783755701491

Hörst du das Flüstern des Waldes?

1 Die Luft roch nach Gewitter, Regen und nassen Straßen. In der kleinen Stadt Lichtingen, die im Umkreis von 100km von nichts anderem als Acker, einer Seenlandschaft und einem riesigen Wald umgeben war, hingen in der letzten Woche vor diesem Ereignis dicke Regenwolken am Himmel. Lange hatte es in der Umgebung keine so hohe Niederschlagsrate wie in dieser Woche gegeben, doch statt Maßnahmen zu ergreifen, waren die Lichtinger einfach nur überfordert mit der Situation gewesen. Die Gullys liefen über, wodurch das Wasser ungebremst steigen und über die Straßen rinnen konnte. Die Bürger verschanzten sich in ihren Häusern, drehten die Heizung auf die höchste Stufe und schüttelten ihren Kopf mit den Worten: „Der Sommer ist vorbei", während sie mit leeren Augen hinaus in den grauen Himmel blickten. Doch es gab eine Person, die sich hinaus begab in die kalte, windige Nacht. Und diese

Person hatte keinen Mut im Herzen, sondern nur einen Zettel in der Jackentasche und die zitternde Angst in der Brust, die sich wie der kalte Wind immer wieder aufbäumte.

Es begab sich also an diesem Abend im Spätsommer in der kleinen Stadt Lichtingen, dass die roten Lackschuhe von Palle im Schlamm versanken und er schluchzte. Hätte er doch die hohen Gummistiefel angezogen, dann wäre wenigstens eine Sache an diesem Tag nicht schiefgelaufen. Doch nun waren sie schon bedeckt mit Schmutz und verloren ihren Glanz, so wie sein Herz, das in seiner Brust hämmerte. Jetzt gab es kein Zurück mehr aus dieser Situation, in die er sich nie hatte begeben wollen. Er blickte hinauf zu der Straßenlaterne, die ihn beleuchtete und beobachtete für eine kurze Zeit die kleinen Motten. Plötzlich fühlte er sich wie eine von ihnen, wie er in das Licht blickte, welches ihn fast die Dunkelheit um ihm herum vergessen ließ. Wirr und hektisch flatterten die mysteriösen Gestalten um das Licht herum, wie hypnotisiert stießen sie immer wieder gegen die warme Glühbirne. Versunken starrte er hinauf, er musste sich fast losreißen von dem Anblick der hellen Kugel. Sein Blick wanderte nach unten und er kniff die Augen zu, um überhaupt etwas in der Dunkelheit zu erkennen. Einen Atemzug später trat er hinaus aus dem Licht und hüllte seinen Körper in Dunkelheit. Er versuchte nicht mehr an seine Schuhe zu denken, während er einen Schritt nach dem anderen tat. Es schien niemand in seiner Nähe zu sein, denn er hörte nur den Wind, der seine Runden über die Felder zog, durch die Bäume rauschte und die Blätter zum Zittern brachte. Eine kleine Gestalt rannte an Palles Füßen vorbei und piepte laut. Es klang fast empört, als würde es sagen: *Was machst du hier? Die Nacht gehört uns.* Doch schon huschte die Maus weiter und verschwand in einem Brombeerbusch. Ein paar Krähen krächzten in der Dunkelheit, angeregt von dem kalten Wind, der ihnen in den Federn kitzelte. Doch die nächtlichen Gestalten gaben Palle nicht das Gefühl, weniger allein zu sein.

Er musste an der Hecke entlang schleichen, denn dahinter erstreckte sich ein hoher stählerner Zaun mit goldenen Spitzen, die in den dunklen Himmel zeigten. Nach ein paar Metern gelangte er an ein Tor, das durch das Mondlicht beleuchtet viel bedrohlicher wirkte als am Tag. Das prächtige Aussehen des mit goldenen Applikationen versehenen Tores ließ seinen Atem stockten. Zögernd streckte er seine zitternde Hand aus und zuckte zusammen, als er die kalte Klinke berührte. Er schaute sich noch einmal um, um sich zu vergewissern, dass ihn niemand verfolgt hatte. Als er feststellte, dass sich keine Menschenseele in seiner Nähe befand, drückte er die Klinke mit einem tiefen Atemzug hinunter. Palle betete gleichzeitig, dass sie sich nicht öffnen ließe und er einfach nach Hause gehen könnte, doch sie schwang mit einem Quietschen auf und gewährte ihm den Eintritt in pure Dunkelheit. Kurz vergaß er den Grund für seine Anwesenheit an diesem Ort und die Mission, die auf einem kleinen Zettel geschrieben stand und geknüllt in seiner Jackentasche versteckt lag. Doch als er sich an die

Tasche fasste und das knisternde Papier spürte, erinnerte er sich, was darauf geschrieben stand.

Palle blickte sich noch einmal um und erkannte in naher Ferne das Licht der Straßenlaterne, welches immer kleiner wurde und er wanderte in die Dunkelheit, die ihn langsam verschluckte. Als er in ein paar Meter Entfernung die Grabsteine entdeckte, die aufgereiht nebeneinander in der nassen Erde steckten, bildete sich auf jeder Stelle seines Körpers eine Gänsehaut.

Er versuchte nicht darüber nachzudenken, wo er war. Dieser Ort schnürte ihm schon die Kehle zu, wenn er an einem fröhlichen Freitagnachmittag mit seinem klapprigen Fahrrad daran vorbeifuhr und er nur Gutes im Sinn hatte. Sobald er dann aber den Blick auf den Friedhof fallen ließ, traten seine Füße doppelt so schnell in die Pedale. Normalerweise vermied er es nämlich nach der Dämmerung draußen unterwegs zu sein, denn er hatte Angst im Dunkeln.

Die beste Zeit des Tages war für ihn der Nachmittag, denn dann war die Schule überstanden und in den Sommermonaten stand die Sonne noch hoch am Himmel. Das war die Zeit, in der er sich frei fühlte. Die Zeit, die ihm den Lebensmut zurückbrachte, nachdem er ihn durch die harten Worte von Miles verloren hatte. Miles ging in dieselbe achte Klasse wie er und war dafür bekannt, dass er viele seiner Gemeinheiten an Palle auslebte. Übelnehmen konnte er ihm das jedoch kaum. Miles war zwar stark, doch er wirkte auf Palle so, als hätte er wenig schöne Gedanken in seinem Kopf und ebenso wenig Gefühle in seiner von Narben übersäten

Brust. Diese Narben entstanden nicht von den vielen Faustkämpfen, in die Miles sich täglich verstrickte und meistens gewann, weil seine Gegner immer mindestens einen Kopf kleiner waren als er. Palle wusste, dass diese Narben Erinnerungen von seinem Vater waren, die er nie wieder vergessen würde.

Palle war seit einiger Zeit immer wieder von Miles auf dem Schulhof aufgesucht worden, denn durch seine unangepasste Art und seine kleine und schwache Statur war er das perfekte Opfer für ihn. Palle zog sich gerne bunt an, und das war etwas, das Miles zu stören schien. Doch Palle ließ sich nicht entmutigen, denn seine Klamotten gaben ihm ein selbstsicheres und mutiges Gefühl, das er nicht wegen Miles aufgeben wollte. Als dieser merkte, wie wenig Palle sich von ihm beeindrucken ließ, wurden aus den Drohungen Taten. Einmal hatte er sein hasserfülltes Gesicht so nah wie möglich an Palles gedrückt und ihm die Worte: „Genieß dein Pausenbrot. Es wird das letzte vor deiner Beerdigung sein", entgegen gespuckt und ihm gleichzeitig mit der Faust in den Magen geschlagen. Palle war danach wortlos und mit Bauchschmerzen in den Unterricht gegangen, ohne seiner Klassenlehrerin von den Vorfällen zu erzählen. Diese schaute nämlich jedes Mal weg, sobald ein Schüler Probleme hatte, die außerhalb der unterrichtsrelevanten Lerninhalte lagen.

Glücklicherweise hatte Palle eine Person in seinem kleinen Leben, der er alles erzählen konnte. Seine beste Freundin Ludmilla, die von dem Vorfall in der nächsten Schulstunde erfahren hatte, hatte daraufhin ihren

Schokopudding in Miles offene Schultasche gekippt. Meistens verbrachte Palle seine Nachmittage mit Ludmilla. Das lag nicht nur daran, dass sie ihn immer verteidigte, sondern viel mehr daran, dass sie so furchtlos war, so anders als er selbst. Durch ihre Furchtlosigkeit geschahen Dinge, die er allein niemals erleben würde.

Es waren meistens großartige Dinge.

Ludmilla setzte sich nach der letzten Stunde oft auf seinen Schreibtisch, klappte seine Bücher zu und schaute ihn grinsend an. „Na, was machen wir heute, Palle? Bist du bereit für den besten Tag deines Lebens?" Palle warf dann seine Bücher achtlos in den Ranzen, stand so schnell auf, dass der Stuhl fast nach hinten fiel und sagte: „Na Logo."

Mit Ludmilla fühlte er sich leicht und mutig, wie er sich sonst nie fühlte. In den Sommermonaten fuhren sie immer mit ihren Rädern durch die Straßen von Lichtingen und weiter den Hügel hinauf. Meistens landeten sie an ihrem Lieblingsplatz, dem blaugrünen Baggersee, der in der Nähe des großen Waldes lag und im Sonnenlicht verführerisch glitzerte. Dort waren sie bisher oft ungestört gewesen, denn die wenigsten Lichtinger wollten an ihrem freien Nachmittag an dem großen Wald vorbeifahren, über den es nur düstere Geschichten zu erzählen gab. Sie kletterten dann auf ein altes Metallgerüst, ließen stundenlang die Beine baumeln, blickten in den hellen Himmel und überlegten sich, wie ihre Leben in 50 Jahren aussehen würden. Wie es wäre, wenn das Leben an ihnen vorbeigerauscht war, wie die Wolken über ihren Köpfen. Ludmilla lachte jedes Mal, wenn sie Palle erzählte, wie fantastisch ihr Leben werden würde, sobald sie 18 Jahre alt sein und der Kleinstadt für immer den Rücken zukehren würde. Sie redete gerne von fremden Orten und fremden Menschen, bei denen sie leben würde und die genauso wären wie sie. Palle dachte immer, während er ihren Geschichten zuhörte, dass sie sich nicht besonders wohl in Lichtingen fühlte. Oft nannte sie die Stadt nicht bei ihrem richtigen Namen, sondern sagte stattdessen *Zwielichtigen*, was bei Palle jedes Mal ein Grinsen auslöste. Und sie sagte immer wieder, dass es kein Ort zum Bleiben wäre. Für gewöhnlich redeten sie so lange, bis sich die Sonne zu den Baumkronen neigte. Ludmilla stand dann auf und zeigte mit ihren dünnen Fingern auf die andere Seite des Sees. „Schau Palle!", rief sie ihm dann entgegen. „Die Zeit ist gekommen." Palle stöhnte dann meistens gespielt laut und schlug die Hände über den Kopf. „Oh nein. Die Zeit ist da."

Es war Zeit, Mut zu zeigen. Es war Zeit zu Springen. Ludmilla zögerte nie, wenn sie mit den Zehen über das Gitter trat und sich mit einem kräftigen Tritt in die Höhe und dann in die Tiefe stürzte. Palle hatte sich daran gewöhnt zu warten, bis Ludmilla von unten rief, dass er gefälligst sofort seinen Hintern nach unten befördern sollte. Dann sprang er auch und der Moment, an dem er sich überwand, den Boden zu verlassen und durch die Luft zu fallen, war das beste Gefühl, das er kannte. Sie waren Zuhause, bevor die Sonne ganz hinter den Bäumen verschwinden konnte.

Nun stand er allein im Dunkeln, die Sonne hatte sich schon vor Stunden verabschiedet und ihren Platz der anderen großen geheimnisvollen Kugel überlassen, die in Büchern oft von bösartigen Kreaturen angeheult wird. Es schien ihm, als zeigte die Welt in der Nacht ihr wahres Gesicht, als wäre die sie eine Parallelwelt, in der sich alle guten Dinge, sobald sie vom Schleier der Nacht eingehüllt wurden, auf die dunkle Seite begaben. Doch Palle lief weiter in die Dunkelheit, in der Hoffnung seiner Angst zu entkommen, solange er nur schnell genug lief. Die Gedanken an Ludmilla und die Tage, an denen er am glücklichsten war, wärmten sein Herz ein wenig und halfen ihm weiterzulaufen. Knochige Äste streckten sich ihm entgegen wie Arme, die ihn fangen wollten. Seine Schritte wurden schneller, doch die dünnen Äste rächten sich, in dem sie ihm in die feinen Gesichtszüge peitschten und rote Striemen hinterließen. Einen kurzen Moment blieb Palle stehen, rieb sich die wunden Stellen und versuchte sich zu orientieren. Vor ihm erstreckte sich die Wiese, auf denen einige Grabsteine aufgereiht waren. Sie standen schief im Boden, als würden sie einsinken. Langsam ging er an ihnen vorbei, versuchte jeden Namen zu entziffern und auszurechnen, wie alt die Person geworden war, die unter ihm lag und sich mit der Erde vereinigt hatte. Andächtig las er, was auf ihnen geschrieben stand, doch viele Steine waren schon sehr alt und von Moos überwachsen, sodass er nur Bruchstücke lesen konnte. Vom Mondschein erleuchtet wirkten sie weniger furchteinflößend, als er vorher gedacht hatte. Es war so still, wie er es selten erlebt hatte. Das einzige Geräusch, das er wahrnahm, war das Wehen der kahlen Äste im Wind und sein eigenes Blut, dass ihm in den Ohren rauschte.

Palles großen Augen hatten sich allmählich an die Dunkelheit gewöhnt. Der Mondschein warf sein Licht auf ein Backsteingebäude, das auf einem kleinen Hügel stand, ungefähr hundert Meter von ihm entfernt. Am Tag konnte er die Kapelle sehen, wenn er mit dem Fahrrad daran vorbeifuhr. Er nahm dann immer, nach seinem vorherigen Sprint, die Füße von den Pedalen, ließ sich rollen und schaute nach links, um das Licht zu sehen, das sich in den bunten Fenstern brach. Doch im Schleier der Nacht wirkte die Kapelle ebenso bedrohlich wie die knochigen Arme der Bäume, die er jetzt hinter sich ließ. Die Wiese, auf der er sich nun befand, war nass und er musste in Schlangenlinien um die Pfützen laufen. Palle schaute in das stille Universum, das in seiner riesigen Mächtigkeit über ihm schwebte. In dieser Nacht, als er allein auf der Wiese stand und in den Himmel blickte, konnte er keine einzige Wolke ausmachen. Die Sterne blinzelten ihn an und der Mond prahlte mit seiner ganzen Kraft.

Er leuchtet heute besonders stark, dachte Palle überwältigt. Vielleicht lag es auch nur daran, dass er normalerweise um diese Uhrzeit nicht mehr draußen herumwanderte, denn meistens war er dann mit Ludmilla bei ihrem Zuhause. Wie sehr wünschte er sich in diesem Moment in ihrem Zimmer zu sein. Er würde auf dem gelben Sofa liegen, welches so alt und durchgelegen war, dass man ganz deutlich die harten Sprungfedern spürte, wenn man darauf lag. Meistens deckte er sich mit einer warmen Daunendecke zu, zog sie bis zur Nase und horchte dem Klang von Ludmillas Stimme. Sie las ihm gerne aus ihren Lieblingsbüchern vor, verstellte ihre Stimme und versuchte dadurch eine gruselige Atmosphäre zu schaffen. Es war nicht die Art von Buch, die er ausgesucht hätte, jedoch hatte er sich in all den Jahren ihrer Freundschaft daran gewöhnt, dass sie am liebsten Schauergeschichten las. Sie verschlang ein Buch nach dem anderen und wollte ihm nicht das Vergnügen vorenthalten, was die Zeilen in ihr auslösten. Das Vergnügen seinerseits war zwar vorhanden, doch lag es weniger an der Geschichte selbst, sondern darin, ihrer erstaunlich guten Lesestimme zu lauschen.

Der kalte Wind, der unter sein paillettenbesticktes Oberteil rauschte und sich an seinem nackten Oberkörper entlangschlängelte, erinnerte ihn daran, dass er allein an diesem kalten Ort war. Zitternd steckte er seinen dunkelblauen Pullover in den Hosenbund. Über dem samtig glitzernden Pullover hatte er zwar eine Jacke angezogen, er konnte sie jedoch nur offen tragen, da sie ihm zu klein war. Er hatte sie für diesen Anlass von Ludmilla ausgeliehen, da ihr Lila farblich perfekt zu dem Dunkelblau und seinen roten Lackschuhen passte. Er dachte, es würde helfen, wenn die Pailletten an seinem farblich abgestimmten Körper mit den Sternen um die Wette glitzerten. Doch in dieser Nacht blies der kalte Wind unter sein Oberteil, gab ihm eine Gänsehaut und nahm ihm die letzten motivierenden Gedanken, die noch in seinem Kopf schwirrten. Er atmete tief ein und während er ausatmete, machte er einen großen Schritt Richtung Kapelle.

Die Stimmung, die in der Luft lag, änderte sich. Palle hatte plötzlich das Gefühl, als würde er von etwas angetrieben werden, das ihn nach vorne schob. Und das brachte ihn dazu weiterzumachen, seine Mission zu erfüllen, damit er bald wieder zu Hause sein konnte.

Der Wind ließ langsam nach. Trotzdem verschränkte Palle die Arme schützend vor seinen Körper, als er sich der Kapelle näherte. *Du musst nur hinein und die Kerze holen,* dachte er. *Es ist nicht so schlimm.* Nach ein paar Minuten erreichte er keuchend die Kapelle und schaute staunend an ihr hinauf. Er hatte sie noch nie von so nah gesehen. Überhaupt war er noch nie auf diesem Friedhof gewesen, obwohl es der einzige war, den es in Lichtingen gab. In seiner Familie war zum Glück noch niemand gestorben, den er näher kannte, und wenn ein Bekannter aus der Stadt starb, waren meistens nur die engsten Angehörigen auf der Trauerfeier. Nie hatte er sich tiefer mit dem Thema Tod auseinandergesetzt, denn allein die Gedanken daran verursachten bei ihm unbehagliche Bauchschmerzen. Er vermied lieber alles, was bei ihm ein ungutes Gefühl auslöste und der Tod gehörte definitiv dazu. Deshalb hätte er nie gedacht, dass die Kapelle etwas Friedliches in ihm auslöste. Die alten Backsteine, die sich vor ihm auftürmten, strahlten eine tiefe Sicherheit aus und Palle bekam das Bedürfnis sie zu berühren. Die kalte Oberfläche fühlte sich fast weich an, als er mit seinen Fingern langsam darüberstrich. Dann nahm er seinen ganzen Mut zusammen, von dem er zugegebenermaßen nicht viel hatte, streckte den Arm aus, um die Tür aufzudrücken. Die massive Holztür war schwer und Palle musste sich mit seinem Körper dagegen lehnen, um sie komplett zu öffnen. Ein drückend süßer Duft drang ihm aus dem Inneren entgegen und er musste würgen. Der Kontrast des dunklen, feuchten Raumes und der duftenden Blüten der Trauerkränze war so stark, dass ihm übel wurde. Palle schüttelte sich, nachdem er die Tür hinter sich schloss und die kalte Luft von draußen aussperrte. Zum Glück war das Mondlicht, das durch die Fenster schien, hell genug, um die kleine Kapelle ein wenig zu erleuchten. Der Raum hatte Meter hohe Decken, an denen alte Gemälde von biblischen Begebenheiten hingen, die von hölzernen Rahmen eingefasst waren. Alles war sehr schlicht gehalten, denn nur wenige Möbel standen vor den kalten Gemäuern. Das einzige pompöse an diesem Ort war das riesige Kreuz, das vorne am Altar hing. Palle schaute sich ängstlich um. *Ob es mir zum Nachteil wurde, dass ich nicht gläubig bin?*, fragte er sich. Schnell verschränkte er seine Finger ineinander und murmelte: „Bitte lieber Gott, ich wollte nicht einbrechen. Ich hole mir nur schnell die Kerze und verschwinde wieder. Danke." Er wusste nicht, ob er richtig gebetet hatte, jedoch war er nun ein kleines bisschen erleichtert, als er näher an das Kreuz trat.

Im vorderen Bereich der Kapelle stand ein Sarg. Ein schwarzer Sarg aus Zedernholz, welcher zu Palles Entsetzen offenstand. Er wusste, dass oft Leute, die gestorben waren bis zur Beerdigung aufgebahrt wurden und die Tür der Kapelle für jeden offen stand, der Abschied nehmen wollte. Doch er hatte nicht damit gerechnet, dass es heute so sein würde. Er konnte zunächst nur die Nasenspitze des Toten erkennen, drehte sich dann lieber weg von dem Anblick, der ihm sicher Albträume verschaffen würde. Neben dem Sarg standen viele Kränze, von denen der betörende Geruch kam. Sie waren alle bunt, einige kleiner, manche größer. An allen war ein seidiges Band angebracht, auf denen Sprüche wie: *Auf Wiedersehen bei dem Herrn*, oder *In Liebe und Dankbarkeit* in geschwungenen Buchstaben geschrieben standen. Palle verzog seinen Mund und kräuselte die Stirn, als er sie las, doch dann dachte er auf einmal daran, wie es wäre, wenn jemand hier liegen würde, den er liebte und er musste schlucken. Sein Herz schlug schneller, als ihm ein weiterer Gedanke durch den Kopf schoss. Lichtingen war sehr klein und die meisten Einwohner kannten sich untereinander. Es war gut möglich, dass er die Person, die nur einen Meter von ihm entfernt lag, mehr als nur kannte. Er musste nachsehen, wer neben ihm in den weißen Laken lag und darauf wartete, für immer in dunkler Erde vergraben zu werden. Palle hielt die Luft an, als er sich umdrehte und in das Gesicht der Leiche blickte. Die schmalen Gesichtszüge des Toten erinnerten ihn an jemanden. Die blasse Haut, die hart und leblos auf dem Gesicht gespannt war, leuchtete schneeweiß. Palles Herz hämmerte in seiner Brust. Er kannte dieses Gesicht. Er kannte die Wangenknochen, die eingefallen waren, er kannte den Schwung der dunklen Augenbrauen, die

19

sich in der Mitte zusammenzogen. Er kannte sogar die kleine Falte, die sich dadurch zwischen den Augen gebildet hatte. Er kannte dieses Gesicht so gut wie kein anderes auf der Welt und dennoch war ihm die Person mit dem angsterfüllten Gesicht fremd. Aber es gab keinen Zweifel. Es war er selbst. *Wie kann das sein?* Seine Gedanken kreisten in seinem Kopf. Der Körper, der ihm unverwechselbar glich, trug einen dunkelblauen, mit Pailletten bestickten Pullover, darüber eine lilafarbene Jacke und selbst die roten Lackschuhe glänzten am Fußende. Vor seinen Augen bildeten sich schwarze Punkte, die sich vermehrten, bis er nichts anderes als Dunkelheit sah. *Bin ich tot?* Nein, er konnte doch seinen Körper spüren, er konnte die Angst spüren, die ihm durch die Venen glitt und sein Herz verpestete, als hätte er eine Flasche Gift getrunken. Er konnte seine Füße spüren, die nach hinten stolperten und gegen die kalte Mauer prallten. Er konnte spüren, wie sein Körper sich bewegte. Hinaus durch die schwere Tür, die er nun mit Leichtigkeit öffnete. Hinaus in die kalte Nacht, die ihn erbarmungslos empfang. Vor seinen Augen war es noch immer völlig schwarz. Er konnte nur den kalten Windhauch spüren, der wie ein Flüstern klang.

Die Sterne funkelten friedlich am Himmel. Der Wind rauschte durch eine dunkle Tanne, auf der ein schwarzer Rabe saß. Er krächzte in die Dunkelheit. Das helle Mondlicht beleuchtete den stillen Friedhof und fiel auf die Grabsteine, die schief im matschigen Boden standen. Verborgen im Schatten eines großen Baumes lag ein kleiner, zerknüllter Zettel. Über ihm baumelte eine lilafarbene Jacke an einem Ast. Der Ärmel war aufgerissen und hatte sich in den Zweigen verfangen. Von einem schmalen blassen Jungen war keine Spur zu sehen.

2 Eine braune Wühlmaus lief so schnell sie konnte durch das taunasse Gras. Wilde, krautige Pflanzen kamen ihr in die Quere und sie konnte sich nur mit Mühe einen Weg durch das labyrinthartige Unterholz bahnen. Ein dunkler Schatten verfolgte sie. Die Schleiereule schwang ihre Flügel und zückte die scharfen Krallen, bereit, sie erbarmungslos in ihre Beute zu bohren. Doch die kleine Maus war flink. Sie rannte mit pochendem Herzen immer weiter, in der Hoffnung einen Unterschlupf zu finden. Die Eule setzte zur Landung an und hob ihre Krallen. Ein großer, heruntergefallener Ast lag auf der Lichtung, unter dem die Maus schnell verschwand und vor Luft schnappend innehielt. Die Eule stieß einen lauten Ruf aus, als sie ihre Beute aus den Augen verlor. Die kleine Maus blieb noch einige Zeit unbeweglich an ihrer sicheren Stelle sitzen. Am Horizont kam pastellfabenes Licht auf. Ein leichtes Orange war am Himmel erkennbar und mischte

sich langsam mit sanftem Rosa und Blau. Die Farben wurden im Minutentakt intensiver. Die Sonnenstrahlen brachen durch die dichten Tannen, fluteten den Wald mit Helligkeit. Die ersten Sonnenstrahlen erinnerten die Eule daran, dass die Nacht vorbei war und sie hob sich wieder hoch in die Luft und glitt geräuschlos in die Ferne. Die Maus krabbelte erleichtert unter dem Ast hervor und hob schnuppernd ihr Näschen in die wärmenden Strahlen. Mit einem Ruck wurde sie in die Höhe gezogen. Sie erblickte nur noch einen schwarzen Schatten und fühlte Kälte und pure Angst, bevor ihr Körper zerrissen wurde. Die Tannen bewegten sich ruhig im Wind, die Tiere krochen aus ihren Löchern und begrüßten den angebrochenen Tag. Das Warnschild, das an dem meterhohen Stacheldrahtzaun befestigt war, reflektierte die Sonne und ließ die Gräser glitzern, auf denen noch der Tau lag.

Ludmilla ließ ihre Zehen wackeln, als sie auf der Bettkante saß und sich bemühte wach zu werden. Sie kniff ihre Augen zusammen und versuchte sich an den Traum zu erinnern, in dem sie noch vor wenigen Minuten gesteckt hatte. Jedes Mal wenn sie aufwachte, musste sie sich erst einmal daran gewöhnen, dass dies ihr *richtiges* Leben war. Wie gerne wäre sie länger in der Welt geblieben, in der alles möglich war. *Warum erinnere ich mich so kurz nach dem Aufwachen nicht mehr richtig daran?*, fragte sie sich. Wie dunkle Schleier waren die Erinnerungen in ihrem Kopf, von dem Ort, der ihr eben noch so real vorgekommen war. Sie gähnte und sah sich mit schlaftrunkenen Augen in ihrem Zimmer um. Das Fenster war wie immer offen und ließ kalten Herbstwind in den Raum, der die hellgelben Gardinen zum Tanzen brachte. Sie zitterte. Doch sie genoss die Kälte, die um ihre nackten Beine glitt und mit ihren kleinen Zähnchen an ihrer Haut knabberte. Als ihr wohlig warmes Bett mit seinen langen Fingern nach ihr greifen und sie zurückholen wollte, streifte sie sich schnell die dicken Wollsocken über, die ihre Pflegemutter ihr gestrickt hatte, und trat zum Fenster, um es zu schließen. Der Blick hinaus in den windigen Morgen hatte etwas Beruhigendes. Sie konnte hinaussehen in den großen Garten, der so ungepflegt war, dass es schon wieder romantisch wirkte. Ihr Blick fiel auf die großen Tannen, die von einem klapprigen alten Jägerzaun aus dem Garten ausgeschlossen schienen. Sie sah hinauf zu der Spitze des höchsten Baumes, denn darauf saß ein großes Tier. Schwarze Federn breiteten sich aus, als die Krähe ihre Flügel hob und sich in die Lüfte gleiten ließ. Ludmilla beobachtete sie, als sie nach ein paar hundert Metern auf einer Straßenlaterne landete, die sie durch die großen Pinien hindurch in weiter Ferne sehen konnte. Neben der Laterne lag der Friedhof, auf dem ein kleiner Hügel mit einer Kapelle stand. Sie mochte diesen Ort. Sie sah ihn sich gerne von ihrem Fenster aus an und ging dort sogar manchmal abends spazieren. Normalerweise hielten sich dort nur selten Menschen auf. Der Gärtner, der für Ordnung gesorgt hatte, lag schon lange Zeit selbst dort begraben.

Ludmilla kniff die Augen zusammen und runzelte die Stirn, als sie etwas neben der Laterne erblickte. Es war ein schwarzes Fahrrad, das im Gras lag. Der eine Reifen schien sich zu drehen, denn die sich bewegenden Speichen reflektierten das Sonnenlicht. Es wirkte, als wäre es in Eile an die Laterne gelehnt worden und dann umgefallen. *Komisch*, dachte Ludmilla. Der Anblick hatte etwas Beunruhigendes, doch sie konnte das Gefühl nicht weiter definieren und drehte sich vom Fenster weg, schlurfte zu ihrer Kommode mit den Klamotten und dachte nicht weiter daran. Sie zog die erste Schublade auf und durchsuchte ihre Sachen, um etwas Passendes für den Tag zu finden. Sie dachte daran, dass sich Palle jeden Tag passend zu seiner Stimmung anzog und dabei oft sehr auffällig und bunt herumlief. Manche Kinder aus der Schule schienen damit nicht zurecht zu kommen und hänselten ihn dafür. Doch Ludmilla glaubte, dass diese Personen damit wahrscheinlich kompensierten, dass sie selbst nicht zufrieden mit sich waren. Für Ludmilla war ihr bester Freund ein gutes Vorbild, denn er machte sich nichts aus den Dingen, die hinter seinem Rücken getuschelt wurden. Sie fand, dass er einer der mutigsten Personen war, die sie kannte. Ludmilla bekam ein Lächeln auf ihr Gesicht, als sie an ihren besten Freund dachte und freute sich auf den Nachmittag, denn sie würden bestimmt etwas unternehmen. *Wo war nur ihr lila Pullover?*, fragte sie sich. Dann schlug sie sich mit der flachen Hand auf die Stirn. *Palle hatte ihn doch gestern ausgeliehen.* Er sagte, er bräuchte ihn für einen besonderen Anlass und hatte Ludmilla zugezwinkert. Er wollte nicht damit herausrücken, um was es sich handelte und Ludmilla hatte nicht weiter nachgefragt, da sie wusste, dass er es ihr auf jeden Fall später noch erzählen würde. Sie war schon sehr gespannt darauf zu erfahren, was er gestern Abend getrieben hatte. *Er schien gestern ein wenig nervös gewesen zu sein, vielleicht, weil er sich mit jemanden treffen wollte?* Ludmilla griff nach einem weiten, schwarzweiß gestreiften Shirt und zog es sich über ihre zotteligen blonden Haare. Dann streifte sie sich eine schwarze Jeans über.

Sie seufzte. Wie sehr sie Palle auch liebte, er wäre nicht der Grund, dass sie in dieser Stadt bleiben würde. Sie setzte sich wieder auf ihr Bett, blickte zur Tür und wünschte sich, dass sie wieder in ihren Traum verschwinden konnte. In die Welten, in der sie so akzeptiert wurde, wie sie war.

Sie schloss ihre Augen für einen kurzen Moment und plötzlich war es, als würde die Tür zu ihrem Traum einen Spaltbreit offenstehen und sie konnte hinein blinzeln. Sie sah einen dunklen Saal, in dem die Flammen von Kerzen flackerten. Und sie erinnerte sich an das Gefühl zurück, welches sie in dem Moment gespürt hatte. Es war ein fremdes Gefühl. Ein Gefühl, dass ihre Kehle zugeschnürt und ihr die Luft genommen hatte. Sie riss ihre Augen wieder auf und keuchte. Das Herz schlug schnell in ihrer Brust. Mit einem Ruck stand sie von ihrem Bett auf, ging zu ihrem Bücherregal, nahm sich ein dickes Buch daraus und setzte sich auf ihr altes gelbes Sofa. Sie blätterte es durch und erinnerte sich an die Geschichte, die darin verborgen lag. Ihre Gedanken wanderten zu dem zeitreisenden Mann, der den Mord an J.F. Kennedy verhindern wollte und sie ließ das Buch von Stephen King in ihren Schoß sinken. Schon war der Traum von der letzten Nacht nur noch ein dunkler Schatten in ihrem Kopf und die Tür war fest verschlossen.

Verwirrt stellte sie das Buch wieder an seinen Platz und war froh, das komische Gefühl los zu sein. Sie sah auf ihre kleine goldene Uhr, die sie jeden Abend aufziehen musste, damit sie funktionierte, und seufzte. Sie müsste sich jetzt eigentlich beeilen, wenn sie pünktlich zur ersten Stunde in der Schule sein wollte. Doch sie fühlte ein kleines Kribbeln in ihrem Bauch, als sie anfing mit dem Gedanken zu spielen, einfach eine Stunde später hinzugehen.

Ein Schwarm Gänse flog über sie hinweg, als sie einige Minuten später auf dem Dach von ihrem Haus saß. Auf einem kleinen Vorsprung konnte sie es sich mit einer Tasse heißen Tee gemütlich machen, den sie auf einer Hand balanciert hatte, als sie auf die Schindeln geklettert war. Durch eine Luke gelangte man zu einer Leiter, die an dem Dach angebracht war und von dort aus kletterte Ludmilla gerne zu ihrem Lieblingsort. Das kleine Haus mit der dunkelblauen Fassade und dem roten, etwas schiefen Dach war zwar nicht sehr groß, man konnte dennoch weit blicken. Ludmilla schaute den Gänsen hinterher und hielt sich den heißen Dampf des Tees ins Gesicht. Ihre Lungen füllten sich mit Tee und kalter Herbstluft, sodass Ludmillas Lebensgeister in ihr feierten. So schön, wie der Sommer auch war, der Herbst war ihre Lieblingsjahreszeit. Vielleicht waren dann auch ihre Pflegeeltern öfter zu Hause, denn sie ließen sich nur selten in ihrem gemeinsamen Haus blicken. Ihre Pflegemutter arbeitete als Apothekerin in Lichtingen und war oft längere Zeit unterwegs. Ludmilla glaubte, dass ihre Mutter weg war, um bestimmte Kräuter und Pflanzen zu sammeln. Ihr Pflegevater arbeitete außerhalb als Meteorologe in einer Wetterstation und blieb oft einige Wochen am Stück in der Nähe seines Büros. Ludmilla wusste nur, dass er das unnormale Wetterphänomen letzter Woche mit seinem Team erforschte. Es war eine Seltenheit in Lichtingen, dass die Bewohner die Stadt verließen, doch auf Grund einer Straße, die nach draußen führte, war es möglich. Diese benutzten jedoch nur Lastwagen mit Lieferungen für die Stadt, oder Menschen, wie die Pflegeeltern von Ludmilla, die eine abenteuerliche Ader besaßen. Die meisten Lichtinger waren noch nie außerhalb der Stadt gewesen, so auch Ludmilla. Schon seit einigen Tagen lebte sie allein zu Hause, was sie jedoch nicht weiter störte. Sie liebte die zwei Menschen zwar, die sie großgezogen hatten, doch wie eine Tochter hatte sie sich bei ihnen noch nie gefühlt.

Ludmilla blickte in die Ferne. Von hier aus konnte sie weit über den großen Wald blicken, doch sie konnte kein Ende ausmachen. Der Wald war riesig. Das blaue Haus stand an der Stadtgrenze, ein Ort, an dem sich selten jemand aufhielt. Der Wald begann einige hundert Meter hinter ihrem Haus, er war von einem riesigen Zaun eingeschlossen, der mit vielen Verbotsschildern geschmückt war. Die meisten Schilder waren mehrere

Jahre alt, sie hingen schief am Zaun, einige waren gar nicht mehr lesbar. Der Zaun blieb standhaft. Einige Bäume wuchsen zwar durch die Maschen, doch er war dafür gemacht die Bürger davon abzuhalten hindurch zu gehen. Ludmilla dachte oft im Stillen darüber nach, ob nicht etwas in dem Wald *festgehalten* wurde. Sie kannte düstere, alte Sagen über ihn, die sie mal hier und da aufschnappen konnte. Offen redete niemand über dieses Thema, es war mehr wie ein Geheimnis, das man sich nur zuflüstern durfte.

Die alten Geschichten blieben lange das Einzige, das die Lichtinger von dem geheimnisvollen Ort wussten und sie waren sich sicher, dass etwas Wahres daran hing. Denn in einer Sache waren sich alle Bürger der Stadt einig: Etwas Böses hauste in diesem Wald.

Das kleine blaue Haus, in dem Ludmilla mit ihrer Familie wohnte, war das einzige, das in einer solchen Nähe zu dem Wald stand. Anders als den anderen Bürgern, gefiel Ludmillas Familie der Wald, denn er faszinierte sie auf eine gewisse Weise. Sie wohnten dort gerne, sie hatten dort ihre Ruhe und viel Platz, doch es machte sie auch ein wenig zu Außenseitern.

Über Ludmillas gestreifte Socke krabbelte eine kleine Spinne. Ihre Beine waren schwarz behaart und ihr Körper so klein wie eine Erdnuss. Ludmilla lächelte, als sie das kleine Wesen auf ihren Zeigefinger klettern ließ. Ein bisschen kitzelten die langen Beine, die ihren Körper berührten. Ludmilla kicherte und hielt sich die Hand ganz nah an ihr Gesicht, sodass die Spinne auf ihre Nase klettern konnte. Dort blieb sie ein paar Sekunden verharrt und Ludmilla schielte. „Kommst du aus dem Großen Wald? Wie ist es da?", flüsterte sie ihr zu und stellte sich vor, dass sie ihr mit einem leisen *Ja, er ist voller Geheimnisse* antwortete.

Ludmilla hörte einen Motor aufheulen, stellte den halb ausgetrunkenen Tee neben sich auf die Schindeln, stand auf und wankte zu dem Schornstein. Von dort konnte sie über das Dach hinwegschauen und sah den Friedhof auf einem Hügel, der im Morgentau glitzerte. Ein kleines Auto stand neben der Straßenlaterne, es hatte blaue Streifen und als Ludmilla das Blaulicht sah, wusste sie sofort, dass etwas nicht stimmte. Es stiegen zwei Polizeibeamte aus dem Wagen, Ludmilla erkannte sie an ihrer Uniform und der Pistole, die sie am Gürtel trugen. Neugierde stieg in ihr auf, sie musste wissen, was dort passiert war. Sie kletterte in Windeseile das Dach hinab, musste sich an der Dachrinne festhalten, um nicht hinunter zu fallen und sprang mit einem großen Satz hinab in das Gras. Schon war sie bei ihrem Fahrrad, das an dem Jägerzaun angelehnt stand. Wie immer war es nicht angeschlossen, das Fahrradschloss hing unberührt am Gepäckträger. Wie oft hatte ihre Pflegemutter ihr gesagt, dass sie es benutzen soll, doch Ludmilla fand es einfach nur unpraktisch. Und sie liebte sich selbst in diesem Moment, als sie sich das Fahrrad ohne Umständlichkeiten schnappen und losfahren konnte. Sie trat fest in die Pedale und brauchte höchstens eine Minute, bis sie das Polizeiauto erreicht hatte. Sie sprang vom Fahrrad und ließ es achtlos ins

Gras fallen. Das Hinterrad drehte sich, als sie mit schnellen Schritten auf die Beamten zutrat, die gerade mit einem Formular auf einem Klemmbrett beschäftigt waren.

„Guten Morgen, ist etwas passiert?", fragte Ludmilla mit lauter Stimme. Die Polizisten ließen den Kugelschreiber sinken und blickten sie mit verwirrten Augen an.

„Wo kommt denn dieses Kind auf einmal her?", fragte der dünnere von den beiden den anderen und musterte sie von oben bis unten. „Müsstest du nicht in der Schule sein?", sprach er sie dann direkt an, seine Stimme klang streng. Doch Ludmilla ließ sich davon nicht verunsichern. Sie lächelte die beiden Herren freundlich an und sprach ganz gelassen und ruhig. Sie wusste, wenn sie jetzt einen Streit anfing, würden sie nicht mit ihren Informationen rausrücken.

„Ich wohne mit meiner Familie in dem kleinen Haus da vorne." Sie zeigte mit ihrem Finger in Richtung des Waldes, vor dem ihr Häuschen stand. „Wir kümmern uns manchmal um den Friedhof. Ich habe eben aus dem Fenster gesehen, dass Sie hier stehen. Das ist sehr unüblich. Normalerweise kommen selten Menschen so nah an den Wald." Sie lächelte beiden mitten ins Gesicht und die Polizisten lächelten sogar leicht verunsicherte zurück. „Und natürlich gehe ich noch in die Schule, doch die ersten beiden Stunden fallen aus." Sie konnte gut lügen. Das hatte sie als Kind schon perfektioniert. Die beiden Polizisten nahmen ihr die Worte sofort ab und schienen fast erleichtert darüber, dass sie sich nicht noch um ein schwänzendes

Kind kümmern mussten. Der eine Mann beugte sich vor und blickte Ludmilla mit einem sachlichen Ausdruck in den Augen an.

„Ein Kind ist verschwunden, die Eltern haben es heute Nacht gemeldet. Wir haben die ganze Nacht gesucht, bis wir am Friedhof angekommen sind. Wir haben wichtige Spuren finden können." Der dickere Polizist schaute seinen Kollegen mahnend an.

„Es sind bisher nur Spekulationen und keine Fakten. Du wirst von dem Vorfall in der Zeitung lesen können, falls du das schon kannst. Nun geh nach Hause oder in die Schule und lass uns unsere Arbeit machen." Mit einer kurzen Handbewegung bedeutete er Ludmilla zu verschwinden. Doch sie wollte sich damit nicht zufriedengeben.

„Wie heißt das Kind?" fragte sie neugierig und versuchte etwas auf den Formularen zu erblicken. Der dünne Polizist drückte das Klemmbrett an den Körper.

„Wir dürfen diese Information noch nicht öffentlich machen. Mach jetzt das, was mein Kollege schon gesagt hat. Fahr in die Schule. Du wirst es früher oder später erfahren." Er lächelte sie an. Ludmilla lächelte zurück und hoffte, dass sie dabei nicht allzu gequält aussah.

„Wenn ich es sowieso erfahre, können Sie es mir auch jetzt schon sagen." Mit einem Zwinkern schaute sie ihn an. Doch dann trat der dickere Mann ein paar Schritte von dem Wagen weg und Ludmilla erhaschte einen Blick in das Innere des Kofferraums.

Eine lilafarbene Jacke lag dort und Ludmilla erkannte sie sofort.

„Das ist meine Jacke!", rief sie mit klopfendem Herzen. Ihre Gedanken drehten sich.

„Aber du bist ein Mädchen. Vermisst wird ein 14 Jahre alter Junge." Die Polizisten runzelten die Stirn, doch Ludmilla kam ihrem Grübeln zuvor. Sie schrie ihnen die Worte entgegen, die aus ihr herausplatzten.

„Nein, sie verstehen nicht. Ich habe ihm meine Jacke geliehen! Palle! Er hatte die Jacke gestern an." Verzweifelt schaute sie von einem traurigen Gesicht zum anderen und bekam keine Antwort. „Was ist mit ihm passiert? Wo ist er?" schrie sie aufgebracht in die bestürzten Gesichter.

„Ganz ruhig, Kleine", sagte der nettere in einem ruhigen Ton. „Wir wissen nur, dass er gestern Nacht nicht in seinem Bett gelegen hat und vor einigen Minuten haben wir erst diese Jacke gefunden. Und wie du uns eben erklären konntest, gehört sie zu der vermissten Person. Jetzt haben wir einen Anhaltspunkt und wir werden alles tun, um deinen Freund schnell zu finden. Alles klar?" Er hatte die Hände auf ihre Schultern gelegt und blickte ihr tief in die Augen. Sie sahen traurig aus, aber sein fester Blick macht Ludmilla ein wenig Mut. Sie schluckte.

„Darf ich mich mal umsehen?", fragte sie leise und eine Träne lief ihr über die gerötete Wange.

In ihrem Bauch breitete sich ein Loch aus. Ein kleines Loch, das sich langsam vergrößerte, je länger sie nachdachte. Palle würde niemals eine ganze Nacht allein draußen verbringen. Außerdem wäre er doch zu ihrem Haus gerannt, wenn etwas passiert wäre. Er kannte ihr Haus und den Weg vom Friedhof dorthin und hätte ihn auch im Dunkeln problemlos gefunden. Ihre Gedanken fütterten das schwarze Loch in ihrem Bauch. Es wuchs. Es wuchs noch weiter, als sie mit schnellen Schritten auf das eiserne Tor zu trat und dahinter den Hügel erblickte, auf dem die Grabsteine standen. Nein, dachte sie immer wieder. Nein, Palle darf nicht in Gefahr sein. Er war der beste Mensch, den sie kannte. Nein nein nein. Das darf nicht passiert sein, betete sie in Gedanken.

Plötzlich bekam sie eine Gänsehaut. Die Haare stellten sich auf und ihr Körper zitterte vor Kälte. Sie blickte zu den Baumkronen hinauf, doch sie bewegten sich kaum in dem schwachen Wind. Ein dunkler Schatten zog sich über ihrem Kopf auf, doch als sie sich umdrehte, war niemand hinter ihr. Sie schaute in den Himmel und konnte keine einzige Wolke ausmachen, die sich vor die Sonne hätte schieben können. Mit klopfendem Herzen lief sie weiter, durch das offenstehende Tor und zwischen den Bäumen hindurch. Der Boden war nass. Sie rutschte fast aus und konnte sich gerade noch an einem Baum festhalten. Dann blieb sie ruckartig stehen. Vor ihren Füßen erkannte sie Fußabdrücke. Es waren nicht die der Polizisten, die mindestens 1,80m groß waren. Es waren Abdrücke von kleinen Füßen, von einem kleinen Menschen. Sie wusste sofort, dass es Palles Füße waren. Ludmilla ging langsam weiter, den Blick auf den Boden gerichtet, um die Spur nicht aus den Augen zu verlieren. Dann erreichte sie die Wiese, auf der die Grabsteine aufgereiht standen. Die Spuren hörten auf. Ludmilla drehte sich im Kreis, sie fühlte sich schrecklich hilflos. Ihre Haare fielen ihr ins Gesicht, als sie ihren Kopf hin und her schwang, um irgendwo einen Hinweis auf Palle zu bekommen. Sie blickte hinauf zu der Kapelle. Ohne zu zögern rannte sie den Hügel hinauf und riss ohne Verschnaufpause die Tür zu dem kleinen Backsteingebäude auf.

„Palle?" rief sie mit krächzender Stimme in den dunklen Raum. „Bist du hier? Ich bin es – Ludmilla." Ihre Stimme versagte. Die Kapelle war leer. Es befanden sich nur ein großes schwarzes Kreuz an der hinteren Wand und einige alte Gemälde an den Steinwänden. Ludmilla sank zu Boden und vergrub ihr Gesicht in ihren schwitzigen Händen. Mit einem lauten Knall flog die schwere Eingangstür zu. Tiefe Dunkelheit umgab Ludmilla, die auf den kalten Steinen kauerte. Durch die Fenster kam nicht der kleinste Lichthauch. Sie blickte auf, doch konnte nicht einmal ihre eigenen Hände vor den Augen sehen. Ein Windhauch umspielte ihren Nacken. Kalt und furchteinflößend fühlte er sich an. Sie kniff ihre Augen zusammen und schlug wie wild mit ihren Armen um sich. Doch plötzlich öffnete sich die Tür der Kapelle und helles Tageslicht flutete den Raum. Ludmilla blinzelte den Polizisten ins Gesicht, die sie fragend musterten.

„Alles okay?" fragte der dünnere und trat ein paar Schritte auf sie zu, um sicher zu gehen, dass es Ludmilla gut ginge.

„Er ist nicht hier", sprach sie, ihre Stimme klang hohl und fremd. Sie zitterte.

Sie schob sich an den zwei Männern vorbei und sog die frische Luft in ihre Lungen ein. Ihre Beine trugen sie nur widerwillig den Hügel hinab und in Richtung des Tores. Sie würde Palle suchen. So lange, bis sie ihn gefunden hatte. Dieser Satz drehte sich immer wieder in ihrem Kopf, während sie ihre Hände zu Fäusten ballte.

Sie lief entlang des kleinen Wäldchens und versuchte sich zu konzentrieren. Palle, dachte sie. Wo steckst du? Schick mir ein Zeichen. Im selben Moment sah sie im Gras etwas liegen. Es war ein kleines Stück Papier. Abgerissen und zerknittert lag es vor ihr zwischen den nassen Halmen. Sie bückte sich, um es aufzuheben. Behutsam nahm sie es in ihre Finger, wie einen verletzten Vogel hielt sie das Papier in der Handfläche. Mit zittrigen Fingern faltete sie es auseinander und las mit großen Augen, was darin geschrieben stand.

Pille Palle,
Heute Nacht: Friedhof
Klaue die Kerze aus der Kapelle des Friedhofs und bring sie
mir, sonst wird es deiner kleinen Freundin schlecht ergehen.
M.

Ludmilla wusste sofort wer M. war. Wütend steckte sie den Zettel in ihre Hosentasche und stapfte zu den zwei Polizisten, die eine Zigarette rauchend zu ihrem Wagen gegangen waren.

„Ich weiß wer es war." rief sie ihnen schon von Weitem entgegen. Die Männer blickten überrascht auf. Über ihnen stieg der ungesunde Rauch ihrer Zigaretten auf und verschwand in der frischen Herbstluft.

„Miles. Er geht auf unsere Schule. Schauen Sie, ich habe diesen Zettel gefunden." Ludmilla reichte ihnen den Schnipsel.

„Sehr gut, Kleine. Wir werden Palle bestimmt schnell finden. Fahr jetzt in die Schule.", sagte der dünnere, nachdem er den Zettel gelesen und in eine kleine Plastiktüte gesteckt hatte. Sein Atem stank. „Alles wird gut", fügte er noch hinzu, als er Ludmillas hängende Schultern bemerkte.

Ludmilla nickte. Sie stellte ihr Fahrrad auf und schwang sich auf den Sattel. Mit Hilfe des Rückenwindes kam sie schnell voran. Doch an der Schule angekommen, fuhr sie daran vorbei. Ein paar Blocks weiter hielt sie vor einem gelben Haus an. Hier wohnte Miles.

3 Miles drückte seine Nase an der Autoscheibe platt und sah in die schmerzverzerrten Augen seiner Mutter. Sie stand vor dem Auto, ihr Gesicht hatte dieselbe Farbe wie das Taschentuch, das ihr von einem Polizisten gereicht wurde. Miles Körper war leer. Er fühlte nichts. In ihm war keine Angst, keine Wut, keine Traurigkeit. Nur endlose Leere, die ihn von Innen aufzufressen drohte.

Blaues Licht glitt wie im Takt immer wieder über das Gesicht seiner Mutter und über die kalten Häuserfassaden. In dem Haus, vor dem seine Mutter stand, wohnte Miles mit seinen Eltern. Das Fenster im Erdgeschoss stand offen und eine weiße, mit Spitze verzierte Gardine hing hinaus und wankte ein wenig im Wind. Miles blickte zu der Treppe, die ein wenig schief zu der klapprigen Haustür führte und ließ seinen Blick auf die Steinplatten fallen. Das Moos, das auf ihnen wucherte, war wie ein Verrat, der die Wirklichkeit verbarg. Unter dem Moos war ein großer Riss in einer Platte und Miles erinnerte sich noch genau an den Tag, an dem sie gesprungen war - sein 12. Geburtstag. Er hatte von seinen Eltern ein langersehntes Computerspiel geschenkt bekommen und war gleich nach oben in sein Zimmer gerannt, um es auszuprobieren. Er hat mehrere Stunden gespielt, schaffte Level für Level und erfreute sich seines tollen Geschenks. Doch plötzlich übertönten laute Schreie die Geräusche, die aus seinem Fernseher dröhnten. Er hatte versucht sie zu ignorieren und starrte weiter auf den Bildschirm, um den Endgegner zu besiegen. Die Schreie waren verstummt, doch als Miles die schweren Schritte auf der Treppe hörte, verkrampfte sich sein Herz. Sein Vater riss die Kinderzimmertür auf und schrie ihn mit hochrotem Kopf an. Miles erinnerte sich nicht mehr genau an den Wortlaut, jedoch waren jede Menge Schimpfwörter dabei gewesen. Miles hatte sich nicht mehr bewegen können, er war wie gelähmt. Mit einem Ruck riss sein Vater die Kabel aus dem Fernseher und fluchte dabei über die nervtötende Musik, die jedoch nicht verstummte. Das hatte ihn noch rasender gemacht, denn er nahm den gesamten Fernseher hoch, die Spielekonsole baumelte hilflos an einem Kabel in der Luft, und warf ihn aus dem offenstehenden Fenster. Das Geräusch, dass dabei entstand, zersplitterndes Plastik und Glas, brach Miles das Herz. Und das war mindestens schon das fünfte Mal in seinem Leben.

Miles Nase war schon ganz rot, als er sie von der Scheibe nahm. Sein Atem hatte Spuren auf der Scheibe hinterlassen, die langsam verschwanden. Im Eingang des Hauses war eine weitere Person aufgetaucht. Die schwarzen, strähnigen Haare waren nach hinten gekämmt und als er seine dünne Lesebrille auf den Kopf schob, wurde Miles übel. Der Blick, der ihm durch Mark und Bein ging, sagte ihm, was passieren würde, wenn sein Vater ihn in seine Finger bekam. Und dann fühlte Miles zum ersten Mal etwas in seinem Körper - Erleichterung. Die Erleichterung darüber, weggebracht zu werden und hoffentlich nie mehr wieder kommen zu müssen.

Der Tag hatte doch so gut begonnen, denn am Morgen war er von duftenden Pfannkuchen geweckt worden. Seine Mutter kochte zwar jeden Tag, jedoch gab sie sich dabei immer nur die Mühe, die nötig war, um etwas Essbares auf die Teller zu befördern. An manchen Tagen, die wirklich sehr selten vorkamen, überkam sie eine Art Euphorie, ein Gefühl von Glück und Fröhlichkeit. Miles glaubte, es war eine Reaktion ihres Körpers, der wenigstens ab und zu etwas Positives spüren wollte. Doch an diesem Morgen, als er seine Augen aufschlug und den Duft wahrnahm, der unter seiner Zimmertür hindurchkroch, hatte er das Gefühl, dass heute ein guter Tag war. Er hörte ihr fröhliches Pfeifen, als er in Boxershorts den Flur Richtung Treppe entlanglief. Die Fotos, die an der Wand hingen, waren Bilder seiner Kindheit. Ein kleiner Junge mit vollen Windeln, der noch nicht ahnte wie sein Leben verlaufen würde. Eine Reihe von fröhlichen Familienfotos, die wie eine Lüge an der kahlen Wand hingen. An diesem

Morgen sah Miles beim Vorbeigehen die Fotos und glaubte ihnen.

Sein Herz hämmerte in der Brust als er die Treppe hinunter gehüpft war und in die Küche trat. Seine Mutter trug eine hübsche Bluse, auf der blassblaue Veilchen gestickt waren. Dazu hatte sie eine helle Jeans angezogen und lief barfuß durch die aufgeräumte Küche. Sie sah wunderschön aus, dachte Miles. Er stand im Türrahmen und betrachtete das Lächeln, das auf ihren vollen Lippen lag.
Sie hatte ihn zunächst nicht bemerkt. Wie in Trance hatte sie getanzt, obwohl keine Musik lief. Mit dem Pfannenwender in der Hand drehte sie sich elegant zu der Musik in ihrem Kopf. Mit geschlossenen Augen wirbelte sie umher, riss ihre Arme hoch und drehte sich mehrmals um sich selbst. Sie strahlte pures Glück aus an diesem Morgen und Miles sog es auf wie ein hungriges Kind. Die Energie beflügelte ihn und er schwebte fast auf seinen Stuhl, der am Fenster stand. Es duftete nach Fett, Linoleum und süßen Blumen. Für Miles war dieser Morgen der schönste in seinem Leben. Für ihn hätte er ewig so weiter gehen können, doch er verflog. Und der restliche Tag legte sich langsam wie ein dunkler Schatten über diesen Morgen, bereit all das Glück aufzusaugen.

Miles kam nur zehn Minuten zu spät in der Schule an. Die Lehrerin sagte nichts, als er sich durch die Reihen zu seinem Platz schlängelte. Sein Tisch stand ganz hinten. Er setzte sich und ließ seinen Blick durch das

Klassenzimmer schweifen. Die Lehrerin stand vorne und schrieb die Übungen für die Stunde an die Tafel. Das Quietschen der Kreide machte ihn sonst sehr aggressiv, doch heute bemerkte er es nicht einmal. Er lehnte sich nach hinten und betrachtete den Platz, der vor ihm stand. Normalerweise schubste er die Person gerne, die dort saß. Doch heute war der Platz leer und er hatte sowieso keine Lust jemanden zu ärgern. Er wippte ein wenig mit seinem Bein und versuchte den Worten der Lehrerin zu folgen, doch er konnte keinen Zusammenhang zwischen ihnen erkennen. Dann blies er die Wangen auf und überlegte wie viele Stunden er noch in der Schule bleiben musste. Vier Stunden. Miles stöhnte, das war viel zu lang! Er kippelte mit dem Stuhl, bis die Lehrerin ihn ermahnte. Dann wühlte er unter seinem Tisch zwischen Arbeitsblättern und Müll, bis er sein schwarzes Notizbuch fand.

Er schaute nach vorne und stellte sicher, dass seine Lehrerin nicht auf seinen Tisch gucken konnte und legte das Buch darauf ab. An der Rückseite war ein Fineliner befestigt, den er aus der Halterung zog. Als er das Buch aufklappte, blickte er erstaunt auf seine Zeichnungen. Er hatte ganz vergessen, wie gut sie waren. Es waren schwarze Zeichnungen, die er mit dem Fineliner gemacht hatte, wenn ihn der Unterricht so sehr langweilte wie jetzt und er sicher vor den Blicken und Bemerkungen seiner Mitschüler war. Es waren Zeichnungen, die aussahen wie Fantasiegebilde. Die meisten waren sehr düster. Es waren dunkle Linien, die sich zu einem Strudel verformten und Körper aufsogen.

Abgetrennte Hände, die nach etwas griffen, aber nicht halten konnten. Bäume, die zu Ungeheuern verzerrt waren. Er schaute sich Seite um Seite an und war überrascht an, wie wenig von ihnen er sich erinnerte. Als er eine Seite aufschlug, die leer war, zog er die Kappe von seinem Stift ab und schwang ihn über das Papier.

Die Stimmen, die ganz nah zu sein schienen, drangen wie durch Watte an sein Ohr. Er riss seinen Kopf nach oben, als wäre er aus einem tiefen Traum erwacht. Er war so versunken gewesen sein Notizbuch zu füllen, dass er gar nicht wahrgenommen hatte, dass seine Lehrerin und der Schuldirektor vor seinem Tisch getreten waren. Verwirrt ließ er den Stift sinken und schlug schnell das Buch zu. Doch seiner Lehrerin waren die Zeichnungen nicht unbemerkt geblieben.

„Miles, du musst an deiner Konzentration arbeiten. Es geht nicht, dass du während des Unterrichts rumkritzelst." Mit strenger Miene blickte sie auf ihn herab und wollte nach dem Buch greifen, doch Miles packte es. Die Fingerknöchel seiner Hand traten weiß hervor, so fest hatte er es im Griff. Niemals dürfte eine andere Person seine Zeichnungen sehen.

„Das ist privat", zischte er ihr entgegen. Ein Raunen ging durch den Raum und erst jetzt bemerkte Miles, dass ihn jedes Kind aus der Klasse anstarrte. Seine Gesichtszüge verhärteten sich und er rutschte auf seinem Stuhl hin und her. Der Direktor hatte eine tiefe Denkfalte auf der Stirn, als er ihn bat aufzustehen und mit ihm mitzukommen.

„Nimm am besten direkt deine Sachen mit“, sagte er mit gesenkter Stimme, doch jeder Schüler konnte seine Worte genau verstehen.

Miles war verwirrt. *Worum könnte es gehen? Was hatte er schon wieder angestellt?* Doch als er in die Augen des Direktors sah, zog sich sein Magen zusammen. Ein wenig Mitleid war darin zu finden, aber dann sah Miles in ihnen tiefe Abscheu. Noch nie hatte ihn jemand, den er kaum kannte, mit so einem Blick angeschaut, dem Blick, der ihm in Zukunft viele schlaflose Nächte bescheren würde. In dem Moment war sich Miles sicher, dass etwas Schlimmes vorgefallen war. Er versuchte seine Bücher und Stifte mit zittrigen Händen in seinen Rucksack zu schieben, doch seine Lehrerin kam ihm zuvor und griff sich das schwarze Notizbuch. Miles schluckte, aber sagte nichts.

„Das ist eingesackt“, sagte sie nur spitz und klemmte es sich unter ihren dünnen Arm, der von einer biederen Bluse bedeckt war. Miles stand auf, hängte sich den Rucksack über die Schulter und folgte dem Direktor durch das Klassenzimmer. Seine Mitschüler fingen an zu tuscheln, doch Miles senkte seinen Blick und starrte auf seine schwarzen Converse Chucks, um niemandem in die Augen schauen zu müssen. Er fühlte sich schuldig, doch wusste nicht einmal, was er getan hatte.

Kurz bevor er aus dem Zimmer trat, schaute er zum Pult und blickte die Lehrerin an, die dort mit seinem aufgeklappten Notizbuch saß. Die Seite, die er vor wenigen Minuten noch so träumerisch bemalt hatte, war aufgeschlagen. Das Gesicht von Miles Mutter war dort abgebildet, ihr Mund lächelte, ihr Gesicht war wunderschön und ihre Augen funkelten. Miles sah in das Gesicht der Lehrerin, sie runzelte die Stirn. Mit einem Mal zog sich alles in seinem Körper zusammen. Die Wut kam so schnell in ihm auf, dass es ihn selbst überraschte. Mit einem großen Satz sprang er durch die Tischreihen, rammte dabei eine Schülerin, die lautstark nach Luft schnappte. Doch Miles sah nur noch schwarz. Die ganze Klasse war still geworden und blickte verstört ihrem Mitschüler hinterher, der am Pult angekommen war und mit einem Ruck die letzte Seite aus dem Buch riss, das die Lehrerin in der Hand hielt. Sie schrie nur laut seinen Namen, was Miles jedoch nicht hörte. In seinen Ohren rauschte das Blut. Der Kloß in seinem Hals tat ihm schon richtig weh und er kämpfte gegen die Tränen, die ihm in die Augen traten. Dann rannte er zur Tür und in den Flur hinaus und hielt die Seite in seinen zitternden Händen. Erst als die kleinen Schnipsel von weißem Papier zu Boden fielen konnte er sich ein wenig beruhigen.

Eine Hand bohrte sich mit einem festen Griff in seine Schulter. Miles blickte auf und erkannte das Gesicht seines Direktors, das ein wenig schockiert auf ihn herabschaute. Miles hatte ihn ganz vergessen.

„*Miles*", hatte der Mann durch Watte gesagt. „Miles", sprach er erneut und dieses Mal klang es etwas klarer. „Du musst mit mir mitkommen. Die Polizei wartet unten auf dich."

Er folgte dem Mann mit tauben Beinen die Treppe hinunter und zum Sekretariat. Die Kakao- und Milchtüten stapelten sich in einer Ecke, bereit von durstigen Schülern abgeholt zu werden. An der Wand im Sekretariat hingen einige bunte Motivationsbilder. *DU schaffst alles – wenn du nur an dich glaubst.* Miles musste fast lachen, als er sie las, so naiv kamen ihm die Poster vor, die ihm sonst nie aufgefallen waren. *Nur* – als wenn das so einfach wäre. Das Sekretariat war aufgeräumt, überall standen Topfpflanzen und es roch nach Kaffee. Die Schulsekretärin blickte von ihren Unterlagen auf, als Miles mit dem Direktor bei ihr ankamen.

„Die Herren sind im Zimmer A03", hatte sie mit ihrer kratziger Raucherstimme gesagt und mit dem knochigen Finger auf einen Gang rechts hinter einer großen Palme gezeigt. Sie würdigte Miles nicht eines Blickes, obwohl sie sich mehrmals in der Woche sahen. Miles musste öfter zum Büro des Direktors, das neben dem Sekretariat lag. Es waren meistens nur Kleinigkeiten. Beschwerden von sich sorgenden Müttern wegen Dingen, die er gesagt oder getan hatte. Es war nichts Neues. Nie zuvor hatte ihn der Direktor persönlich abgeholt, meistens ließ er ihn ausrufen, oder schickte einen Lehrer, der Miles zu ihm zitieren sollte. Doch Miles konnte darüber nicht nachdenken. Der Blick des Direktors schwirrte noch in seinem Kopf, als er ihm in den Flur und in das Zimmer A03 folgte.

Der Raum hatte kein Fenster und die Luft war stickig. Zwei Männer standen in der Mitte und hielten jeweils eine dampfende Tasse Kaffee in der Hand. Der eine

Mann war dünn, hatte einen neutralen Gesichtsausdruck und pustete in sein heißes Getränk. Der andere sah viel strenger aus. Er war etwas fülliger und kleiner als sein Kollege und hatte eine tiefe Falte zwischen seinen Augen. Beide trugen die gleiche Kleidung – eine blaue Polizeiuniform.

„Du bist Miles?", vergewisserte sich der eine. Miles nickte nur, der Kloß in seinem Hals hinderte ihn daran etwas zu sagen.

„Na dann setz dich. Wir müssen mit dir reden", sagte der andere, der ein wenig freundlicher wirkte. Miles tat was ihm befohlen wurde und setzte sich auf einen der Stühle. Es quietschte laut, als er ihn unter dem Tisch hervorzog. Das Geräusch hallte in seinem Kopf nach, als er Platz nahm.

„Wir wollen dir ein paar Fragen stellen", begann der dünnere und schaute ihn auffordernd an. Miles wusste nicht, was er dazu sagen sollte und zuckte nur mit den Schultern.

„Alles klar. Sagt dir der Name Palle etwas?", fragte der Polizist mit einem Brummen in der Stimme. Natürlich sagte es ihm etwas. Er hatte ihn oft genug mit seinem Namen aufgezogen, der auch wirklich die perfekte Vorlage bot. Der kleine Junge mit der blassen Haut saß an dem Tisch vor ihm in der Klasse und kassierte oft Tritte von Miles Stiefeln. Palle war eine der Personen, die Miles mit der bloßen Anwesenheit provozierten. Er zog sich immer so komisch an, so bunt. Doch was ihm am meisten an diesem Jungen aufregte, war der Blick, den Palle ihm zuwarf, wenn Miles ihm drohte. Es waren Blicke voller Gleichgültigkeit, die ihn tief in der Brust trafen und dafür sorgten, dass er nur noch aggressiver wurde.

„Ja, wir gehen in die gleiche Klasse", antwortete Miles leise. Er hatte keinen Bock mit den Polizisten zu reden. Sie sind sowieso nicht auf meiner Seite, dachte er und starrte trotzig auf seine Schnürsenkel. Er wollte nur nach Hause. Am besten wäre es zurück in die Zeit zu reisen, zu dem Morgen, der nur wenige Stunden zurück lag. Miles schloss kurz die Augen und konnte noch einen Hauch von angebrannten Pfannkuchen erhaschen, bevor der penetrante Kaffeegeruch in seine Nase zog und sein Tagtraum erlöschen ließ.

„Weshalb sind sie hier?", fragte Miles plötzlich lauter.

Der Mann ihm gegenüber schaute ihm tief in die Augen.

„Du weißt doch ganz genau warum. Wenn du uns jetzt sagst was passiert ist, müssen wir dich vielleicht nicht mit zur Wache nehmen." Er spuckte als er sprach und Miles konzentrierte sich so sehr darauf den Tropfen auszuweichen, dass er vergaß dem Polizisten zuzuhören. Der Mann blickte ihn so eindringlich an, dass Miles ein beklemmendes Gefühl bekam. Sein Mund trocknete aus, sein Herz pochte und sein Kopf war leer.

„Hm?", murmelte er nur und versuchte dem Blick Stand zu halten, in dem er zurück starrte. Der Polizist seufzte, kramte in seiner Jackentasche und hielt ihm ein Foto unter die Nase.

„Weißt du, was mit ihm passiert ist?" fragte er ernst. Miles starrte auf das blasse Foto und erkannte seinen Mitschüler. Ein kleiner blasser Junge mit einem riesigen Grinsen auf dem Gesicht. Er hätte ihn fast nicht erkannt. Palle grinste nie, wenn er Miles begegnete. Er schluckte. Natürlich wurde er verdächtigt. Er war der Erste, den man verdächtigen würde. Jeder Schüler der Lichtinger Mittelstufe hätte seinen Kopf darauf verwettet, dass Miles der Übeltäter war. Selbst die Lehrer wussten von den Hänseleien, doch sie taten nichts anderes als ihm Ermahnungen entgegen zu spucken. Miles Haut war sein Panzer, alles prallte an ihm ab. Die Lehrer waren ihm egal, die Schüler waren ihm egal. Palle war ihm egal.

„Ich habe nichts getan", sprach er nun laut und glotzte den beiden Polizisten in ihre ratlosen Gesichter.

„Es gibt Beweise, die das Gegenteil sagen." Sagte der dünnere. „Es wurde am Tatort ein Zettel gefunden, auf dem Drohungen stehen, die an Palle gerichtet waren. Wir werden die Schrift mit deiner vergleichen. Bis dahin werden wir dich mit auf die Wache nehmen und du kannst dir überlegen, ob du uns endlich die Wahrheit sagst, damit wir den Jungen so schnell wie möglich finden können." Mit den Worten standen beide Männer gleichzeitig auf. Miles wurde von ihnen am Arm gegriffen und in den Flur gezogen.

Miles fühlte sich wie in einem Traum. Eine Welt, in der er keine Kontrolle über sein Handeln hatte, oder über das Handeln der anderen. Seine Ohren schienen nicht mehr richtig zu funktionieren, denn die Geräusche der Schüler, die zur Pause aus ihren Räumen gestolpert kamen, hörten sich an wie ein lautes Rauschen. Sein Panzer wurde dicker, als er durch die glotzenden Schüler hindurchgeführt wurde. Er wuchs noch ein wenig, als seine Lehrerin ihren strengen Blick auf ihn warf und dann auf dem Absatz kehrt machte, um ihren wohlverdienten Kaffee zu trinken. Sein Panzer wurde so dick, bis Miles nichts mehr spürte. Er folgte dem Polizisten zu seinem Wagen und setzte sich stumm auf den Rücksitz. Der Polizist setzte sich auf den Fahrersitz und schaute ihm durch den Rückspiegel in das eingesunkene Gesicht.

„Miles", sprach er leise. Er versuchte so sanft wie möglich zu klingen, doch seine Stimme war brüchig. „Ich kenne deinen Vater. Wir waren früher zusammen in der Schule. Was auch immer in deinem Leben vor sich geht, ich kann dir helfen. Aber bitte sag uns die Wahrheit, damit wir den Jungen schnell nach Hause bringen können." Er lächelte aufmunternd, doch Miles drehte seinen Kopf wortlos zur Seite und ließ ihn an die Fensterscheibe sinken. Der Polizist seufzte. Dann sagte er etwas, das Miles schon befürchtet hatte. „Wir werden bei dir Zuhause vorbeifahren, um deinen Eltern Bescheid zu sagen." Miles hob den Kopf, um etwas zu erwidern, doch er wurde unterbrochen. „Ich weiß, dass sie zu Hause ist. Wir haben eben telefoniert."
Der Polizist startete den Motor, als er seinen Kollegen aus dem Gebäude treten sah. Er hatte ein Deutschheft von Miles in der Hand und nickte seinem Kollegen fast unmerklich zu. Dieser blickte Miles noch einmal an, dieses Mal mit betroffener Traurigkeit im Gesicht. Sie

fuhren von dem Schulgelände, ohne ein weiteres Wort zu wechseln.

4 Ludmilla keuchte, als sie über die holprige Straße fuhr und bei Haunummer 32 mit quietschenden Reifen anhielt. Ihr Puls raste, als sie ihr Fahrrad hinter zwei großen Müllcontainern versteckte und das gelbe Haus musterte. Sie kannte es von den Nachmittagen, in denen sie mit Palle durch Lichtingen gefahren war, um zu schauen, wie und wo ihre Mitschüler wohnten. Sie hatten sich oft Dinge ausgedacht, die sie zusammen unternehmen konnten, und in dem Privatleben ihrer Mitschüler zu schnüffeln klang für beide nach einer spannenden Idee. Auch das Haus des Schulschlägers Miles wollten die zwei Freunde beobachten und waren von dessen Anblick ein wenig überrascht gewesen. Das gelbe Haus war freistehend und bot den zwei Autos reichlich Platz in der Einfahrt. Die vier Buchsbäume, die den gekiesten Weg zur Eingangstreppe markierten, waren zu perfekten Kugeln geschnitten und die Treppe wirkte

durch die Wildrosen und dem Moos ein wenig verwunschen. Damals hatte Ludmilla die Adressen ihrer Mitschüler aus einem Telefonbuch in ihr buntes Notizbuch übertragen und nach jedem Besuch eine kleine Anmerkung hinzugefügt. Neben der Adresse von Miles Haus stand in krakeliger Schrift: *Ein scheiß schönes Haus.*

Ob jemand zuhause ist?, fragte sich Ludmilla, als sie an der Häuserfassade entlang zu einem Fenster schlich. Sie blickte sich noch einmal um. Sie wollte sicherstellen, dass kein Nachbar mit neugierigen Augen aus seinem Fenster sah, der mit einer Hand schon das Telefon umklammert hielt, bereit, die Polizei zu rufen.
Sie sah in einiger Entfernung einen Mann, der in Jogginghose seinen Müll nach draußen brachte, eine Frau, die im Vorgarten die Blumen goss und einen Jungen auf einem Fahrrad, der Briefe und Zeitungen vor die Türen warf. Ein paar Schatten huschten hinter den Fenstern auf und ab, versunken in ihre eigene kleine Welt. Niemand beachtete das blonde Mädchen, das mit Verzweiflung in den Augen an dem Haus mit der Nummer 32 entlang schlich und sich überlegte, wie sie am besten einbrechen könnte.

Durch das Fenster im Erdgeschoss erblickte Ludmilla eine mit blassgelben Kacheln gefliste Küche. Die nackte Glühbirne an der Decke brannte und die Reste von Pfannkuchen auf zwei Tellern deuteten darauf hin, dass es vor kurzer Zeit Frühstück gegeben haben musste. Ludmilla schluckte. Sie fühlte sich unwohl bei dem Anblick des Pfannenwenders, der achtlos auf dem Boden lag und sie wusste selbst nicht wieso. Plötzlich hörte sie Stimmen, die aus dem Nebenzimmer der Küche kamen und sie hielt automatisch die Luft an. Doch einige Sekunden später erkannte sie, dass es nur Geräusche aus dem angeschalteten Fernseher waren.

Ludmilla ballte ihre Hände zu Fäusten, denn sie spürte, dass das ihre Möglichkeit war, unbemerkt in das Haus zu gelangen. Mit schnellen Schritten lief sie um das Haus herum in den Garten, der Kies knirschte verräterisch unter ihren Füßen.

Der Garten war groß, doch außer einem Apfelbaum gab es dort nicht viel zu sehen. Ludmilla blickte über den ungemähten Rasen zu der großen Hecke, die den Garten umgab. *Wahrscheinlich ein Sichtschutz, damit die Nachbarn den hässlichen Garten nicht sehen müssen*, dachte Ludmilla und hielt sich im nächsten Moment die Nase zu. Ein Windhauch hatte ihr einen unangenehmen Geruch entgegen gepustet und sie drehte sich zur Hauswand, an der ein Haufen aus Sperrmüll lag. Ludmilla erblickte zerbrochene Bretter, aufgeweicht von dem vielen Regen der letzten Wochen. Eine Matratze, die an einer Stelle aufgeplatzt war, sodass der Schaumstoff herausquoll. Darunter lag Papier, viele Seiten von Zeitungen, Werbeanzeigen und Coupons. Die Blätter waren durch die Feuchtigkeit zu einer einzigen weichen Masse geworden. Ludmilla rümpfte die Nase, als sie diesen leblosen Haufen Hoffnungslosigkeit begutachtete und wusste eine Sekunde später auch, wieso er so unerträglich stank. Ihr Blick war auf eine Zeitung gefallen, dessen eine Ecke noch nicht zu der homogenen Masse des Papiermatsches gehörte und erkannte ein Datum, das von einem Tag stammte, der viele Monate zurück lag.

Doch der Zustand dieses Gartens und die Tatsache, dass sie auf den Berg aus Müll steigen musste, um das obere Fenster zu erreichen, war ihr in diesem Moment vollkommen egal. Die einzige Sache, die konstant durch ihren Kopf schwirrte, seitdem sie mit den zwei Polizisten gesprochen hatte, war Palle. Sein glückliches Gesicht vor ihrem inneren Auge hatte sie dazu getrieben, in Rekordzeit die Nummer 32 zu erreichen, weswegen ihr Palle bestimmt gratuliert hätte, wäre er dabei gewesen. Doch die schöne Erinnerung seines fröhlichen Gesichts wurde mit jeder Sekunde weniger, die Ludmilla weiter in Richtung dieses Hauses gefahren war. Und als sie auf den Berg aus Müll kletterte und ihre Schuhe in einem alten, undefinierten Matsch versanken, wurde das Bild von Palle in ihrem Kopf immer düsterer.

Mit einem Ruck zog sie sich die letzten Zentimeter an dem Fenster hoch, das glücklicherweise offenstand. Ludmilla prustete, doch als sie mit ihren Schuhen auf die Fliesen sprang, hielt sie die Luft an. Sie harrte einen kurzen Moment aus, horchend, ob jemand von dem Geräusch aufgeschreckt die Treppe hochlaufen würde, doch als sich nichts rührte und die Stimmen aus dem Fernseher weiterredeten, atmete sie erleichtert aus.

Im Badezimmer war es warm. Wasserdampf stand in der Luft, die Tropfen rannen an den orangenen Fliesen der Duschwanne hinab, die farblich nicht ein bisschen zu den hellgrünen Fußmatten passten, auf denen sich

Ludmilla zu der geschlossenen Tür bewegte. Es roch nach zitronigem Duschschaum und zu starkem Aftershave. Ludmilla zwang sich unter Schwindel durch den Mund zu atmen. Wie in Trance wischte sie mit ihrem Ärmel über den beschlagenen Spiegel und erschrak sich über ihr eigenes Spiegelbild. Sie schaute aus wie eine seelenlose Hülle aus Fleisch und Blut. Ihr Gesicht was noch blasser als sonst und ihre glanzlosen Augen starten sie an, wie eine Fremde. Schnell wandte sie ihren Blick ab und öffnete die Badezimmertür, die zu einem Flur führte. Auf Zehenspitzen lief sie über den Teppich und hoffte, dass sie keine Spuren aus Müll hinter sich herzog, doch auf dem dunkelgrauen Teppichboden konnte man sowieso keinen Schmutz erkennen. An den Wänden hingen viele Fotos, alte Bilder einer fröhlichen Familie, die in die Kamera grinsten. Doch sie sah nur ein Baby und junge Eltern, nicht etwa die Familie von Miles. *Ich würde mir Miles Gesicht auch nicht an die Wand hängen,* dachte sie.

Die erste Tür, die sie erreichte, war eine Abstellkammer. Doch nach einem kurzen Blick ins Innere schloss Ludmilla sie schnell wieder. Die Tür, die danach folgte, war nur angelehnt. Ludmillas Herz klopfte, als sie sie aufstieß und hoffte gleichzeitig, dass sich niemand darin befand, der sie packen und direkt zur Polizei schleifen würde. Dann wäre ihr Plan, Miles Zimmer unvorbereitet zu durchsuchen, fehlgeschlagen und sie könnte sich gleich mit ihm eine Zelle teilen. Doch als die Tür langsam aufschwang, kam Miles Zimmer zum

Vorschein, das ganz anders war, als sie es sich vorgestellt hatte.

Im Inneren des Raumes war es hell. Die Sonne schien durch das kleine Fenster, das nach draußen zur Straße zeigte. Miles Schreibtisch war aufgeräumt. Er besaß viele Stifte, die nach Farben geordnet in bunten Gläsern gelagert und ordentlich nebeneinander auf dem Schreibtisch aufgereiht waren. Eine Flasche Wasser stand noch darauf, ansonsten war er leer. Ludmilla strich mit der Hand über die glatte Arbeitsplatte, ihr Blick wanderte zu der Wand, die alles andere als aufgeräumt aussah.

Die Wand hinter dem Schreibtisch war übersäht mit Zeichnungen. Ludmilla staunte über das Talent ihres Mitschülers. Nie im Leben hätte sie gedacht, dass der Schlägertyp der Schule ein kreatives Talent besaß. Sie schaute sich jedes einzelne Bild genau an, mit dem Gedanken im Hinterkopf, einen Hinweis auf Palles Verschwinden entdecken zu können. Es waren dunkle Zeichnungen, die bedrohlich auf das kleine Mädchen hinabsahen, als wollten sie ihr sagen, dass dies nicht ihr Zimmer war. Nicht ihre privaten Gedanken, die ihren Weg aus einem Kopf auf weißes Papier gefunden haben. Als wäre Ludmilla ein Eindringling in eine Psyche eines Menschen, den sie verabscheute. Und damit lagen sie richtig, doch Ludmilla fühlte keine Scham, sondern nur einen Stich in ihrem Herzen, der sie daran erinnerte, dass ihr bester Freund verschwunden war.

Sie drehte sich weg von der Wand und sah das zerwühlte Bett von Miles, das unter einer Schräge stand.

Die Wände dahinter waren schwarz gestrichen und als sich Ludmilla auf die Matratze fallen ließ blickte sie in einen Sternenhimmel. Es waren im Dunkeln leuchtende Plastiksterne, die zu dem großen Wagen angeordnet waren und zu einem weiteren Sternenbild, das sie nicht kannte. *War das wirklich das Zimmer von Miles?* fragte sie sich stirnrunzelnd. Aber sie wusste die Antwort, denn Miles hatte keine Geschwister. An dem Tag, an dem Palle und sie an dem Haus vorbei gefahren waren, hatten sie Miles am Fenster gesehen. Er hatte geweint und sie hatten darüber gelacht.

Ludmilla setzte sich schlagartig auf. Sie durfte keine Zeit verlieren. Sie musste schnell etwas finden, das ihr helfen würde, Palle nach Hause zu bringen. Etwas, das ihn unverletzt und sicher an seinen Platz im Leben zurückholen würde. Den einzigen Anhaltspunkt, den sie hatte, war die Gewissheit darüber, dass Miles etwas mit dem Verschwinden zu tun haben musste. In dem Moment als sie am Morgen den Zettel gelesen hatte, hatte sie Miles Handschrift erkannt. Er nannte Palle auch immer Pille Palle und soweit sie wusste, nannte ihn sonst niemand so. Sie musste einen Hinweis finden, der ihr erklären könnte, was geschehen war. Und sie hatte keine andere Idee gehabt, als in Miles Zimmer danach zu suchen. Es musste sich etwas in diesem Zimmer befinden, das hoffte sie jedenfalls.

Sie verließ das Bett und hockte sich auf den Boden. Mit ihrem langen Arm konnte sie tief unter das Bett greifen und ihre Hand zog eine schwarze Kiste hervor, die sie vor sich abstellte. Mit geschlossenen Augen hob sie den Deckel hoch. Sie wollte unbedingt wissen, was sich in der Kiste befand, aber gleichzeitig war ihr auf einmal mulmig im Bauch. Was, wenn sie nichts finden würde? Oder noch schlimmer – was, wenn sie zu viel finden würde? Doch noch bevor sie den Gedanken zu Ende denken konnte, klappte sie ihre Augen wieder auf und starrte auf den Inhalt, der vor ihr offenbart war.

Die schwarze Kiste war randvoll gefüllt mit Skizzen. Ludmilla strich mit ihren Fingern über das oberste Papier. In ihrem Kopf ratterte es. Die Striche waren mit Bleistift gezogen, sie sahen unkontrolliert aus, als hätte Miles sie in großer Eile gezeichnet. Sie drehte das Papier in ihren Händen in alle Richtungen, doch sie konnte nicht feststellen, was die Zeichnung darstellen sollten. Verwundert legte sie es zur Seite und schaute sich das nächste Bild an. Wieder war es eine wirre Zeichnung aus Bleistiftlinien. Sie sah der ersten sehr ähnlich, doch manche Linien waren stärker und führten in andere Richtungen. Auf Ludmillas Stirn bildete sich eine tiefe Falte, die sich nicht entspannte, als sie nach und nach jedes Blatt betrachtete. Was sollen die Bilder darstellen?, dachte sie verwirrt und legte eins nach dem anderen neben sich auf den Teppich. Es bildete sich ein Stapel von Papieren, die bald so hoch getürmt waren, dass sie umfielen und sich über den Zimmerboden ausbreiteten. Ludmilla schwirrte der Kopf. Warum sollte Miles so viele Blätter bemalen mit Linien, die keinen Sinn ergaben? Warum sollte er sein Papier und seine Stifte verbrauchen? Ludmilla atmete durch, als sie das letzte

Blatt aus der Schachtel nahm und es sich in Ruhe anschaute. Doch auch auf diesem waren nur wilde Striche abgebildet, die fast hypnotisch wirkten, je länger Ludmilla sie anstarrte. Seufzend legte sie es beiseite und musste einen Schrei unterdrücken, als sie sah, was sich am Boden der Schachtel befand. Mit einer Hand hielt sie sich den Mund zu, mit der anderen hob sie zitternd auf, was einsam unter dem Gewicht der Blätter versteckt gewesen war. Eine Träne bildete sich in ihrem Auge, die langsam herunterrollte, als sie das Foto betrachtete.

Es überkam sie ein warmes Gefühl, während sie Palles hübsches Gesicht begutachtete. Mit einem Finger strich sie über sein Lächeln, dass ihr so vertraut vorkam. Aber gleichzeitig löste das Foto ein sehr unangenehmes Gefühl in ihr aus. Es war kein Foto, das sie kannte. Es war ein Foto von ihm, wie er vor seinem Haus stand und sein Fahrrad durch die Pforte schob. Ludmillas Herz krampfte sich zusammen, als sie überlegte, von welchem Ort dieses Foto aufgenommen worden war, und es gab nur eine einzige Möglichkeit. Das Foto war aus dem riesigen Rhododendron geschossen worden, der gegenüber von Palles Haus wucherte. Miles musste sich dort drin versteckt haben, dachte sie und ließ das Foto fallen, als hätte es in ihren Finger gebissen. Sie sprang auf und wischte sich mit ihrem Ärmel die Träne von der Wange. Sie musste mit Miles reden, ihn überzeugen ihr die Wahrheit zu sagen von der Nacht, in der ihr bester Freund wie vom Erdboden verschwunden war. Sie drehte sich mit Tränen gefüllten

Augen, um die Zettel aufzusammeln, die sich über den ganzen Boden ausgebreitet hatte. Mit einem Ruck sammelte Ludmilla alle Blätter ein, stopfte sie mit dem Foto zurück in die Kiste und schloss den Deckel. Sie klemmte sich die Kiste unter den Arm und wollte fluchtartig das Zimmer verlassen, als sie von draußen ein Auto vor dem Haus halten hörte. Sie lief zum Fenster und spähte durch die Gardinen und erkannte das ausdruckslose Gesicht ihres Mitschülers, der in einem Polizeiauto saß. Es war an die Scheibe der Autotür gelehnt und blickte leer in den Vorgarten seines Hauses, in dem seine Mutter und sein Vater standen. Ludmillas Bauch zog sich zusammen, als sie Miles sah und versuchte sich von seinem Anblick loszureißen, bevor er ihre wütenden Augen sehen konnte. Sie lief mit tropfenden Augen zurück in das Badezimmer, in dem mittlerweile kalte Herbstluft wehte und kletterte in Windeseile aus dem Rahmen, sprang auf den Haufen Müll und rannte zu den Müllcontainern, hinter denen ihr Fahrrad auf sie wartete, bereit, sie dorthin zu fahren, wo auch immer sie hinwollte. Doch als Ludmilla die Kiste auf ihren Gepäckträger spannte und sich mit schweren Gliedern auf den Sattel hievte, wusste sie nicht, wohin sie fahren sollte. Sie wollte nur noch weg von diesem grausamen Ort und dem Jungen, der ihr das genommen hat, was ihr am wichtigsten war. Weg von dem Ort, der aus Lügen zu bestehen schien. Sie fuhr mit Tränen in den Augen die Straße hinunter und musste sich immer wieder schniefend über das Gesicht wischen, um etwas zu sehen. Irgendwie trugen ihre

Beine sie in Richtung der Stadtgrenze, ohne dass sie auf den Weg geachtet hatte.

Die großen Bäume ragten vor ihr auf, rissen ihre Äste hoch und runter, wollten nach der kleinen Person greifen, die mit ihrem Fahrrad an ihnen vorbeifuhr. Doch der große Zaun stoppte sie und die Böe flog durch sie hindurch und weiter in Richtung des Baggersees. Erst als sie dort ankam, bemerkte Ludmilla, wo sie war. Sie trat langsamer in die Pedale und ließ sich die letzten Meter ausrollen. Der See sah grau und ungemütlich aus. Hohe Wellen hatten sich durch den plötzlich aufgekommenen Wind gebildet und peitschten unbarmherzig gegen das Gerüst, an dem so viele tolle Erinnerungen hingen. Doch die Wellen rissen diese mit und ließen sie in den dunklen Tiefen des Sees versinken, als Ludmilla ihren besten Freund dort nicht sitzen sah. Das war der letzte Ort, der ihr einfiel, an dem sich Palle befinden konnte. Seine Abwesenheit war wie ein Zustand, den sie hinnehmen musste. Ein Zustand, den sie nicht ändern könnte und der sich nie mehr ändern würde. Diese schlimmen Gefühle drückten Ludmilla auf die Brust, so sehr, dass sie den Anblick des leeren Gerüstes nicht mehr aushielt und langsam nach Hause fuhr.

Im Inneren des kleinen Hauses war es kalt, als Ludmilla zur Tür hereinkam. Durch den Sturm war es dunkel geworden, doch Ludmilla blieb im Finsteren und zündete sich eine Kerze an. Sie lief in ihr Zimmer, drehte die Heizung auf und wickelte sich eine

Wolldecke, um die Kiste von Miles noch einmal genau zu untersuchen. Ein Papier nach dem anderen nahm sie in die Hand, schaute es sich eindringlich an und legte es dann neben sich, nachdem sie nichts Neues entdecken konnte. Ludmilla konnte sich einfach keinen Reim daraus machen, was dort vor ihr lag und sie seufzte. Keins der Bilder half ihr dabei, ihren geliebten Freund wieder zu finden. Sie musste anders vorgehen, sich einen Plan überlegen. Nachdenken, was mit Palle passiert sein könnte und dann logisch vorgehen.

Aber in Ludmillas Kopf war ein Unwetter ausgebrochen, das sogar stärker wütete als das, was draußen durch die Bäume wehte. Es wehte ihre Gedanken umher wie trockenes Herbstlaub und sie konnte keinen klaren Gedanken fassen. Wütend schlug sie mit der Faust auf den Boden und sprang auf ihre Füße. Ich kann diese Blätter nicht mehr sehen, dachte sie und wollte sich gerade ducken, um sie aufzusammeln, doch plötzlich stockte ihr bei ihrem Anblick der Atem.

Ein paar Zettel lagen nebeneinander und ergaben gemeinsam ein Bild, dass ihr vorher verborgen gewesen war. Eine Art Allee aus dichten Bäumen streckte sich über den Papieren aus. Ja, es waren hohe, dichte Bäume. Laubbäume, und da – eine riesige Fichte! Ludmilla blickte mit großen Augen auf das Kunstwerk, das sich vor ihr entblößt hatte, als wollte es ihr die Wahrheit zeigen. Und ihr dämmerte es allmählich, um welches Rätsel es sich handelte. Die vielen Papiere ergaben gemeinsam ein großes Bild. Die Zettel raschelten, als Ludmilla sie hin und her schob und sich immer sicherer wurde - Abgebildet war ein Wald, den Miles gezeichnet hatte.

Ludmilla lag in dieser Nacht noch lange wach. Palle war noch immer nicht gefunden worden, was sie durch ein Telefonat mit der Polizeiwache von Lichtingen erfahren hatte. Man hatte ihr außerdem mitgeteilt, dass Miles stumm geblieben war und nur auf seine Schuhe gestarrt hatte. Ludmillas Hoffnung wurde in jeder Stunde kleiner, die verging und die laut tickende Uhr auf ihrem Nachttisch verstärkte das Gefühl um ein Vielfaches. Der Sturm hatte sich gelichtet und ihr Kopf schmerzte vor lauter Grübeln. Die vielen Theorien, die sie im Laufe des Tages durchgegangen war, führten alle zu dem gleichen Ergebnis. Wenn Palle nirgendwo in Lichtingen zu finden war, *musste* er woanders sein. Ludmillas Blick fiel auf die geschlossene Schachtel, die angeleuchtet vom Mondlicht vor ihrem Fenster stand.

Palle war im Großen Wald, dachte Ludmilla. Sie war sich sicher. Doch wie zum Teufel war er dahin gekommen und warum? Ludmilla drehte und wendete sich stundenlang in den weißen Laken. Die Nacht hatte schon lange ihre dunklen Schatten über das kleine blaue Haus geworfen, als Ludmilla ihre Augen schloss und in einen leichten Schlaf fiel, nah an der Schwelle zwischen Traum und Realität. In ihrem sanften Gesicht lag ein Ausdruck, den selbst das dunkle Wesen erschreckte, das seine langen Finger nach ihr ausstreckte und ihr über die Wange strich.

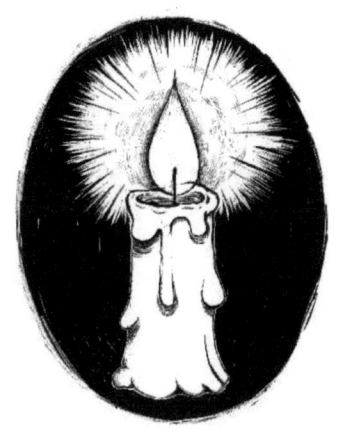

5 Geißendes Licht erhellt das graue Zimmer für einen Moment. Die gelbe Flamme, die nun klein an einem Streichholz tanzt, zaubert wilde Gestalten an die Zimmerdecke. Es sind goldene Gestalten, die den Raum mit ihrer Energie zu füllen scheinen. Sie tanzen an der leblosen, grauen Wand entlang und versuchen das Zimmer bis in die hinterste Ecke von der bedrohlichen Dunkelheit zu befreien.

Große, weit aufgerissene Augen starren in die Flamme. Sie sind so weit geöffnet, dass sie fast herauszufallen drohen. Sie blinzeln nicht. Das Knistern der Flammen singt im Takt mit dem Sturm, der außerhalb der Gemäuer wütet. Das Feuer greift sich mit seinen kleinen Fingern das Holz und verschlingt es Stück für Stück. Kurz bevor das Streichholz im Nirgendwo verschwindet, bewegt es sich in Richtung einer dicken, schon weit abgebrannten Kerze. Die Flamme flammt kurz auf, als sie den Docht wechselt und erhellt dann den Raum um ein Vielfaches.

Ein tapsendes Geräusch entsteht, als die kleinen Füße die Dielen berühren. Sie sind bedeckt von getrockneter Erde, doch sie können das Geschöpf tragen, das nun neben dem kleinen, zerwühlten Bett steht. Unter einem langen, zerschlissenen schwarz-weiß gestreiften Pullover wackeln dünne, aufgeschürfte Knie. Die langen Ärmel verstecken die zitternden Hände. Der ganze Körper schlottert und lässt die Dielen knarzen. Das Gesicht wandert wieder nah an die Flamme heran. Die riesigen Augen sind umrahmt von schwarzen Ringen. In den Pupillen spiegelt sich das flackernde Licht.

„Danke, liebe Flamme", kommt es kaum hörbar aus den zuckenden Lippen. „Du hast ihn vertrieben. Meinen Traum. Es war ein Albtraum, glaube ich."

Die Flamme nickt und zeigt zur Tür. Die Tür liegt am anderen Ende des riesigen Zimmers. Unendlich hohe Decken ragen in die Höhe, der Weg zur Tür scheint aussichtlos weit zu sein. Ein dünner Arm ragt hervor und eine knochige Hand kommt unter dem verrutschten Ärmel zum Vorschein. Schwitzige Finger umklammern die Kerze, heißes Wachs tropft langsam an der Seite herunter.

Mit einem lauten Knall schlägt das Fenster auf. Eine starke Windböe hat sich ihren Weg in das Haus erkämpft und rast ohne Gnade durch die Flammen, spritzt heißes Wachs auf die Wangen des Kindes. Die langen, weißen Vorhänge, sowie der blonde Zopf des Mädchens fliegen wild umher. Der Wind schiebt sie in Richtung Tür, als wolle er ihr ebenfalls den Weg zeigen. Die Böe umschlingt ihren Hals, tastet sich an ihrem Körper entlang und lässt ihn kalt erschaudern. Die alte Villa knarzt und ächzt, als hätte sie soeben eingeatmet. Nachdem die Böe sich wieder verabschiedet, bleiben die Vorhänge leblos zurück. Die offenen Fenster laden den Mond ein, die Dunkelheit ein wenig zu erleuchten, die durch das gelöschte Feuer wieder in das Zimmer eingebrochen ist. Der Mond ist prall und rund. Sein Anblick blendet fast. Das Zischen der Streichhölzer klingt wie ein erleichterndes Seufzen. Mit der Kerze in der einen Hand und dem Fenstergriff in der anderen, schließt das Mädchen die silberne Kugel am Himmel wieder aus.

Tapsend begibt sie sich auf den Weg. Die Flammengestalten tanzen über ihr Gesicht und weiter an der Decke. Sie folgen ihr auf Schritt und Tritt. Ein lautes Knarzen durchbricht die Stille, als sie die Tür öffnet.
Langsam bewegt sie ihren Kopf aus dem Türrahmen in den Flur. Er liegt dunkel vor ihr wie ein schwarzer Tunnel. Der einzige Lufthauch ist der Atem, der schnell und stockend aus ihren Lungen gepresst wird. Ansonsten ist alles still. So still, dass es ihr in den Ohren dröhnt. Ihre kalten Finger drücken sich gegen die Ohren, um dieser unangenehmen Stille entgegen zu wirken. Doch den eigenen rasenden Puls zu hören ist nicht beruhigender.

Links und rechts befinden sich mehrere Zimmer. Ihre Hand umschließt den ersten Türknauf. Das Zimmer ist abgeschlossen. Sie rüttelt stärker an der Tür, sie bewegt sich keinen Millimeter.

„Mama?" Ihre leise Stimme klingt kratzig. „Bist du da drin?" Doch sie bekommt keine Antwort.

Sie versucht die nächste Tür zu öffnen. Verschlossen. Die Dritte Tür. Verschlossen. Jede Tür ist so fest verschlossen, dass nicht einmal ein Papier durchpassen würde. Der Kerzenschein wandert behutsam entlang der letzten Tür, die, wie die anderen, unbeweglich bleibt. Vor ihr erstreckt sich die große Wendeltreppe, die in der Dunkelheit ihre Mächtigkeit zum Ausdruck bringt. Mit leisen Schritten wandert das in Kerzenschein gehüllte Mädchen die riesigen, dunklen Stufen hinunter. Die Treppe kommt ihr endlos lang vor. Der Eingangsbereich liegt vor ihr. Nur die Umrisse der alten Möbel sind zu erkennen, an denen sie sich vorbei schleicht.

Ein Windhauch windet sich um ihr Haar. Irgendwo muss ein offenes Fenster sein.

6 Ein lautes Krachen zog Ludmilla aus ihrem Traum. Keuchend setzte sie sich in ihrem Bett auf, in Gedanken Welten entfernt von der Realität. Mit den Armen fuchtelnd versuchte sie herauszufinden, wo sie sich befand, doch als sie ihre Bettdecke zwischen ihren Fingern spürte, atmete sie erleichtert auf. Langsam gewöhnten sich ihre Augen an die Dunkelheit und als sie die Umrisse ihres Zimmers erkannte, ging auch ihr Atem langsamer. *Ich bin sicher*, redete sie sich ein. *Ich bin Zuhause. Es war nur ein Traum.* Doch der Traum hatte sich erstaunlich echt angefühlt.

Sie spürte den Druck auf der Brust noch, als sie mit nackten Füßen durch ihr Zimmer tapste und das Fenster aufriss. Kalter Wind peitschte hindurch und breitete sich in ihrem Zimmer aus. Ludmilla starrte hinaus in die tiefe Nacht, umhüllt von stechender Kälte, als das Déjà-vu sie packte und nicht loslassen wollte.

Erst als sie das Fenster wieder schloss und sich über das erstarrte Gesicht fuhr, ließ das Gefühl ein wenig nach. Mit wankenden Knien ging sie zurück zum Bett und setzte sich auf die weiche Matratze. Von hier aus konnte sie den Sturm vor ihrem Fenster beobachten, der dort wütete. Sie zuckte zusammen bei jedem Blitz, der ihr Zimmer erhellte und bei jedem Donnern, das sekundenspäter in den Wolken krachte. Das Gefühl in ihrer Brust, dieses Drücken, kam ihr fremd vor. *Warum fühle ich mich so schlecht?*, fragte sie sich und hielt sich die Hand vor ihr Herz. Es schlug so kräftig und schnell, wie sie es noch nie gespürt hatte. Es kam ihr vor, als würde ihr Herz immer stärker gegen ihren Oberkörper prallen, als würde es im nächsten Moment herausfallen, wenn sie sich nicht beruhigen konnte. *Vielleicht bin ich krank*, dachte Ludmilla verzweifelt, nachdem sie bei dem letzten Donnern wieder zusammengezuckt war. *Habe ich eine Herzkrankheit?*, dachte sie und bei dem Gedanken schlug es nur noch schneller. Sie versuchte sich hinzulegen, um ihre Augen wieder zu schließen, doch als sie ihren Kopf auf das Kissen legte, bekam sie keine Luft mehr. Panisch nach Luft schnappend setzte sie sich wieder auf, doch es half nichts. *Ich bin krank*, dachte sie nur immer und immer wieder. *Ich kann nicht einmal um Hilfe rufen.* Doch als sie mit zitternder Hand nach dem Lichtschalter tastete und ihr Zimmer von Helligkeit geflutet wurde, ließ das Gefühl in ihrer Brust so schnell nach wie die Dunkelheit. Erleichtert schloss sie die Augen und beobachtete ihre Atmung, die sich langsam normalisierte.

Plötzlich hörte sie ein erneutes Krachen, das nicht aus den Wolken kam. *Das war das gleiche Geräusch, das mich aus meinem Traum gerettet hat,* dachte Ludmilla und zog sich in Windeseile einen Pullover über ihren zitternden Körper. Mit ihren dicken Wollsocken an den Füßen lief sie durch das hell erleuchtete Haus, immer darauf achtend, kein Zimmer zu betreten, bevor sie nicht den Lichtschalter betätigt hatte. Doch als sie die Küche erreichte, erlosch plötzlich das Licht aus der Birne mit einem dumpfen Ploppen. Wie auf Knopfdruck brodelte das Gefühl wieder in ihr auf, doch weniger stark als zuvor.

Ludmilla, dachte sie. *Stell dich nicht so an.* Und schon lief sie in die dunkle Küche und zündete sich zitternd eine Kerze an, die ein wenig Licht spendete. Sie hielt die Kerze fest in der Hand, als sie zur Haustür lief, um sie zu öffnen. Der Wind blies die Kerze aus, als Ludmilla im Eingang stand und von der Nacht empfangen wurde. Der Mond lugte hinter einer Wolke hervor und erleuchtete kurz den Bereich vor ihrem Haus, bevor sich eine weitere Wolke vor die helle Kugel schieben konnte. Ludmilla lief hinaus über die nasse Wiese und sofort waren ihre Socken mit Regenwasser getränkt.

Doch die nassen Füße störten Ludmilla ebenso wenig wie ihre nackten Beine, die von der eisigen Luft schlotterten. Sie blickte nur starr in Richtung des großen Waldes, während sie durch die Pfützen lief und sich fragte, ob ihre Augen ihr einen Streich spielen wollten. Der große Wald, der einige Meter vor ihr in die

Höhe ragte, war pechschwarz und wankte bedrohlich im Wind. Ludmilla lief ein paar Schritte auf ihn zu und berührte das Metall, das vor ihren Füßen lag. Das Schild konnte sie nicht lesen, da es umgedreht im Matsch lag. Der Baum, der auf den Zaun gekracht war, war eine riesige Fichte, groß genug, um das zu brechen, das jahrelang standhaft gehalten hatte. Ludmilla überkam ein Schauer, als sie durch die Trümmer hindurch in den Wald blickte, doch mehr als ein schwarzes Nichts, war nicht zu sehen. Für einen kleinen Moment, in denen der Blitz die Welt erleuchtete, konnte sie etwas erkennen und sie hätte schwören können, dass es aussah wie ein kleiner Weg. Platt getretene Pflanzen, die ihn bildeten, als wäre jemand vor kurzer Zeit hindurch gelaufen. Doch dann donnerte es laut und Ludmilla bewegte sich schützend ein paar Schritte rückwärts, um mehr Abstand zu dem Wald zu gewinnen.

Voller Tatendrang wischte sie ihre Müdigkeit beiseite, rannte zurück zum Haus und zog sich die triefenden Socken von den Füßen. Dann lief sie in ihr Zimmer zurück, streifte sich eine Hose über und rannte wieder zum Eingangsbereich. Die grünen Gummistiefel trug sie in der letzten Zeit häufig, und wie sonst auch wärmten sie ihre Füße schnell auf. Die schwarze Fleecejacke von ihrem Pflegevater umhüllte sie wie eine warme Decke und sie war froh darüber, dass wenigstens der Regen aufgehört hatte. Schnell war sie bei ihrem Fahrrad und trat in die Pedale. Sie fuhr einhändig und steckte eine Hand in die warme Tasche ihrer Jacke.

Immer wieder musste sie die Hände tauschen, die von dem stechendem Herbstwind wie betäubt waren.

Ludmilla wusste zunächst nicht, wohin ihr Fahrrad sie trug, doch als es in Richtung der Lichtinger Innenstadt abbog, wurde der Gedanke in ihrem Kopf klarer. Der Marktplatz war, wie zu erwarten, verlassen. Kein Mensch war um diese Uhrzeit draußen und schon gar nicht bei so einem starken Sturm. Sie atmete schwer, als sie ihr Fahrrad über den Platz schob. Weil sie gegen die Windrichtung gefahren war, öffnete sie ihre Jacke, um der Hitze, die ihr Körper nun ausstrahlte, entgegenzuwirken.

Noch immer war der Druck auf ihrer Brust zu spüren, doch Ludmilla versuchte sich auf das zu konzentrieren, was vor ihr lag. Ein großes Backsteingebäude ragte vor ihr auf, das war das Rathaus von Lichtingen.

Die Fahrradreifen quietschten, als sie es an eine kalte Mauer anlehnte. Der Sturm rauschte laut durch die Straßen, sodass niemand Ludmilla hören konnte, die sich nachts durch die Stadt schlicht. Sie lief an der Mauer entlang und huschte in einen dunklen Gang, der außer Sichtweite des Marktplatzes lag. Mit ihren Fingern strich sie über die kalten Steine der Mauer und berührte plötzlich etwas Glattes. Sie begutachtete die Stelle genauer und stellte fest, dass es sich um ein kleines goldenes Schild handelte. Darauf stand in geschwungenen Buchstaben der Name des Bürgermeisters von Lichtingen: *Fabius Lingen*.

Herr Lingen war in Lichtingen sehr beliebt, jeder kannte ihn persönlich. Er wurde vor 31 Jahren von den Bürgern gewählt und seitdem gehörte ihm das Büro neben dem Rathaus. Ludmilla hatte ihn schon oft aus der Menge von Menschen beobachtet, die sich nur versammelten, um ihn sprechen zu hören. Er schwang gerne große Reden und versprach den Lichtingern Dinge, die er unmöglich umsetzen konnte. Doch den Bürgern schien das nicht aufzufallen, denn sein Charisma und seine Art sich auszudrücken, war seine große Stärke. Kein Mensch sprach schlecht von Fabius Lingen, dem Mann, der die Stadt zu dem gemacht hatte, was sie jetzt war. Der Mann, für den sogar seit zwei Jahren eine bronzefarbene Statue in der Altstadt errichtet wurde. Der Mann, der den Großen Wald aus der Stadt gesperrt hatte, wie Ludmilla fand. Er hatte durch die Renovierung des Zaunes eine Barriere geschaffen, die die Menschen nicht nur physisch von dem Wald trennten. Die Bürger von Lichtingen schienen sich gedanklich komplett von ihm gelöst zu haben.

Ludmilla hatte viele seiner Reden verfolgt. Sie hing ihm an den Lippen, so wie die anderen Bürger, doch anders als sie wollte sie nur etwas über den Großen Wald erfahren. Zu ihrer Enttäuschung wurde das Thema jedoch totgeschwiegen. Nie hatte sich ein Erwachsener darüber geäußert, vor allem nicht diejenigen, die schon viele Jahrzehnte in Lichtingen wohnten. Als Ludmilla in die Schule kam, hatte sie gehofft, dass der Wald wenigstens im Geschichtsunterricht durchgenommen werden würde, doch auch da redeten sie nur über andere Dinge, die ganz woanders passiert waren. Jedes Mal, wenn sie jemanden gefragt hatte, was es mit dem Wald auf sich hat, wurde sie fragend von der Seite gemustert, als hätte sie etwas so Abwegiges gefragt, das sich nicht lohnte beantwortet zu werden. Irgendwann hatte Ludmilla aufgegeben, ständig Erwachsene damit zu nerven und ihre Interessen entwickelten sich in andere Richtungen.

Es gab jedoch eine Ausnahme. Ab und zu hatte sie mit Palle über den Wald geredet. Manchmal hatten sie es sich gemeinsam auf dem Dach des blauen Hauses bequem gemacht und in die Bäume geschaut. Palle war immer etwas skeptisch gegenüber dem Wald gewesen und Ludmilla beteuerte ihm jedes Mal, dass er gehirngewaschen war von Fabius und seiner Lichtinger Armee, wie sie die Bürger gerne nannte. Doch auch sie bekam bei dem Zaun ein beklemmendes Gefühl, da er so autoritär dastand, wie ein riesiger Wächter, der für nichts in der Welt jemanden hindurchlassen würde.

Ludmilla schauderte bei dem Gedanken daran, dass der Zaun seit dieser Nacht gegen die Naturgewalten verloren hatte. *Ob es ein Zufall war, dass Palle einen Tag vorher verschwunden ist?* Sie konnte sich nicht vorstellen, wie er sich fühlen musste, wenn er tatsächlich in den Wald gebracht wurde. *Wahrscheinlich würde er frieren*, dachte Ludmilla. *Er hat ja keine Jacke mehr an.*

Hinter ihr knackte etwas in einem Baum. Ludmilla lief schnell weiter den dunklen Gang entlang und versuchte dabei so wenig Geräusche wie möglich zu machen. Doch als sie sich umdrehte, sah sie den Stock, der durch den Wind aus einem Baum gefallen war. Mit klopfendem Herzen begab sie sich weiter auf den Weg und gelangte am Ende des Ganges an eine massive Holztür. Ludmilla staunte über die Schnitzereien auf ihrer Oberfläche. Sie sahen aus wie Ranken, die sich an der Tür hoch schlängelten und aus deren Sprossen Ableger wuchsen, die aussahen wie Hände. Unten sah das Holz aus wie kleine Pflanzentriebe. Ihre Augen wanderten über die wunderschöne Tür und konnten sich an den Schnitzereien gar nicht sattsehen.

Ludmilla hatte die Tür schon häufig gesehen, doch sie hatte nie die Zeit gehabt, sie so genau zu betrachten. Meistens stand sie sowieso offen, damit die Bürger ein und aus gehen konnten. Doch in dieser Nacht war sie verschlossen, um Eindringlinge abzuhalten, die sich zu später Stunde in der Stadt herumtrieben.

Die Bibliothek, zu der sie gehörte, war das Herzstück der Stadt. Darin wurden alle Medien aufbewahrt, die für die Schulen genutzt wurden, doch auch Bücher für die Freizeit und Hobbies konnte man ausleihen. Es gab Fachzeitschriften, Tageszeitungen und sogar eine eigene Abteilung für CD`s. Ludmilla hatte gerne in den verschiedenen Abteilungen gestöbert, viele Stunden hatte sie dort verbracht. Am liebsten lieh sie sich Gruselgeschichten aus und manchmal wurde auch das ein oder andere Buch über Pflanzen, das Weltall oder über die Anatomie von Tieren mit nach Hause genommen. Doch heute Nacht war ihr nur eine Abteilung wichtig. Diejenige, in die sie sich noch nie begeben hatte, da man sie nur mit einem Schlüssel erreichen konnte. Es war eine Abteilung, die in den Kellergewölben der alten Stadtbibliothek lag. Dort wurden alle historischen Dokumente der Stadt aufbewahrt und wenn Ludmilla den Gerüchten der Bürger Glauben schenken konnte, sogar Dokumente von vor über hundert Jahren.

Mist, dachte Ludmilla, als sie an der abgeschlossenen Tür zog. *Ich brauche den Schlüssel. Wo kann er sein?*, flüsterte sie stirnrunzelnd, als hoffte sie darauf, eine Antwort zu bekommen. Doch sie hörte nur den peitschenden Wind, der es ihr nicht beantwortete, zumindest nicht in ihrer Sprache.

Ludmilla lief ein paar Schritte zurück und konnte von dort den Kirchturm sehen, an dem eine große Uhr angebracht war. Die Zeiger leichteten im Dunkeln, es war 3:37. Bald würden die ersten Lichtinger aus ihren Federn fallen und zur Arbeit gehen. Sie musste sich also beeilen. Sie lief den Gang herunter und wollte um die Ecke biegen, da stolperte sie über einen kleinen Blumentopf, der vor der Tür des Bürgermeisterbüros stand. Er krachte geräuschvoll auf den Boden und zerbrach in kleine Einzelteile. Ludmilla blieb in einer Schockstarre zurück. *Mist*, fluchte sie leise und sammelte die Scherben und die Pflanze auf, trug sie zu dem kleinen Baum, der in einem Beet stand und vergrub die Scherben. Die kleine Pflanze bekam einen Platz vor dem Baum und freute sich über die frische Erde, die sie empfing. Ludmilla ging mit schmutzigen

Fingern zurück zu dem Büro und hielt inne. Vor ihr auf dem Boden, zwischen Erde und einer kleinen Scherbe, lag ein goldglänzender Schlüssel. Sie hob ihn auf und betrachtete ihn in ihrer Handfläche. Dann steckte sie ihn ohne zu zögern in das Schlüsselloch und drehte ihn um. Geräuschlos öffnete sich die Tür zu Fabius` Büro.

Das Büro war groß. An den Seiten standen randvoll gefüllte Bücherregale. Die Möbel sahen edel aus. Die Lampen waren aus Porzellan und die Vorhänge fühlten sich in Ludmillas Fingern an wie echte Seide. Schnell zog sie ihre Hände zurück, als sie sah, wie schmutzig diese waren. Über dem Schreibtisch aus Mahagoni hing ein riesiges Gemälde von Fabius. Er trug auf dem Bild einen schicken Anzug und hielt in seiner rechten Hand eine große Schere, die das Band zur Eröffnung des Kirchplatzes zerschneiden sollte.

Kaum eingebildet, dachte Ludmilla spöttisch und wandte sich schnell von seinem Anblick ab. Unbehaglich schritt sie durch das Zimmer und überlegte fieberhaft, wo sich der Schlüssel zur Bibliothek befinden könnte. Sie fand nirgendwo ein Schlüsselbrett oder sonst etwas Ähnliches.

Die Möglichkeiten, die ihre momentane Situation bot, weckte die Neugierde in ihr. Sie schaute in jede Schublade und blätterte durch die Dokumente, die sie darin fand. Vieles was sie las, war entweder sehr langweilig oder unverständlich für Ludmilla. Doch als sie die Schublade von Fabius´ Schreibtisch mit einem Messer aufstemmte und darin einen Stapel Papiere vorfand, wusste sie, dass sie etwas Interessantes gefunden hatte. Sie blätterte durch die Dokumente und hielt inne, als ihr ein paar merkwürdige Worte ins Auge fielen: *Maschendraht, Verbot, Zensur, Renovierung.* Ludmilla überflog ein paar Sätze auf dem Dokument: *Das Wohl der Bürger von Lichtingen ist nicht gewährleistet. Deshalb beantrage ich die sofortige Renovierung des Zaunes an der Stelle 34b. Dieser Teil wurde nach mehrmaliger Begutachtung als „marode" beschrieben. Der Schutz der Bürger steht an oberster Stelle.* Auf dem unteren Teil des Blattes war eine Liste abgedruckt, die auf Ludmilla wirkte wie eine Einkaufsliste. Es war eine Aufzählung von Materialien, die für die Renovierung gebraucht wurden. Darunter stand noch eine andere Liste mit Worten, die Ludmilla nicht kannte: *Amitriptylin, Midazolam, Flunitrazepam,* daneben war eine Anmerkung mit Bleistift gekritzelt: *Nicht von Lichtinger Apotheke.*

Ludmilla schaute verwirrt auf das Blatt in ihren Händen. War das ein Brief? An wen war er gerichtet? Sie drehte den Zettel, fand jedoch keinen Empfängernamen. Ein Absender stand auch nicht darauf, doch es war offensichtlich, dass Fabius dieses Dokument verfasst hatte. Ludmilla drehte das Blatt um und auf dem Zettel, der mit einer Klammer an den anderen befestigt war, stand in großer, roter Schrift: *Die Renovierung des Zaunes hat oberste Priorität. Es wird in kein neues Projekt investiert, bevor dort nicht alle Kosten gedeckt sind.* Ludmilla ließ die Papiere sinken. Ihr Herz pochte. Sie fühlte sich gut, dass sie mit ihrem Gefühl bei Fabius nicht falsch gelegen hatte und wünschte sich gleichzeitig, dass es anders gewesen wäre. Ludmilla stopfte die Zettel zurück in die Schublade und wandte sich dem Garderobenständer zu, an dem ein verlassener dunkelblauer Mantel hing. Sie wühlte in seinen Taschen, zog einen Bon hervor und ein halbes Kaugummi. Angeekelt steckte sie es schnell zurück in die Manteltasche und ließ sich dann in den erstaunlich ungemütlichen Schreibtischstuhl fallen.

Nun war sie hellwach. Der Tatendrang wurde durch ihre Venen gepumpt, als wäre sie in einem Drogenrausch. So langsam wurde die Hoffnung in die Bibliothek zu gelangen, um mehr über den Wald herauszufinden, immer kleiner. *Die Tür ist massiv, also kann ich sie nicht einfach aufbrechen.* Wenn der Schlüssel nicht hier war, konnte sie ihren Plan vergessen. Sollte sie versuchen durch ein Fenster einzusteigen? Dann müsste sie eines zerschlagen, und könnte sie die Aufmerksamkeit, die das mit sich bringen würde, riskieren? Ludmilla presste die Lippen aufeinander. Keine Idee war gut genug, um weiter gedacht zu werden. Sie drehte sich auf dem Schreibtischstuhl im Kreis und hielt ihre Beine hoch. Bei der fünften Umdrehung hielt sie den Schwung ruckartig mit ihrem Fuß an. Da war eine Gestalt. Sie war an einem der Fenster vorbeigelaufen. Nein, sie war vorbei gehuscht! Es waren dieselben Bewegungen, die Ludmilla vor wenigen Minuten gemacht hatte, um möglichst unauffällig zu sein. Die Person lief in den Gang, der zu der Bibliothek führte.
Ludmilla schlich zu einem der Fenster und schob vorsichtig den seidigen Vorhang beiseite. Sie lugte mit

zusammengekniffenen Augen in die Dunkelheit und konnte nichts entdecken, außer die nackten Pflastersteine, über die der kalte Wind strich. Auf Zehenspitzen lief sie zur Tür und öffnete sie einen Spalt. Wenn es jemand war, der die Tür zur Bibliothek öffnen würde, könnte sie hinter ihm hindurch schlüpfen. Sie durfte nur nicht erwischt werden, sonst war ihr nächtlicher Plan vergebens gewesen. Sie blickte in den Gang, ihr Blick konnte die Dunkelheit nicht durchdringen.

Zu ihrem Glück pfiff der Wind noch immer laut und übertönte ihre kleinen Schritte auf den glatten Steinen. Doch auch von der anderen Gestalt war kein Laut zu vernehmen. Ludmilla horchte immer wieder in die Dunkelheit, doch die andere Person schien sich ebenso wenig zu bewegen wie sie selbst. Sollte sie sich lieber verstecken und warten bis die Person verschwunden war, oder sollte sie es riskieren und den Gang entlang gehen, um zu erfahren wer sich dort befand? Ludmilla musste nicht lange überlegen und schritt leise in die Dunkelheit, mit klopfendem Herzen und die Hände zu Fäusten geballt.

Sie hielt die Luft an, als sie mit ihren Gummistiefeln über die harten Steine schlich. Vor ihr im Gang war kein Schatten zu sehen. Die Tür am Ende des Ganges sah genauso verschlossen aus wie zuvor. Sie hätte doch gehört, wenn sie jemand geöffnet hätte. Auf ihrer Stirn bildete sich eine Falte. Und dann fiel ihr etwas ein, das ihr Herz für einen Schlag aussetzen ließ.

Als sie vorhin an diesem Ort war, hatte sie im Augenwinkel eine kleine Nische in der Mauer wahrgenommen. Sie drehte sich langsam in die Richtung um und musste einen Schrei zurückhalten. In der Nische stand jemand. Der Körper war gut versteckt, doch die Füße, die aus der Mauer zu ragen schienen, verrieten ihn. Ludmilla hielt sich beide Hände an den Mund und ging näher an das Versteck heran. Die Schuhe gehörten eindeutig zu einem Jungen, doch es waren nicht Palles, die hätte Ludmilla sofort erkannt. Da der Junge selbst nicht entdeckt werden wollte, stellte er wohl für Ludmilla keine Gefahr dar. Mit diesem Gedanken ging sie zu ihm und legte ihre Hand auf seine Schulter.

„Wer bist du?", zischte sie ihm entgegen und verschluckte sich fast, als sie das Gesicht des Jungen sah, der es nun ins Mondlicht hielt.

„Miles!" Automatisch machte sie einen Schritt nach Hinten. „Was machst *du* hier?", rief sie verdattert und vergaß, dass sie sich unauffällig verhalten wollte.

Miles schaute sich gestresst um. „Pscht! Willst du alle aufwecken?", flüsterte er. Ludmilla schaute ihn an. „Das passt ja, ich muss sowieso mit dir reden", sagte sie gereizt. „Wo ist Palle? Was hast du mit ihm gemacht?"

Miles schaute sie erschrocken an. „Woher weißt du davon? Weiß es schon die ganze Schule?"

„Das tut doch jetzt *überhaupt nichts* zur Sache. Ich weiß, dass du ihm den Zettel geschrieben hast", zischte sie und schaute ihm eindringlich in die Augen.

Er sah erschöpft aus. Seine Augenringe waren stärker als sonst, sein Gesicht leer. Er antwortete nicht.

„Du hast ihm gesagt, er soll eine Kerze holen auf dem Friedhof, da es mir sonst schlecht ergehen würde. Erinnerst du dich? Ich habe den Zettel gefunden." In Ludmilla kam Wut auf. „Sag mir jetzt *sofort* wo Palle ist." Der Schmerz über Palles Verschwinden kam erneut in ihr auf. Die Augen mit dicken Tränen gefüllt starrte sie ihn an, erwartungsvoll. Miles schaute hoch. Dann legte er beide Hände auf ihre Schultern und atmete einmal tief ein und aus. „Ludmilla. Hör mir bitte zu", sagte er.

In Ludmillas Hals hatte sich ein Kloß gebildet. Einer von der Sorte, die man nicht herunterschlucken konnte, sondern einer, der einem am Atmen hindert. Der so sehr schmerzt, dass man kaum noch reden kann. Sie schaute ihm in seine von Schmerz geprägten braunen Augen, lauschte seinen Worten und hoffte, nicht noch schlimmere Nachrichten zu hören. Miles räusperte sich.

„Es ist nicht so wie es aussieht, Ludmilla. Ich weiß, du wirst mir wahrscheinlich nicht glauben, so wie niemand in dieser verdammten Stadt, aber *bitte* höre mir wenigstens zu." Er machte eine kleine Pause, um einen Ansturm an Protest abzuwarten. Als dieser jedoch nicht kam, fuhr er fort.

„Es ist schon einige Zeit her, als es anfing. Vielleicht so zwei Monate. Ehm..." Er stockte, rang nach Worten, die ihm nicht zugeflogen kamen. „Oh man, ich weiß, dass hört sich jetzt richtig blöd an, aber ich hatte immer wieder den gleichen Albtraum. Erst dachte ich, er käme von den vielen Filmen, die ich gesehen hatte oder entspränge einfach aus meinen Gedanken. Es war ein Traum von einem dunklen Wesen, das mich verfolgte. Ich lief in dem Traum durch einen tiefen Wald einen Weg entlang und das Wesen lauerte hinter jedem Baum und reckte seine Arme nach mir aus. Ich weiß, jeder hat mal so einen Traum, aber er fühlte sich so *real* an, weißt du? Ich hatte denselben Traum ein paar Nächte hintereinander und jedes Mal kam das Wesen näher. Ich wollte schon gar nicht mehr schlafen gehen, war immer müde und abwesend in der Schule. Aber naja, irgendwann muss man ja schlafen und in einer Nacht hat das schwarze Wesen mich erwischt. Es hat mich festgehalten und dann hat es mit mir geredet. Es gab mir Anweisungen, die ich befolgen musste, sonst würden die Träume nicht aufhören. Ich wachte mitten in der Nacht auf und da war es. Es hing über meinem Bett. Ich schwöre, dass ich es mir nicht eingebildet hatte. Es hing über mir und atmete mir kalte Luft entgegen. Ich fühlte mich, als wäre ich an dem Ort in meinem Traum." Miles fröstelte, als würde er das Gefühl in diesem Moment erneut spüren. „Als ich das Licht anmachte, war das Wesen fort. Ich weiß, du magst mich nicht und das kann ich dir wirklich nicht verdenken, aber ich musste es einfach machen, obwohl ich es nicht wollte." Miles zog seine Nase hoch.

„Rede weiter", sagte sie nur mit zitternder Stimme. Miles holte tief Luft und sprach weiter.

„Das Wesen hatte mir befohlen den Zettel zu schreiben, den du gestern gefunden hast. Mehr sollte ich nicht machen und ich wollte einfach diese Träume los werden. Ludmilla, ich habe nicht weiter darüber nachgedacht. Doch dann ist Palle verschwunden und natürlich haben alle sofort mich verdächtigt. Ist ja klar, der Junge, der ihn immer ärgerte, der Junge, der immer nur Schwierigkeiten machte. Und dann gibt es diesen Zettel, der beweist, dass ich da mit drinstecke. Aber ich *schwöre* dir, Ludmilla, ich habe *wirklich* nur den Zettel geschrieben und ihm in den Rucksack von Palle gestopft. Ich weiß nicht wer oder was Palle gestohlen hat und wo er jetzt ist, aber ich habe ein ungutes Gefühl dabei." Ludmilla war wie versteinert. Sie Miles noch nie so erlebt. Außerdem hatte sie ihn auch noch nie so viel am Stück reden gehört. Vielleicht war es Gutgläubigkeit oder Verzweiflung, oder eine Mischung aus Beidem, jedoch glaubte sie jedes Wort, das er sagte.

Miles legte eine Hand auf seinen gefleckten Pullover und die andere hob er in die Luft, als er schwor. Er blieb in dieser Position und wartete darauf, dass Ludmilla etwas sagen würde. Doch sie war verwirrt. Sollte sie ihrem Gefühl ihm gegenüber vertrauen? Eigentlich sprach alles gegen ihn. Außerdem war er nie nett zu ihr und Palle gewesen, im Gegenteil. Wieso sollte sie ihm diese irrwitzige Geschichte glauben und ihn davonkommen lassen? Aber andererseits... er wirkte ehrlich erschüttert und verzweifelt.

„Warst du nicht im Gefängnis?", fragte sie ihn mit einem bohrenden Blick. Sie wusste noch nicht, ob sie ihm vertrauen konnte. Er war der einzige Anhaltspunkt, den sie bisher hatte, deshalb musste sie vorsichtig vorgehen.

„Man geht nicht so einfach ins Gefängnis, Ludmilla. Die Polizisten haben mich aus dem

Unterricht geholt. Sie haben mir viele Fragen gestellt und ich wusste erst gar nicht, worum es ging. In meinem Kopf waren so viele andere Dinge, weißt du? Ich habe erst später kapiert, wieso sie mich verdächtigten. Sie haben mich erst nach Hause und dann zur Wache gefahren. Sie haben auf mich eingeredet, mir alle Schuld zugeschoben und gesagt, wenn ich nicht rede, bin ich schuld daran, wenn Palle nicht mehr gefunden werden würde. Ich habe irgendwann gar nichts mehr gesagt. Doch dir, Ludmilla, *musste* ich es sagen. Auf jeden Fall haben sie mich gegen Abend laufen lassen. Ich bin ein bisschen herumgelaufen, war beim Friedhof und habe mich letztendlich unter einer Brücke versteckt. Armselig, oder?" Miles schnaufte kurz auf, als hätte er einen dämlichen Witz erzählt.

„Und was machst du jetzt hier?", fragt Ludmilla, deren Füße in den Gummistiefeln langsam kalt wurden.

„Ich habe den ganzen Abend gegrübelt, was mit Palle geschehen sein könnte. Wenn ich das Mysterium auflösen kann, kann ich auch wieder nach Hause gehen. Ich wollte in die Bibliothek, um mehr über den Wald zu erfahren, ich glaube, er hat etwas damit zu tun."

Ludmilla starrte ihn an. Das kann doch wirklich nicht sein, dachte sie. Die Person, die sie am Tag zuvor in die Hölle gewünscht hatte, stand hier vor ihr mit genau demselben Vorhaben wie sie.

„Ich habe den gleichen Plan, aber die Tür ist verschlossen. Ich habe keinen Schlüssel."
Miles grinste, griff sich in die Hosentasche und holte einen verrosteten Schlüssel hervor. Ludmilla schnappte

nach Luft, als sie das unwahrscheinliche Wunder in Miles rauer Handfläche betrachtete.

„Woher hast du den denn?", fragte sie und griff nach dem Schlüssel. Er fühlte sich schwer an.

„Meine Mutter arbeitet hier als Bibliothekarin, wusstest du das nicht? Sie hat einen nachgemachten Schlüssel und ich konnte ihn ihr abnehmen." Er wirkte zufrieden mit seinem Erfolg, als hätte er durch diese Tat alles andere wieder gut gemacht. Doch als Ludmilla ihm sagte, dass er seine Mutter bestohlen hatte, schniefte er nur.

„Ich weiß, ich bin nicht sehr vertrauenserweckend. Aber ich würde mich freuen, wenn du...". Er stockte. „Was willst du eigentlich hier?", fragte er, als wäre ihm die Tatsache, dass Ludmilla da war, eben erst aufgefallen.

„Du willst Palle doch gar nicht finden, sondern nur erreichen, dass dich keiner mehr verdächtigt! Ich dagegen will ihn finden. Mit allen Mitteln. Und ich bin selbst auch darauf gekommen, dass der Wald etwas damit zu tun hat und wollte in der Bibliothek etwas darüber herausfinden."

Miles riss die Augen auf und schaute sie verblüfft an. „Ich möchte doch auch, dass Palle wieder auftaucht. Aber ob ich es auch aus Eigennutz tu, ist doch egal. Die Hauptsache ist, dass wir uns verbünden können."

In Ludmilla stieg Empörung auf. Nie und Nimmer würde sie sich mit Miles verbünden! Er war der Letzte, mit dem sie sich zusammentun würde. Vielleicht log er, damit sie ihm helfen würde, ihn aus dem Schlamassel zu befreien. Aber andererseits... Der Schlüssel in seiner Hand schaute verführerisch zu ihr auf. Sie konnte doch einfach das Beste aus der Situation machen und ihn erst einmal beobachten.

„Okay", sagte sie leise. Miles lächelte fast unmerklich. Der Wind fegte durch den dunklen Gang, in dem die zwei kleinen Gestalten standen und sich die Hände gaben. Sie flüsterten das Wort *Verbündete*, das von der Böe durch die Luft getragen und durch die müden Straßen von Lichtingen wehte.

7 Die große Eingangshalle der Bibliothek verschlug beiden die Sprache, obwohl sie schon oft hier gewesen waren. Die meterhohen Wände waren gestützt von majestätisch wirkenden Säulen und an der Decke war ein kunstvolles Bild gemalt, das Ludmillas Blick fesselte und sie fast schwindelig machte. Der Saal strahlte eine Weisheit aus, die in alle Ecken strömte. Durch die Dunkelheit und die Abwesenheit der Besucher kam ein beruhigendes Gefühl auf und Ludmilla war innerlich sofort ein bisschen entspannter. An der linken Wand war eine riesige Karte von Lichtingen angebracht, die von mehreren kleinen Lampen beleuchtet wurde.

Die Schritte der Kinder hallten leise durch den Raum, noch hörten sie sich verhalten und schüchtern an.

„Wir müssen uns beeilen", flüsterte Ludmilla, die einen Blick durch ein Fenster auf den sich langsam erhellenden Himmel warf.

„Ich glaube, wir müssen in den Keller", flüsterte Miles zurück. Die Stille, die die beiden Kinder umgab, war so stark, dass sie automatisch ihre Stimmen senkten. Sie sprachen nicht, als sie ihr Tempo erhöhten und durch die Halle und durch einen Türbogen hindurch liefen.

Ludmilla fühlte sich unbehaglich dabei, mit Miles im Dunkeln durch die Bibliothek laufen zu müssen. Miles war einer der Menschen, die sie nie verstanden hatte. Er war immer so unberechenbar gewesen, man wusste nie, welche Laune er gerade hatte. Wenn sie doch nur Palle davon erzählen könnte was gerade passierte, er würde wahrscheinlich laut lachen und ihr einen Vogel zeigen. Palle war nie jemandem böse, nicht einmal Miles. Er schien immer verständnisvoll zu sein, egal wie sehr er ihn verletzt hatte. Sie seufzte. *Ich mache das für Palle,* dachte sie.

Gedankenverloren war sie die letzten Meter hinter Miles hergelaufen und hatte wenig auf ihre Umgebung geachtet. Doch als er abrupt anhielt und sie fast gegen seinen Rücken gelaufen wäre, hob sie ihren Kopf und blickte sich um.

Die Bücher, die sich in den Regalen stapelten, rochen nach altem Papier und Druckertinte. Es waren Unmengen an Regalen, die sich alle aneinanderreihten, bereit durchforstet zu werden. Es gab in der Mitte des Raumes eine Ecke mit alten, fast antik aussehenden Sofas, die von den vielen Lesenden durchgesessen waren. Oben an der Decke hing ein großer Kronleuchter, der das Mondlicht reflektierte, das durch die meterhohen Fenster brach. Miles stand vor einem abgeschlossenen Gitter, hinter dem eine Treppe in den Keller führte.

„Du kannst noch so oft daran rütteln, aber die Tür ist abgeschlossen", sagte Ludmilla zu Miles, der vergeblich versuchte sie zu öffnen.

„Mist, hier ist kein Schlüsselloch", ärgerte er sich, doch Ludmilla hatte an der Wand etwas entdeckt. Sie ging näher an das Gerät heran, an dem ein Zahlenfeld angebracht war.

„Schau mal, wir müssen nur vier Zahlen eingeben und dann wird die Tür geöffnet." Ludmilla runzelte ihre Stirn. Ihr war nie aufgefallen, wie sehr der Keller vor Eindringlingen gesichert worden war. Aber jetzt, wo sie darüber nachdachte, hatte sie nie jemanden durch diese Tür gehen sehen. Sie hatte ihn nie wirklich wahrgenommen, da der Keller nie beleuchtet, sondern immer in Dunkelheit gehüllt gewesen war. Durch die Mauern aus Büchern und dem beruhigenden Gefühl, das die Bibliothek ausstrahlte, würde niemand auf die Idee kommen, dass etwas hier versteckt werden würde. Miles stand neben ihr und trippelte nervös mit einem Schuh. Sein Finger zitterte, als er über das Zahlenfeld strich.

„Was ist los?", fragte Ludmilla erstaunt. „Wir kriegen das schon raus, keine Sorge."

„Nein, es ist etwas anderes. Ich weiß, wo wir nach dem Code suchen können", antwortete Miles und holte beschämt etwas aus seinen Taschen hervor. Ludmilla wusste zunächst nicht, was an einem

Geldbeutel so schlimm sei, doch dann sog sie geräuschvoll die Luft ein.

„Hast du das Portemonnaie von deiner Mutter geklaut? Miles, du bist ja wirklich ein *Dieb*", rief sie in die Stille hinein und schaute ihn versteinert an. Miles blickte auf den Boden. Er sah enttäuscht aus. Enttäuscht darüber, dass er innerhalb von wenigen Minuten das Bündnis zu Ludmilla gefährdet hatte. Nicht einmal er selbst würde sich vertrauen.

„Ich weiß, es war falsch, doch darin hebt meine Mutter ihren Zweitschlüssel für die Bibliothek auf. Ich wollte es ihr zurückgeben, ehrlich." Kleinlaut öffnete er es und nahm jede kleine Tasche darin ins Visier. Er zog zwei fünf Euro Scheine hervor, mehrere Bons, ein paar Centstücke und dann Kreditkarte, Ausweis und eine Rabattkarte fürs Einkaufen. Aus der letzten Tasche holte er ein zerknittertes Foto hervor. Miles schluckte, als er es betrachtete. Doch bevor Ludmilla einen Blick drauf werfen konnte, steckte er es sich in seine Hosentasche. Ludmilla nahm ihm das Portemonnaie ab und durchsuchte das letzte Fach. Ein kleiner gefalteter Zettel kam zum Vorschein. Sie betete in den Himmel, als sie ihn öffnete. Vier große Augenpaare starrten auf den aufgeklappten Zettel, auf dem sich vier Ziffern befanden.

0 - 2 - 2 - 3

Schnell tippte Ludmilla die Zahlen in das Feld und drückte die Daumen. Die Zahlen standen in einem

Display und wurden nacheinander grün. Dann brummte es und die Gittertür sprang auf.

„Wir haben es geschafft!", freut sich Ludmilla. Auch Miles freute sich, aber er senkte seinen Kopf noch immer. Sie schaute ihn an. Seine dunklen Haare fielen ihm über die Augen. Seine Schultern sahen stark aus, aber in diesem Moment wirkte er, als könnte ein einziger Windhauch ihn zum Fallen bringen. Dass er seine Mutter beklaut hatte, fand Ludmilla zwar nicht gut, jedoch hatte es ihnen geholfen. Ohne ihn wäre sie niemals so weit gekommen. Das sagte sie ihm, als sie durch die Tür gingen und die dunkle Treppe hinabstiegen. Er hob seine Schultern und lächelte.

„Wie war es für dich auf der Polizeiwache? Hattest du Angst?", fragte Ludmilla interessiert als sie einen langen Flur entlang gingen. Miles schaute sie verlegen von der Seite an.

„Es war okay", antwortete er und schnaufte. „Der eine Polizist war zwar nicht sehr nett, aber ich habe etwas zu essen und trinken bekommen. Irgendwie war ich froh mal woanders zu sein, aber ich glaube, das verstehst du nicht."

„Meinst du, du warst froh nicht Zuhause zu sein?", fragte Ludmilla vorsichtig. Sie hatte viele schlimme Geschichten von Miles Vater gehört und glaubte sie alle, denn er kam oft mit einem blauen Auge in die Schule. Miles lachte kurz auf, hohl und gestellt klang es.

„Ja, kannst du dir das vorstellen? Alle Kinder freuen sich, wenn die Schulglocke läutet, damit sie nach

Hause können. Ich nicht. Ich bin danach den ganzen Tag noch draußen und stelle irgendwas an, damit ich nicht nach Hause muss. Das ist echt peinlich, bitte erzähle niemandem davon, okay?", Miles schaute sie flehend an. Ludmilla schluckte. Sie konnte es nicht versprechen, denn eine Person würde es auf jeden Fall erfahren. Aber nur, wenn sie ihn finden würden.

„Das ist aber immer noch kein Grund, Palle so schlecht zu behandeln", sagte sie und ging mit schnellen Schritten vorwärts, um endlich aus dem düsteren langen Flur zu entkommen. Ganz hinten war eine Tür, die einen Spalt breit aufstand. Sie schlüpften hindurch und staunten, als sie die alten Bücher erblickten. Es gab in dem kleinen Raum kein Fenster und nur ein großes Regal, in dem verstaubte Bücher, Zeitschriften und Hefte wild durcheinander lagen. Ludmilla strich mit den Fingern über einen Buchrücken und betrachtete die dicke Staubschicht.

„Hier wurde lange nicht mehr gewischt", stellte sie fest. Miles nieste bestätigend.

„Okay. Wir müssen jetzt schnell sein. Die Sonne wird bald aufgehen und wenn wir erwischt werden, kommst du wieder ins Gefängnis und ich auch. Dann wird niemand Palle suchen gehen. Also los."
Wie ein Startschuss hörten sich Ludmillas Worte an, die in ihren Köpfen verweilten, als sie die alten Dokumente durchforsteten. Die Papiere in ihren Händen zerfielen fast, als sie sie durchblätterten. Immer wieder ermahnte Ludmilla Miles, der zu ruppig mit ihnen umging, aus Angst, er könnte einen wichtigen Hinweis zerstören. Das erste Heft, das sie fand, war gefüllt mit

protokollierten Zahlungen an die Stadt Lichtingen, die Ludmilla überflog, jedoch nicht verstand. Sie legte es behutsam Beiseite und hielt als nächstes einen Bildband über die Gründerväter von Lichtingen und ein sehr altes Prospekt mit vergilbten Fotos von der Wassermühle in Lichtingen in den Händen. Sie blätterte alles durch, konnte jedoch nichts finden, das sie nicht schon gewusst oder sie sehr erstaunt hätte. Sie fragte immer wieder, was Miles gefunden hatte, doch auch er fand nichts Besonderes. Dann zeigte er auf einen massiven Holzschrank, der in einer dunklen Ecke des Zimmers stand. Die Türen waren abgeschlossen, was Miles jedoch nicht daran hinderte, sie zu öffnen.

„Wir sind schon so weit gekommen", sagte er, während er gegen die Tür trat. Ein Schwall alter Zeitungen kam ihnen entgegen. Sie schoben alles beiseite und fanden unter dem ganzen Material ein dickes, in Leder eingeschlagenes Buch. Ludmilla hob es hoch und ächzte.

„Man, ist das schwer", sagte sie, legte es auf einen freigeräumten Tisch und schlug es auf. Miles blickte neugierig über ihre Schulter und pfiff durch die Zähne.

„Ich glaube, wir haben das gefunden, wonach wir gesucht haben", sprach er und Ludmilla wusste, dass er recht hatte. Im Einband des Buches stand in goldener, verschnörkelter Schrift: *Lichtingen*

Miles grinste und hob es feierlich in die Höhe. "Die wahre Geschichte Lichtingens – Eine Stadt der Verschwörungen", sprach er.

Ludmilla schnappte sich ärgerlich das Buch. „Sei nicht albern." Doch als sie es sich näher anschaute, fand sie, dass Miles vielleicht gar nicht so weit daneben gelegen haben könnte. Warum sonst wurde so ein kostbares Buch unter Zeitungspapier versteckt und stand nicht hinter einer Vitrine im Eingangsbereich der Bibliothek? Die Schrift war durch das abblätternde Gold fast nicht mehr lesbar. Im Einband stand in Schreibmaschinenschrift ein großes B.

„Ob B. der Autor ist?", fragte Ludmilla und Miles zuckte mit den Schultern. Sie blätterten weiter und überflogen die Seiten. Zu ihrer großen Enttäuschung waren die Blätter alle zu sehr ausgeblichen, um etwas Brauchbares darin zu erkennen. Das Buch bestand aus wenig Text mit vielen Illustrationen, die zum großen Teil nicht mehr sichtbar waren. Ludmilla stiegen die Tränen in die Augen. Sie war so nah dran gewesen und dann das. Sie schloss die Augen und wollte enttäuscht das Buch schließen, als Miles danach griff.

„Warte", sagte er und tastete den Einband des Buches ab. „Hier drunter ist irgendwas." Ludmilla blickte auf und fühlte mit ihrer Hand über den Einband. Er hatte Recht, etwas wölbte sich unter dem Leder. Dann grinste sie und zog aus ihren Gummistiefeln ein kleines Taschenmesser hervor. Es war dunkelgrün mit einer goldenen Klinge, die im Dunkeln glitzerte.

„Ich gehe doch nicht ohne mein Taschenmesser aus dem Haus", sagte sie verschmitzt. „Es hat mir schon oft geholfen, ich glaube, es ist mit einem guten Fluch belegt", flüsterte sie Miles ins Ohr und zwinkerte ihm zu. Das Messer zerlegte das Leder wie weiche Butter. In Ludmilla keimte eine Hoffnung auf, die sie lange nicht mehr gespürt hatte, als sie das Pergament aus dem Umschlag holte.

„Was ist das?", fragte Miles ungeduldig und sprang von einem Bein auf das andere. Ludmilla faltete es auseinander und blickte auf eine Karte. Es war nicht irgendeine Karte, denn es fehlten Häuser und Straßen, es war eine Karte von einem Wald und die beiden Kinder wussten sofort, welcher Wald dort abgebildete war.

„Ich hätte nie gedacht, dass er so groß ist", flüsterte Miles andächtig und fuhr mit dem Finger über die kleinen Schriften, die überall verteilt standen. Die Hoffnung in Ludmillas Herzen wuchs bei diesem Anblick und sie strahlte Miles an.

„Wenn Palle sich wirklich in dem großen Wald befindet, können wir ihn hiermit finden!" Sie wollte Miles fast umarmen aus Freude, konnte sich im letzten Moment jedoch zusammenreißen.

Miles starrte sie an. „Du willst wirklich in den großen Wald gehen, um Palle zu suchen? Du weißt, dass du nie mehr lebend nach Hause kommen wirst."

Ludmilla starrte zurück und war in diesem Moment froh, ihn nicht umarmt zu haben. „Ich dachte, wir wären *Verbündete* und würden Palle zusammensuchen?", fragte sie misstrauisch. Doch bevor Miles antworten konnte, hörten sie ein Türknallen. Ohne zu zögern stopfte sich Ludmilla die Karte unter ihr Oberteil, huschte zum Flur und linste hinein. Niemand war zu sehen, also lief sie zur Treppe, Miles folgte ihr auf leisen Sohlen. Die Bibliothek war geflutet mit Tageslicht. Im Keller war ihnen gar nicht aufgefallen, dass die Sonne aufgegangen war, doch hier in der Bibliothek war es eindeutig Tag.

„Schau, da vorne ist der Haumeister. Er ist immer der erste hier, also haben wir vielleicht noch eine Chance zu fliehen", flüsterte Miles in Ludmillas Ohr. Seine nervöse Atmung bereitete Ludmilla eine Gänsehaut in ihrem Nacken. Der Hausmeister pfiff ein Lied, während er die Gänge kontrollierte. Die Kaffeemaschine brummte und dampfte köstlichen Kaffeegeruch in die Luft. Ludmilla überlegte nicht lange und huschte zu ihr hinüber. Miles blieb an seinem Platz und beobachtete, wie Ludmilla die Kanne, die darin stand, zur Seite schob. Dann lief sie geduckt zurück zu Miles und hielt ihm einen Finger an den Mund. Sie bedeutete ihm die Szene zu beobachten, die sich ihnen in der nächsten Minute bieten würde. Der Kaffee rann an der Kanne vorbei und plätscherte auf den Boden, auf dem sich langsam ein kleiner schwarzer See bildete. Erst als sich der Hausmeister eine Tasse genehmigen wollte, bemerkte er das Schlamassel. Er stöhnte vor sich hin und ärgerte sich über den kostbaren Kaffee, lief dann Richtung Toiletten.

„Genial", flüsterte Miles und hielt einen Daumen nach oben.

„Na los, komm schon", drängte sie ihn und lief voran durch die Bibliothek. Als sie die Eingangstür erreichten, wo sie von der frischen Morgenluft empfangen wurden, atmeten sie erleichtert aus.

Dann hörten sie Stimmen, die sich näherten.

„Das ist Fabius Lingen!", keuchte Ludmilla und sah sich gestresst um. „Er wird wissen, dass wir aus der Bibliothek gekommen sind."

Doch Miles blieb ganz ruhig. Er schaute sie an und sagte leise: „Ludmilla, ich hoffe, du kannst mir irgendwann vertrauen." Dann verschränkte er seine Finger ineinander und hielt sie vor ihre Füße. „Komm, ich mach dir ´ne Räuberleiter. Dann kannst du über die Mauern verschwinden."

Ludmilla zögerte, doch als sich die Schritte von Fabius näherten, stieg sie auf seine Hände und zog sich an der Mauer hoch. Sie sah nur noch, wie Fabius Miles festhielt, bevor sie über den Dächern verschwand. Dass sie sich so schnell von Miles trennen musste, hätte sie nicht erwartet. Sie mochte ihn nicht, aber etwas hatte sich in dieser Nacht geändert. Es war stärker als der Hass, den sie jedes Mal spürte, wenn sie ihn sah. Es war wie ein unsichtbares Band, das sich um ihre beiden Körper gewickelt hatte und zusammenhielt.

Ein Geheimnis, dünn wie ein Bindfaden, verknüpfte sie miteinander.

8 Die gelbe Morgensonne erstrahlte am Horizont. Die orangenen Westen reflektierten sie und sahen dabei aus wie eine schimmernde, gefährliche Glut am Rande des Waldes. Sie erreichten langsam die Stelle des Zaunes, die ihnen ein ungutes Gefühl bereitete. Sie schauten einander an, wortlos, ängstlich. Und dann fielen die Blicke auf die ungewöhnliche Szene, die sich ihnen bot. Keiner wagte es, in den Wald zu blicken, dem sie so nah waren wie nie zuvor.

Ein rotweißes Plastikband flatterte im Wind, nachdem sie fertig waren. Zufrieden blickten sie hinaus zu dem neuen Teil des Zaunes, den man nur mit Mühe von dem alten Teil unterscheiden konnte. Das rostige alte Schild verdeckte den glänzenden neuen Draht, der von weiterer Entfernung seinen Schein bewahrte. Er schien ein sicherer Teil des Zaunes zu sein, wie die anderen, die schon Jahrzehnte ihren Dienst taten. Doch die Seitenblicke der Arbeiter und die kurze Zeit, die sie daran gearbeitet hatten, verrieten, dass sie sich dabei nicht ganz sicher waren. Den Baum, der umgefallen war, hatten sie in mehrere Stücke zersägt und einige Meter vor den Zaun in dem taunassen Gras gestapelt. Das Holz würde sich gut verkaufen lassen, solange sie nicht sagen würden, woher der Baum stammte. Sie fühlten sich dabei nicht schlecht, da der Befehl von Fabius gekommen war. Sie gingen erleichtert nach Hause mit einem Versprechen, nie wieder über das Ereignis zu reden.

Zeitgleich zu diesem Vorkommnis ließ Fabius Lingen den Jungen laufen. Er blickte Miles hinterher und sah, wie er mit seinen Händen in den Hosentaschen über den Marktplatz schlenderte. Auf Fabius` Stirn bildete sich eine große Falte, die dort für den Rest des Tages bleiben sollte. In seiner Hand hielt er den Schlüssel der Bibliothek, die er gleich betreten würde. Doch bevor er das tat, trat er zurück in sein Büro und seine Budapester hallten durch die Straßen von Lichtingen, die langsam erwachten. Er schloss die Tür hinter sich und zog die Gardinen zu. Stolzierend lief er durch das Büro, blickte in sein Angesicht im Rahmen und zwinkerte sich selbst zu. *Es gibt viel zu tun.* Dann machte er es sich an seinem Schreibtisch bequem, strich sich die Ärmel glatt und griff nach seinem Telefon. Fabius setzte ein charmantes Lächeln auf, doch die Falte blieb, wo sie war. Nach ein paar Minuten legte er den Hörer wieder auf und mit der Verbindung brach auch sein Lächeln ab. Er zog seinen vergoldeten Kugelschreiber aus einem Etui hervor und wollte mit der anderen Hand die Schublade öffnen, die unter seinem Schreibtisch abgebracht war, doch er stockte. Holzspäne rieselten auf den Boden, als er sie öffnete. Die Dokumente waren zwar durcheinander, doch keins fehlte. Fabius krallte seine Hand in das Holz und bemerkte in seiner Wut nicht, dass sich ein langer Splitter in seinen Finger bohrte. Er riss die Schublade heraus und schmiss sie mit ganzer Kraft auf den Boden. Die Dokumente segelten durch sein Büro wie frisch verteilte Flugblätter. Doch verbreiteten sie keine guten Neuigkeiten, jedenfalls nicht für Fabius. Er stand auf, atmete mit geschlossenen Augen tief durch, drehte sich um und lächelte dann sein Gemälde an, als wäre nichts geschehen. Ein Tropfen nach dem anderen färbte die weißen Blätter rot.

Ludmilla lief über den taunassen Rasen vor ihrem Haus mit neu gewonnener Energie in ihrem Körper. Der Himmel war hell, die Sonne schien und hatte die Wolken vertrieben. Der kalte Herbstwind war nur noch als dünnes Lüftchen zu spüren, der durch die braunen Blätter raschelte. Doch es war noch ein weiteres Geräusch zu hören, das Ludmilla dazu brachte, hinter das Haus zu laufen. Sie sah das Absperrband, das im Wind raschelte und den neuen Teil des Zaunes. Sie verdrehte die Augen. Das ist typisch Lichtingen, dachte sie. Der Tag war gerade erst angebrochen und schon war der Zaun repariert. Die Holzscheite, die davor lagen, machten sie traurig. Sie lagen in handliche Stücke zerkleinert aufeinander und wirkten nicht mehr wie der prächtige Baum, der vor wenigen Stunden noch am Wegesrand gestanden hatte. Ludmilla seufzte, doch als sie sich abwendete, hatte sie wieder neue Gedanken in ihrem Kopf. Sie hielt die Karte unter ihrem Oberteil fest, wie einen Schatz mit unschätzbarem Wert. Ihr Herz hüpfte bei dem Gedanken einen Anhaltspunkt zu haben, ein kleiner Keimling eines Plans, der wachsen würde, sobald sie sich in ihrem Zimmer verkriechen und sich die Karte in Ruhe anschauen konnte. Doch als sie die Haustür des kleinen blauen Hauses erreicht hatte, stellte sie fest, dass sie ab sofort nicht mehr allein dort wohnte.

Die Tür stand einen Spalt breit offen und im Flur standen die Gepäckstücke ihrer Pflegeeltern. Wenn dies ein normaler Tag gewesen wäre, hätte sie sich sogar gefreut, sie wieder zu sehen und mit ihnen reden zu können. Doch heute fühlte es sich an wie neue Steine, die ihr in den Weg gelegt wurden. Ihre Pflegeeltern standen mit den Rücken zu Ludmilla in der Küche. Die roten Locken ihrer Pflegemutter waren mit einem bunten Tuch zusammengebunden, doch einige widerspenstige Strähnen hatten sich gelöst und wippten an ihrem Kopf auf und ab. Sie unterhielt sich angeregt mit ihrem Mann, der noch seinen gelben Regenhut trug. Sofort überkam Ludmilla ein Gefühl von Geborgenheit. Sie blieb noch einen Moment im Türrahmen stehen und lauschte ihren Worten.

„Das kannst du doch nicht wirklich glauben, Aurora", sagte er.

„Doch, alles spricht dafür, findest du nicht?", antwortete sie.

„Was meint ihr?", fragte Ludmilla, die einen Schritt auf sie zutrat. Ihre Eltern wirbelten umher und schauten sie ein wenig erschrocken an, als hofften sie, dass Ludmilla nicht mehr von dem Gespräch gehört hatte.

„Ludmilla! Wie schön dich zu sehen", riefen sie und umarmte sie stürmisch. Ludmilla raschelte. Aurora schaute sie misstrauisch an.

„Wo kommst du denn her, Liebes?", fragte sie und hielt sie eine Armlänge von sich entfernt, um sie zu betrachten. In ihren Augen blitzte etwas auf, das Ludmilla nicht sofort deuten konnte. Es war wie eine Mischung aus Erleichterung und Sorge. „Du siehst schrecklich aus." Doch bevor Ludmilla antworten konnte, schob ihr Vater sie zum Küchentisch, um ihr zu zeigen, was ihre Mutter alles mitgebracht hatte.

Ludmilla staunte über die Dinge, die sie über den gesamten Tisch ausgebreitet hatten. Sie sah bunte Blumen, die mit einem Bindfaden miteinander zu einem Strauß gebunden waren. Krautige Pflanzen, deren Grün so hell leuchtete, dass es schon fast in den Augen weh tat. Ein Stück Holz, das übersät war mit kleinen Pilzen. Fliegenpilze. Lilafarbene Pilze. Etwas, das aussah wie ein silberner Schwamm für die Spüle. Baumharz. Und ganz viele bunte Steine und welche, die aussahen wie gewöhnliche Kiesel, nur etwas größer. Ludmilla konnte sich gar nicht sattsehen an den außergewöhnlichen Dingen, von denen sie viele vorher noch nie zu Gesicht bekommen hatte. Auf dem gesamten Esstisch waren sie ausgebreitet, als hätten ihre Pflegeeltern ein Festmahl aufgetischt. Doch essen konnte man das meiste wahrscheinlich nicht, vor allem nicht, wenn man noch ein bisschen länger leben wollte.

„Wo hast du das alles her?", fragte Ludmilla, ohne den Blick abzuwenden.

„Von überall. Ich war lange unterwegs", antwortete ihre Mutter und stellte eine große Holzkiste auf einen Stuhl, die sie mit den Pilzen füllte. „Fasst davon lieber nichts an, manches davon würde selbst einen Toten umbringen."

Ludmilla zog ihre Hand weg, die sie ausgestreckt hatte, um einen der Kiesel in die Hand zu nehmen. „Und was sind das? Kieselsteine?"

Aurora lachte, als hätte Ludmilla einen Witz gemacht. „Das wäre blöd, weil ich die Dinger die ganze Zeit mit mir herumschleppen musste. Von außen sehen sie zwar aus wie gewöhnliche Steine, doch wenn man sie aufschlägt, sieht man, dass in ihnen Kristalle gewachsen sind. Man nennt sie Geoden, da sie im Inneren vollständig mit Mineralen ausgefüllt sind. Und schau mal die Edelsteine, die kommen gleich zu meiner Sammlung."

Aurora arbeitete nicht nur in der Lichtinger Apotheke, sie hatte im Keller des Hauses eine eigene kleine Sammlung von Kräutern, Blüten, Pilzen und Steinen. Sie glaubte zwar an die Wissenschaft und an die heilenden Wirkungen der Kräuter, doch war sie auch davon überzeugt, dass von bestimmten Steinen übersinnliche Kräfte ausgingen, wie die, die sie im Keller aufbewahrte. Viele Stunden verbrachte sie dort, den Ludmilla und ihr Pflegevater nur unter ihrer

Aufsicht betreten durften. Sie war fast besessen davon herauszufinden, wofür ihre Fundstücke gut waren und welche Kräfte sich aus ihnen entfalten konnten. Einmal, als Ludmilla noch jung war und noch nicht so lange bei ihnen gewohnt hatte, war sie heimlich in den Keller geschlichen und hatte sich das Buch geschnappt, das ihre Pflegemutter hütete wie ihren Augapfel. Sie hatte es durchgeblättert und sich die vielen bunten Zeichnungen angeschaut, die die Frau, die sie kaum kannte, gemalt hatte. Sie war so fasziniert gewesen von all den verschiedenen Dingen, neben denen ihre Bedeutung stand, dass sie nicht gemerkt hatte, wie sie erwischt wurde. Seit dem Tag hing ein großes Schloss vor der Kellertür, welches ihre Mutter damit begründete, dass es nur aufgrund von Sicherheit dort hing, doch Ludmilla wusste, dass das nicht die ganze Wahrheit war. Seit damals war sie jedoch oft mit ihr zusammen dort unten gewesen. Sie hatte ihr gezeigt, wie sie Ludmillas Hustensaft mischte, wenn sie krank war, oder wie sie die Salbe für Palle mischen konnte, als er sein Knie aufgeschlagen hatte.

Palle. Ludmilla schluckte, der Kloß kam zurück in ihren Hals.

„Palle ist verschwunden", flüsterte sie so leise, dass sie es wiederholen musste, damit ihre Pflegeeltern sie verstanden.

„Was? Was ist passiert?", fragten beide verwirrt und starrten sie an. Eine plötzliche Kälte durchflutete die Küche. Ihre Eltern schienen ein paar Sekunden wie versteinert.

„Er war vor zwei Nächten auf dem Friedhof, ich wusste nichts davon. Am nächsten Morgen war er verschwunden. Die Polizei sucht schon überall, doch bisher gibt es keine Spur." Ludmilla brach ab. Jedenfalls nicht bei der Polizei, dachte sie heimlich. „Sie haben nur Miles verdächtigt, das ist der Junge, der Palle in der Schule immer ärgert."

Ihre Pflegeeltern wechselten einen kurzen, merkwürdigen Blick. „Ich hoffe so sehr, dass sie ihn gesund finden werden", sagte ihre Mutter, die Ludmilla betroffen umarmte. Das erneute Rascheln erinnerte Ludmilla daran, dass sie etwas tun musste und sie befreite sich aus der Umarmung.

„Ich geh auf mein Zimmer, okay? Hab diese Nacht nicht so gut geträumt", sagte sie und ging zur Tür.

„Ich werde mich bei der Polizei über die neusten Entwicklungen informieren und dir Bescheid sagen, sobald sie mir etwas Wichtiges sagen", rief ihr Vater die Treppe hinauf, als sie schon fast in ihrem Zimmer angekommen war. Seine Stimme klang warm und beruhigend. „Könntest du nach Miles fragen?", fragte sie, und nachdem er bejahte, schloss sie die Tür hinter sich.

Aufatmend zog sie die Karte unter ihrem Oberteil hervor. Sie setzte sich auf ihr Bett und zog die Gummistiefel von ihren Füßen. Das Klappmesser fiel heraus und sie hob es auf und legte es auf ihren Nachttisch. Als sie es in der Hand hielt, kamen ihr die Ereignisse der Nacht so unwirklich vor, als hätte sie alles nur geträumt. Doch die Reste des Leders an der

Klinge waren eindeutig zu erkennen. Sie griff unter ihr Bett und holte ihren orangen Rucksack hervor, den sie vor einigen Monaten mit Palle gekauft hatte. Er hatte ihr gesagt, dass der Rucksack wie für sie gemacht war und die Farbe ihrer Seele entsprach - Orange bedeutete Lebensfreude, Neugier und Kreativität. Ludmilla lächelte, als sie die Karte und ihr Taschenmesser hineinlegte. Dann ließ sie sich rücklings auf das Bett fallen und merkte plötzlich, wie schlapp sie sich fühlte. Die Beine schmerzten und ihre Arme waren so schwer, dass sie sich nicht wieder aufsetzen konnte. Also blieb sie liegen und wartete darauf, dass ihre Sinne verschwammen, die Augen zufielen und sie in einen tiefen Schlaf sank, der keinen Platz für verrückte Träume hatte, sondern nur dazu diente, ihr neue Energie zu verschaffen.

Ein Klopfen weckte sie auf. Sie schaffte es sich aufzusetzen und schaute mit kleinen Augen in das Gesicht ihres Stiefvaters. Er steckte seinen Kopf durch die Tür, noch immer trug er den Regenhut. Er sah lustig aus, aber gleichzeitig auch sehr ernst.

„Hey. Ich habe eben mit der Polizei telefoniert", sagte er sanft und betrat den Raum, um sich an ihr Fußende zu setzen. Ludmilla rieb sich die Augen und schaute auf ihre Uhr. Sie hatte drei Stunden geschlafen. „Was haben sie gesagt?", fragte sie müde.

„Sie haben Miles gestern gehen lassen, da er ihnen keine Informationen geben konnte und sie ihn nicht länger festhalten durften. Es tut mir leid", sagte ihr Vater mit Traurigkeit in der Stimme. Er strich mit seiner groben Hand über Ludmillas Füße. Sie schaute ihn an und wunderte sich wieder einmal, wie viel Ruhe er ausstrahlte. Die tiefen Falten um seine Augen zeigten, wie gerne er lachte. Zornesfalten hatten auf seinem Gesicht keinen Platz. Oft musste er Aurora zur Ruhe bringen und das passierte meist, ohne, dass er viel dafür tun musste. *Leopold*, sagte Aurora häufig. *Du bist die Inkarnation der Ruhe.*

„Er war es nicht", murmelte Ludmilla und zog sich die Decke über ihre Beine.

„Wie bitte?" Ihr Vater schaute sie fragend an.

„Ich weiß nicht, aber ich habe das Gefühl, dass Miles es nicht war. Hat die Polizei sonst noch etwas gesagt?", antworte Ludmilla schnell. Sie hatte nicht vor, ihren Eltern von ihrem nächtlichen Ausflug zu erzählen. Ihr Vater seufzte.

„Sie haben jede Ecke in Lichtingen abgesucht, aber nichts gefunden. Kann es sein, dass er abgehauen ist?"

Ludmilla lachte kurz auf. „Du kennst doch Palle. Er ist der letzte Mensch, der abhauen würde." Sie schlug die Decke um und stand von ihrem Bett auf. Leopold blickte sie ernst an. „Es kommt gleich ein Polizist, der mit dir reden möchte. Bitte sage ihm alles, was du weißt."

Ludmilla blickte ihn stumm an. Wie sollte sie ihm sagen, dass es nichts bringen würde, mit dem Polizisten zu reden? Es ist nur Zeitverschwendung und das konnte sie Palle nicht antun. Er brauchte sie, dort, wo auch immer er war. Er wartete auf sie, da war sie sich sicher.

Doch bevor sie sich eine Ausrede einfallen lassen und ihrem Vater sagen konnte, dass sie nicht mit dem Polizisten reden wollte, klingelte es an ihrer Tür. Sie und ihr Vater zuckten bei dem Geräusch zusammen, das ihnen so fremd war, da es selten durch das Haus schepperte. „Das müssen sie sein", sagte ihr Vater, stand auf und ging aus dem Zimmer, um die Besucher zu begrüßen. Ludmilla sprang auf und lauschte an ihrer Zimmertür. Sie hörte laute, fremde Stimmen von unten, die von mehr als einer Person stammten. Der letzte hoffnungsvolle Blick aus dem Fenster sagte ihr, dass sie nicht mehr fliehen konnte, ohne entdeckt oder im schlimmsten Fall sogar selbst verdächtigt zu werden. Sie fuhr sich ein paar Mal durch ihr struppiges Haar und wischte sich mit dem Ärmel über die verquollenen Augen, bevor sie mit schwerem Herzen ihr Zimmer verließ.

Als sie am Fuße der Treppe angelangt war und sah, wer im Flur ihres Hauses stand, zog sich ihr Magen zusammen. Fabius Lingen nahm seine Melone von seinem Kopf und lächelte sie mit seinem eindringlichen Blick an, den Ludmilla sofort als falsch entlarven konnte. Der kleine Knicks, den er vollzog, beeindruckte zwar Leopold, der hinter vorgehaltener Hand kicherte, doch nicht Ludmilla. Sie starrte ihn an und versuchte durch sein makelloses Gesicht hindurch zu schauen.

„Hallo Ludmilla. Dürfen mein Freund der Wachtmeister und ich dir ein paar Fragen stellen?" Ludmilla blickte den grimmig dreinschauenden Polizisten an, der hinter Fabius hervortrat. Sie kannte ihn. Es war einer der beiden Polizisten, denen sie am Friedhof begegnet war. *Schade, dass nicht der andere mit mir redet*, dachte sie, als sie beiden wortlos die Hand gab. Sie übersetzten es als ein *Ja* und gingen mit ihr in die Küche.

Mist, dachte Ludmilla, als sie den leergeräumten Tisch sah, an dem es sich beide Männer gemütlich machten. Wie gerne hätte sie gesehen, wie sich Fabius an dem Feuerpilz die Hand verbrannte.

„Ich lasse euch dann mal allein. Ludmilla, sag Bescheid, wenn ich kommen soll", sagte ihr Vater und verschwand im Wohnzimmer, um es sich in seinem Sessel und einem Roman gemütlich zu machen.

Ludmilla schaute auf die Uhr, die schneller als normal zu schlagen schien. Für jede Sekunde, die verging, musste Palle länger allein sein.

„Ich hoffe, es geht schnell. Ich bin habe heute noch etwas vor", sagte sie und schaute auf ihre Hände. Fabius legte seine Melone auf den Küchentisch und verschränkte seine Arme ineinander. Sein Gesicht sah auf einmal viel strenger aus.

„Hör zu. Wir wollen nur deinen Freund finden. Du musst uns sagen, was du weißt. Wenn du lügst, finden wir es heraus. Also versuche es erst nicht einmal." Seine Stimme klang so kalt wie der Herbstwind. Seine Worte ließen einen kleinen Funken Zorn in ihr aufflammen. Der Funken wurde zu einem Lodern, als er zurück zu seinem Lächeln überging, als wäre er Teil eines bizarren Theaterstücks.

„Du hast den Zettel beim Tatort gefunden", mischte sich auf einmal der Polizist ein. Ludmilla schaute ihn an, eindringlich, bis er weiterredete.

„Den Zettel hat dein Mitschüler Miles geschrieben. Wir haben ihn verhört, doch aus ihm war nichts heraus zu holen. Er bestritt, dass er etwas mit Palles Verschwinden zu tun hat. Es gibt keinen Anhaltspunkt." Er verstummte für einen Moment. „Doch wir haben von mehreren Lichtingern gehört, dass du in einem sehr engen Verhältnis mit Palle standest. Außerdem scheinen viele Gerüchte von dir im Umlauf zu sein."

Die Luft zwischen den beiden Männern und Ludmilla flackerte. Sie heizte sich auf. Ludmillas Wut wurde größer.

„Sie haben doch keine Ahnung", sagte sie leise, doch nicht leise genug. Der Polizist sog scharf die Luft ein, doch im Gegensatz zu ihm grinste Fabius nun buchstäblich.

Die Flamme in Ludmillas Bauch brannte nun regelrecht. „Sie haben *keine* Ahnung, wer ich bin, sie haben *keine* Ahnung, wer Palle ist und wo er sich aufhält. Sie haben Vermutungen, die wahrscheinlich nicht mal richtig sind. Sie vergeuden ihre Energie in dieser Stadt, denn sie werden ihn hier nicht finden". Die Worte entkamen Ludmillas Mund wie kleine Verbrecher und Ludmilla bereute im nächsten Moment ihre Furchtlosigkeit. Der Polizist hob eine Augenbraue. Das Flackern in der Luft wurde stärker. Es war ein unangenehmes Gefühl. Das Gefühl ausgeliefert zu sein, ohne etwas dagegen tun zu können. Das Flackern blendete sie fast, sie konnte den beiden Männern nicht mehr in die Augen sehen. Ludmilla kniff ihre Augen zusammen und blinzelte.

„Du weißt also, dass Palle sich nicht in Lichtingen befindet. Aha", sagte er und notierte sich etwas auf seinem Notizblock. „Wo ist er denn dann?", fragte er fast nebensächlich, ohne von seinem Block aufzublicken. Ludmilla versuchte ihn anzuschauen, doch es gelang ihr nicht. Bevor sie etwas sagen konnte, kam ihr Fabius zuvor.

„Die Lichtinger sagen, du bist gerne auf dem Friedhof. Sie sagen auch, dass du oft am großen Wald spazieren gehst. Sie sagen, du bist anders. Dass du immer wieder aneckst. Und deine Lehrerin hat angedeutet, dass dich die Schule rauswerfen will. Du schwänzt den Unterricht und bist kein gutes Vorbild für deine Mitschüler. Ich kann mir nicht vorstellen, dass die guten Bürger von Lichtingen so etwas ohne Grund behaupten". Er grinste noch immer und Ludmilla loderte. Das Flackern zwischen ihnen wurde noch stärker, undurchdringlich, eine Wand aus Hass und Spott.

„Schau dir dieses Haus an. Es ist erbärmlich. Ich kann mir nicht vorstellen, dass man gerne hier lebt. Außer.. naja, außer man ist irre", fügte er hinzu und stieß dabei den Polizisten an, der ihm kichernd zustimmte. Ludmilla drückte ihre Daumen so sehr in ihren Fäusten, ihre Nägel hinterließen tiefe Furchen in ihrer Hand.

„Ich habe nichts mit dem Verschwinden von Palle zu tun. Er ist mein bester Freund. Meine Familie ist nicht irre. Man ist nicht automatisch irre, nur weil man anders ist", sprach sie so ruhig wie sie konnte, doch ihre Stimme zitterte verdächtig.

„Wenn sie ihn wirklich suchen wollen, dann suchen sie ihn im großen Wald", fügte sie hinzu und sah in ihren Gesichtern einen Ausdruck, der ihr sagte, dass sie etwas Verbotenes ausgesprochen hatte. Das Lächeln verschwand aus Fabius` Gesicht. Das Flackern war jetzt weniger stark.

„Was hast du gesagt?", zischte er ihr entgegen. Der Polizist kritzelte etwas auf seinen Notizblock. Ludmilla beugte sich nach vorne.

„Ich habe gesagt – sucht im *verdammten* Wald nach Palle." Fabius atmete tief ein, wechselte einen Blick mit dem Mann neben sich und drehte sich wieder dem Mädchen zu.

„Ich glaube du brauchst Hilfe, Ludmilla. Wir werden dich mitnehmen und du wirst psychologische Hilfe bekommen."
Ludmilla sprang vom Tisch auf. „Nein!", rief sie. Als Fabius sie am Arm packte, schrie sie, bis Leopold hereingestürmt kam.

„Was ist hier los?", fragte er aufgeregt, doch Fabius schaute ihn nur mitleidig an, nachdem er schnell Ludmillas Arm losgelassen hatte. Niemand sagte ein Wort. Die Lesebrille von Ludmillas Vater baumelte an einem Ohr, fiel schließlich auf den Fliesenboden und durchbrach die Stille.

„Wir haben mit Ludmilla geredet und wir mussten feststellen, dass sie unter einer traumatischen Belastungsstörung leidet. Sie hat ihren besten Freund verloren, das ist natürlich sehr belastend. Sie benötigt sofort psychologische Hilfe, die wir ihr so schnell wie möglich anbieten werden. Es gibt eine Einrichtung außerhalb der Stadt, wo sie untergebracht werden kann."

Ludmillas Vater blickte erschrocken zu dem Mann, und er sah aus, als wüsste er nicht, ob er seinem Bauchgefühl trauen konnte. Der Polizist stimmte Fabius zu und das verwirrte Leopold nur noch mehr. Sein Blick, den er Ludmilla zu warf, ließ ihr Herz in die Hose rutschen.

„Nein, ich bin nicht verrückt. Bitte, ich will doch nur, dass sie Palle finden", rief Ludmilla verzweifelt und hielt sich an seinem Ärmel fest. Sie kam sich plötzlich vor wie ein kleines Kind, das nicht in die Schule gehen wollte.

Ihr Vater hob langsam seine Lesebrille auf und setzte sie sich auf die Nase. Er schaute in den Raum und sah etwas flimmern. Er sah verdutzt aus und verharrte für ein paar Sekunden, um zu erkennen was es war. Es war das Flackern, das von Fabius Lingen aus in die Küche strömte. Fabius runzelte die Stirn, während er Ludmillas Vater beobachtete und dann zog sich sein Gesicht zu einem hässlichen, selbstgefälligen Ausdruck zusammen. Er räusperte sich. Die Augen von Ludmillas Vater schienen zu erwachen und fokussierten den Mann, der ihm gegenüberstand.

„Ludmilla, bitte geh in dein Zimmer. Ich möchte allein mit den beiden Herren reden." Seine warmen Hände legten sich beschützend auf ihre

Schultern, als sie sie zur Tür schob. Sie war sich nicht ganz sicher, aber es schien so, als würde er ihr für einen kleinen Augenblick zuzwinkern. Im selben Moment erlosch die Wut in ihr. Dann drehte sich Leopold von ihr weg, um die Küchentür hinter sich zu schließen.

Ludmilla stand für einen kurzen Moment bewegungslos davor und überlegte. Dann sprang sie mit Entschlossenheit die Treppen hinauf und schoss in ihr Zimmer. Sie musste jetzt schnell handeln. In Windeseile hob sie ihren orangen Rucksack auf und hielt plötzlich inne. Sie hatte doch nur die Karte und ihr Taschenmesser hineingetan. Wieso war der Rucksack auf einmal so schwer, als hätte jemand Steine reingelegt? Sie grinste, als sie hineinschaute. Es hatte tatsächlich jemand Steine hineingelegt. Aurora war wohl in ihr Zimmer gekommen, als Ludmilla geschlafen hatte, und hatte sechs kleine Edelsteine in ihrem Rucksack versteckt. Einen gelben, einen roten, einen grünen, einen blauen, einen violetten und einen schwarzen Stein. Sie lagen am Boden der Tasche und sahen aus wie wunderschöne Schätze. Schnell zog sich Ludmilla ihre Wollsocken an und streifte ihre Gummistiefel darüber. Dann öffnete sie die obere Schublade ihrer Kommode und zog einen übergroßen dunkelgrünen Pullover heraus, der sie sofort wärmte, als sie ihn anzog. Das Fenster ließ sich leise öffnen.

Sie sah, wie ihre Gardinen im kühlen Herbstwind wehten, als sie noch einmal hinauf zu ihrem Zimmer blickte. Ihr Knöchel pochte von dem Sprung, doch das kümmerte sie in diesem Augenblick nicht. Geduckt lief sie, mit dem orangen Rucksack auf dem Rücken, unter dem Fenster des Zimmers vorbei, in dem die drei Männer saßen und sich laut unterhielten.

„Ludmilla ist ein schlechtes Vorbild für die anderen Kinder in Lichtingen", hörte sie Fabius sagen und streckte ihm die Zunge raus. Das tat gut, auch wenn er sie nicht sehen konnte.

Als sie an ihrem Fahrrad angekommen war, fühlte sie sich so frei wie nie zuvor. Die Tritte in die Pedale erweckten ihre Lebensgeister, die durch ihren Körper strömten und sie motivierten in dem, was sie tat. Sie war nicht mehr aufzuhalten. Vielleicht hatte Fabius in einer kleinen Sache sogar recht, dachte sie, als sie sich von ihrem Haus entfernte. Ihre Familie war ein bisschen verrückt und vielleicht war sie es ebenfalls. Aber das störte sie nicht. Es machte sie sogar stark. Sie hatte ihr eigenes Leben in der Hand, war an keine Konventionen gebunden und die Herrin ihrer Taten. Das wichtigste, das sie besaß, war ihr eigener Wille, der sie dahin führte, wo andere niemals ankommen würden.

Vergiss Sicherheit. Lebe, wo du fürchtest zu leben. Zerstöre deinen Ruf. Sei berüchtigt. – Rūmī

9 Die graue Ratte lief mit klappernden Schritten über den Beton. Ihre Nasenspitze zuckte, sie suchte nach etwas. Immer wieder verharrte sie und hob ihr Köpfchen schnuppernd in die Höhe. Ihre Pfoten waren feucht, das kleine Herz pumpte warmes Blut durch ihren struppigen Körper. Ihre Kralle war durch den Sprung in den Keller abgebrochen und ihre Pfote pochte, doch sie bemerkte es nicht einmal. Das Einzige, das sie spürte, war ein starkes Verlangen, das sich in ihrem Magen bemerkbar machte. Das Verlangen, etwas zu fressen, trieb ihre müden Beine dazu so lange zu rennen, bis sie etwas gefunden hatte.

In dem Keller standen einige Zentimeter Wasser, Pappschachteln von Cornflakespackungen trieben aufgeweicht an der Oberfläche. Wie kleine Schiffe, die hinaus in die Welt segeln wollten. Mit einem kleinen Satz landete die Ratte in den Fluten und paddelte wild mit ihren Pfoten. Sie kam schnell voran. Schwer atmend erreichte sie ein offenes Regal, an dem sie sich hochzog, um sich dort das nasse Fell zu schütteln.

Die salzigen Kräcker krümelten, als die Ratte sie mit Gier in den Augen fraß. Kein Krümel blieb übrig, doch der Hunger war noch lange nicht gestillt. Sie hechtete zurück ins Wasser und paddelte an treibenden Plastikverpackungen und leeren Dosen vorbei. Bald erreichte sie eine Treppe, schnupperte in die Höhe und kniff ihre Knopfaugen zusammen, blinzelnd in das plötzlich auftauchende Licht. Schnelle Schritte brachten die Holztreppe zum Beben. Die Ratte leckte sich das nasse Fell. Ein lauter Schrei ertönte durch den gesamten Keller und schallte in den Ohren der Ratte, die erschrocken zurück in der Dunkelheit des Kellers verschwand.

Der Mann schreckte aus seinem Halbschlaf hoch. Jemand hatte geschrien. Es war ein kurzer, schriller Schrei gewesen, der aus dem Keller kam. Verwundert versuchte er sich in seinem Sessel aufzusetzen, doch die Liegefunktion war eingestellt und der Sessel so weich, dass er erst einmal liegen blieb. Die Fernbedienung des Fernsehers lag zum Glück schon in seiner Hand. Er drückte auf Stummschalten. Seine Füße kribbelten, er wackelte mit den Zehen.

„Alles okay?", rief er so laut wie es aus seinem müden Mund in dem Moment kommen konnte. Er horchte mit gespitzten Ohren und verharrte für einige Sekunden. Dann strich er sich mit einer Hand über sein faltiges Gesicht, seine Finger rochen nach Zigaretten und Langeweile. Er seufzte, als er sich erinnerte, dass seine Frau in den Keller gehen wollte, um sich die Karamellbonbons aus dem Vorratsschrank zu holen.

Es war ihre Lieblingssüßigkeit, die sie immer aß, wenn im Fernsehen der wöchentliche Bericht über die Stadt lief. Es war eine Sendung, die sie nie verpasste, da dort über spannende Vorkommnisse in der Stadt berichtet wurde und ihr neuen Gesprächsstoff für die Doppelkopf-Abende mit ihren Freundinnen lieferte. Der Bericht war gerade angefangen, als sie gemerkt hatte, dass die Schachtel, in der die Karamellbonbons für gewöhnlich lagen, leer war. Sie hatte schwören können, dass letzte Woche noch genügend darin gewesen waren. Ärgerlich war sie die Treppe in den Keller gelaufen, um Nachschub zu holen und hatte dabei überlegt, ob ihr Mann vielleicht welche gegessen haben könnte. *Nein*, dachte sie. Ihr Mann mochte keine Süßigkeiten. Er aß höchstens einen Keks im Jahr, und das am Gründungstag der Stadt, für den sie jedes Jahr mit großer Hingabe backte. Sie lief die Treppen hinunter, tief in Gedanken versunken und ohne zu merken, dass ihre Hausschuhe in Wasser traten. Sie merkte es erst, als das Wasser über den Rand der Schuhe hinweg floss und ihre selbst gestrickten Socken tränkte. Ihre aufgerissenen Augen blickten das Chaos an, das sich vor ihr im dunklen Keller bot. In dem gesamten Raum stand das Wasser einige Zentimeter. Eine Schranktür war aufgegangen und der Inhalt hatte sich schwimmend in alle Richtungen des Kellers verteilt. Eine Müslipackung schwamm an ihr vorbei, als sie sich die Haare raufte. *Und ich habe mich gefreut, dass der Regen aufgehört hat*, dachte sie. Aber das hier ist viel schlimmer. *Wie komme ich jetzt an meine Karamellbonbons?* Sie lachte kurz über ihren eigenen Gedanken. Doch dann kam ein lauter Schrei aus ihren rot bemalten Lippen. Vor ihren Füßen saß eine Kanalratte, die bei ihrem Schrei ins Wasser sprang und davon paddelte.

Sie stand in einer Schockstarre mit nassen Socken auf der dritten Treppenstufe, wartend, dass ihr jemand zu Hilfe eilen würde. Doch ihr Mann kam nicht und so musste sie langsam die Treppe hoch gehen, vorsichtig, um nicht auszurutschen.

Ihr Mann kam ihr in der Küche entgegen.

„Was ist passiert?", fragte er stirnrunzelnd und zeigte auf die nassen Fußspuren, die seine Frau hinterlassen hatte.

„Unser Keller steht unter Wasser. Der Vorrat schwimmt überall herum", sagte sie, während sie sich die triefenden Socken von den Füßen zog. Ihr Mann fluchte leise und wollte an ihr vorbei gehen, um mit eigenen Augen zu sehen, was sich in ihrem Keller abspielte.

„Die schlimmste Sache habe ich vergessen", gluckste seine Frau.

„Was ist denn so lustig?", fragte er und sah seiner Frau ins Gesicht. Sie sah alt aus, dachte er. Die Falten um die Augen waren ihm vorher nicht aufgefallen, doch er hatte sie auch schon lange nicht mehr richtig angeschaut.

„Wir haben eine Ratte im Keller, sie ist eben an mit vorbei geschwommen", prustete sie und brach kurz darauf in ein schallendes Gelächter aus. Die Lachfalten in ihrem Gesicht waren wunderschön. Ihre blonden Wimpern fingen die Tränen auf, die aus ihren hellblauen Augen kullerten.

Als Resa aus der Schule kam, fand sie ihre Eltern tanzend in der Küche vor. Sie rieb sich ihre Augen, als wäre die Szene vor ihr eine Einbildung. Sie konnte sich nicht erinnern, wann sie ihre Eltern das letzte Mal so nah und so glücklich zusammen gesehen hatte. Überrascht darüber, dass es die Realität zu sein schien, huschte sie an der Küche vorbei, möglichst leise, um nicht entdeckt zu werden. Sie wollte ihnen den Moment lassen.

Leise legte sie ihren Schulrucksack in den Flur und nahm ihre Kamera ab, die sie den ganzen Tag um den Hals getragen hatte. Vorsichtig steckte sie sie in ihre Kameratasche und legte diese behutsam in eine Holzkommode.

Im Wohnzimmer lief der Fernseher. Resa machte es sich in dem Sessel ihres Vaters gemütlich und griff nach der Fernbedienung, um den Stummmodus zu deaktivieren. Es lief der wöchentliche Bericht über Lichtingen und Resa wunderte sich, dass ihre Eltern diesen verpassten. Ihre Mutter hatte sogar einmal Resas Fotoausstellung in der Schule versäumt, um den Bericht zu schauen. Sie war besessen von den Vorgängen in der Stadt und von Fabius Lingen, von dem sogar ein Foto auf dem Sideboard stand. Resa hatte es schon oft aus Versehen umgeworfen. Sie sah sein Gesicht schon oft genug im Fernsehen oder bei öffentlichen

Veranstaltungen, auf denen sie immer mitgeschleift wurde.

Sie zuckte zusammen, als seine Stimme aus dem Fernseher drang. Sie klang so vertraut, als gehörte sie zu einem Freund. Er sprach ruhig, eindringlich.

„Glücklicherweise sind keine größeren Schäden durch den Sturm entstanden", sagte er gerade. Seine blauen Augen leuchteten in die Kamera. Er saß auf einem mit Samt eingeschlagenen Sessel, hinter ihm hing ein großes Gemälde an der Wand, er war in seinem Büro. „Wir haben viele Meldungen von überfluteten Kellern erhalten und arbeiten auf Hochdruck daran, ehrenamtliche Helfer zur Verfügung zu stellen. Wenn sie Hilfe brauchen, melden sie sich bitte bei der eingeblendeten Adresse. Seien sie unbesorgt, wir werden die Schäden beheben."

„*Pff*", machte Resa. „Das ich nicht lache. Der hat wohl die ganzen umgekippten Bäume nicht bemerkt, die überall am Rande der Stadt liegen."

„Resa, wir haben gar nicht mitbekommen, dass du nach Hause gekommen bist", ertönte es plötzlich. Ihre Mutter stand im Türrahmen, mit einem Grinsen auf ihrem Gesicht. So einen Anblick bekam sie selten. *Ich wünschte, ich hätte meine Kamera noch um*, dachte Resa. Doch bevor sie etwas erwidern konnte, schaltete ihr Vater den Fernseher lauter.

„Schon wieder sind Diebe unterwegs", wütete er, als er den nächsten Beitrag verfolgte. „Wir müssen unsere Türen und Fenster besser sichern." Resas Vater starrte auf den Bildschirm, auf dem ein Mann von der Polizei gezeigt wurde, der in einem Haus stand, in dem letzte Woche eingebrochen wurde. Eine Frau stand neben ihm, sie schaute sich gestresst um. „Die arme Frau, ist ganz verängstigt."

Resa runzelte die Stirn. Sie hatte mehr das Gefühl, die Frau hatte nur Lampenfieber wegen des Kamerateams.

„Das war der dritte Einbruch, allein in diesem Monat", rief ihre Mutter, das selige Lächeln war aus ihrem Gesicht verschwunden, stattdessen war eine große Falte auf ihrer Stirn aufgetaucht, die zu ihren matten Augen passte.

„Es wurden doch nie etwas Teures gestohlen", sagte Resa, die daraufhin einen bösen Blick von ihren Eltern erntete.

„Resa, das ist der Anfang vom Ende", schallte es von ihrer Mutter erschrocken. „Menschen, die stehlen, sind Kriminelle. Sie sind verantwortlich dafür, dass ich nicht mehr ruhig schlafen kann". Sie legte ihre Handfläche theatralisch auf ihre Stirn, als würde sie jeden Moment in Ohnmacht fallen.

„Ich werde meine Familie beschützen und die Tür jeden Abend doppelt verriegeln. Und wenn es der Dieb bei uns versucht, wird er schon merken, was er davon hat", sagte Resas Vater und sah sehr entschlossen aus, wie er mit erhobener Faust in der Mitte des Raumes stand.

„Ich glaube, es ist einfach eine Person, die sich langweilt", kam es leise von Resa, doch ihre Eltern hörten ihre Worte.

„Damit du dich nicht langweilst, musst du heute im Laden aushelfen. Es wird sowieso langsam Zeit, dass du dich dort besser auskennst", sprach ihr Vater bestimmend.

Resas Magen zog sich bei dem Gedanken daran, die Fleischerei ihrer Eltern übernehmen zu müssen, zusammen. Sie war seit vielen Jahren Vegetarierin, doch das schien ihre Eltern nicht zu interessieren. So viele Male hatte sie versucht mit ihnen zu reden, um ihnen klar zu machen, dass sie sich in der Zukunft dort nicht sah. Doch sie war immer nur gegen eine Wand gelaufen.

„Mir geht es leider nicht so gut heute", versuchte sie sich herauszureden. Der enttäuschte Blick ihrer Mutter traf sie. „Aber wenn ich mich jetzt ausruhe, kann ich bestimmt nachher in den Laden kommen", fügte sie leise hinzu. Ihr Vater atmete erleichtert auf, froh, einer langen Diskussion entkommen zu sein.

„Gut, wir sehen uns dann später", sagte er und legte eine Hand auf Resas Schulter. „Ich bin stolz auf dich."

Resa lächelte ihn an, doch innerlich fühlte sie sich wie in zwei Hälften gerissen. Mit hängenden Schultern verdrückte sie sich in ihr Zimmer und fühlte sich gleich besser, als sie die vielen Fotografien sah, die sie über ihr Bett gehängt hatte. Sie betrachtete sie lange.

10 In ihrer Euphorie fiel Ludmilla von ihrem Fahrrad.

Die Knie knallten auf den harten Steinboden, warmes Blut sickerte aus den Wunden. Einige Sekunden blieb Ludmilla bewegungslos auf dem Boden liegen, sie musste sich von dem Schock erholen. Der Schmerz pochte aus den Schürfwunden, an denen Moos klebte.

Wie aus dem Nichts war sie gefallen. Verwirrt sah sie hoch und erblickte den langen Ast, der zwischen den Speichen ihres Fahrrads klemmte. Noch vor einigen Minuten waren ihre Gedanken bei dem blauen Haus gewesen, bei ihrem Leben, das nun gezwungenermaßen aus den Fugen geraten war und wahrscheinlich nie wieder so sein würde wie vorher.

Der Schmerz, der in ihren Knien brannte, flachte langsam ab, doch ihr Herz schlug unentwegt und konnte sich nicht mehr beruhigen, obwohl Ludmilla ihre Augen schloss und immer wieder tief ein- und ausatmete. Das Bild von dem blauen Haus in ihrem inneren Auge, beruhigte sie. Sie versuchte es festzuhalten, doch es entwischte ihr und etwas Dunkles drängte sich in den Vordergrund. Es sah aus wie das Wesen, das sie vor wenigen Sekunden hinter den dunkelgrünen Zweigen gesehen hatte.

Sie war mit ihrem Fahrrad auf der Straße entlang des Friedhofes gefahren und ihre Finger hatten gekribbelt von dem Gefühl von Freiheit und der beißenden Kälte. Sie war voller Tatendrang gewesen. Endlich befreit zu sein von dem einzigen Ort, der sie in dieser Stadt hielt, hatte ihr die Last von den Schultern genommen.

Ein merkwürdiges Gefühl, ein Blick, den sie auf ihrem sich versteifenden Nacken spürte, hatte sie dazu getrieben, ihren Kopf zu wenden und zwischen die Tannen auf den Friedhof zu blicken. Genau in dem Moment sah sie etwas, das ihr das Blut in den Adern gefroren ließ. Etwas Dunkles hatte zwischen den Tannen gestanden und Ludmilla angeschaut. Der Blick hatte etwas Tiefes, Bedrohliches ausgestrahlt.

Es waren jedoch keine Augen, die sie anstarrten. Es waren tiefe, schwarze Höhlen an einem Körper, der aus trockener Asche zu bestehen schien. Ludmillas Muskeln hatte sich versteift, ihre Glieder hatten zu zittern begonnen. Die dunklen Löcher an dem Kopf ohne Gesicht zogen Ludmillas Blick magisch an. Sie verlor die Orientierung, war gefesselt von dem Wesen, das sie zwischen den Tannen beobachtete. Sie blickten sich so eindringlich an, dass Ludmilla ihren Kopf von allein nicht abwenden konnte, doch der Sturz auf den harten Steinboden hatte sie letztendlich von dem scheußlichen Anblick befreit.

Während sie mit blutenden Knien auf der Erde lag und sich verwirrt umblickte, kam allmählich die Orientierung zurück, die das lähmende Gefühl in ihrem Körper langsam auslöschte. Ludmilla richtete sich auf und traute sich zunächst nicht zum Friedhof zu blicken. Als sie es dann doch tat, glitzerten nur die hellen Sonnenstrahlen durch die Bäume und taten so, als wäre es unmöglich, dass dort ein Wesen aus Asche stehen könnte. Ludmilla wischte sich mit ihrem Handrücken über die Augen und runzelte die Stirn.

Ich werde langsam wirklich verrückt, dachte sie. Sie ärgerte sich über ihre extreme Reaktion auf etwas, das nie da gewesen zu sein schien und über ihre blutigen Knie.

So schnell wie ihre Gefühle umgeschlagen waren, so schnell waren sie auch wieder wie vorher und sie sammelte schnell ihr Fahrrad mit dem leicht schiefen Vorderrad auf und schob es mehrere Meter, bis sie sich wieder auf den Sattel schwang. Ihre Knie brannten bei jedem Tritt in die Pedale, doch ihre Gedanken wanderten davon weg zu dem merkwürdigen Wesen, von dem sie nicht sicher war, ob es nur in ihrem Kopf existierte.

Sie musste Miles finden und mit ihm reden, doch er war ganz sicher nicht zu Hause. Der Gegenwind blies ihr gegen die Stirn und belebte ihren Geist. *Wo könnte Miles sein?*, fragte sie sich. Sie hielt am Ende der Straße mit quietschenden Reifen an.

„Halte nur noch ein bisschen durch", sagte sie zu ihrem Fahrrad, dessen grüner Lack abblätterte.

Sie schwenkte ihren Kopf in alle Richtungen und überlegte, an welchem Ort sie sich verstecken würde, wenn sie nicht nach Hause gehen wollte. Lichtingen war zwar klein, jedoch gab es viele Möglichkeiten für ein Geheimversteck. Der Friedhof, Ludmillas Haus und der Baggersee lagen in einiger Entfernung von der Innenstadt im Süden. Im Westen stand die Schule sowie eine große Wohnsiedlung, in der auch Miles mit seiner Familie wohnte. In der Innenstadt gab es einen großen Marktplatz, eine Bibliothek, Bäckereien, Schlachtereien, Bekleidungsgeschäfte und sonst noch alles, was es in einer normalen Kleinstadt zu finden gab. Doch Lichtingen unterschied sich in einer Sache ganz besonders von allen anderen Städten. Der Große Wald, der die gesamte Stadt umschloss. Es gab zwar einen Weg, der hindurchführte und es der Stadt ermöglichte, lebensnotwendige Dinge geliefert zu bekommen, doch die wenigsten Bürger hatten jemals die Stadt verlassen. Die Angst, sich dem Großen Wald zu nähern, war zu groß, um sich ihr zu stellen. Und in all den Jahren hatten sich die Bürger daran gewöhnt unter sich zu sein.

Ludmilla kannte es nicht anders. Seit sie sich erinnern konnte, waren die Lichtinger eine freundliche, etwas engstirnige Gruppe von Menschen, die sich untereinander unterstützen, ein friedliches Leben führten und sich darum bemühten, so wenig Aufmerksamkeit wie möglich zu bekommen. Denn es gab etwas, das fast allen Lichtingern besonders wichtig war, nämlich den Mitbürgern keinen Grund zu geben, schlecht über sie zu reden. Ludmilla wusste, dass es immer Ausnahmen gab. Sie kannte eine Person sogar sehr gut, auf die diese Beschreibung nicht passte. Sie selbst. Ein kleines, adoptiertes Mädchen, das oft darüber nachdachte, ob ihre Herkunft vielleicht der Schlüssel zu dem Ganzen sein könnte.

Ludmilla lächelte, als sie darüber nachdachte, dass es noch eine weitere Person gab, die sich um die Meinung der anderen keine Gedanken machte. Und dass die beiden Personen beste Freunde waren, war bestimmt kein Zufall. Ludmillas Herz wurde warm, als sie an Palle dachte. Und in dem Moment fiel ihr ein, wo er sich gerne versteckt hatte, bevor sie sich kennengelernt hatten.

Ihr Fahrrad raste über den holprigen Weg, der schräg links von der Straße abging und durch die zugewachsenen Steine kaum zu sehen war. Das Gefühl der schmerzenden Knie war längst vergessen und hatte der Euphorie Platz gemacht. *Schnell*, dachte sie. *Ich muss schnell zu Miles. Und Miles wird mir helfen endlich aus dieser Stadt zu kommen. Palle, ich finde dich.*

Als Ludmilla die alte Wassermühle erreichte, kamen alte Erinnerungen in ihr hoch, die ungefähr fünf Jahre her waren. Ein kleiner Junge, der weinte. Er wirkte wie ein

Fetzen von dunkelblauem Stoff, das jederzeit von der nächsten Böe mitgerissen werden konnte. Er saß verlassen auf dem Wasserrad, das Gesicht in den Händen vergraben. Es war ein Wort gewesen, das ihm jemand mitten ins Herz gestochen hatte. Ludmilla hatte ihn von dem Rad gezogen, das mit seinem Weinanfall gefährlich angefangen hatte zu wanken und hielt ihn im Arm, bis er keine Tränen mehr hatte, die er loswerden wollte. Sie wusste nicht mehr, wie lange sie dort gestanden hatten, doch Ludmilla hätte noch ewig so stehen können.

Ein silbrig goldenes Schwirren hatte sich mit der kühlen Mittagsluft über ihren Köpfen vermischt, und die beiden Kinder atmeten sie ein, als wären sie durstig nach diesem Moment, der niemals enden sollte. Sie wussten tief in sich drin, dies war ein Anfang von etwas, das ihr Leben verändern würde. Ein kleiner Moment, der das Lied ihres Lebens in eine bestimmte Richtung dirigierte, dessen Reichweite Ludmilla erst viel später bewusst werden sollte.

An diesem Mittag saß niemand auf dem Wasserrad. Und obwohl nichts darauf hindeutete, dass sich jemand in dem windschiefen Holzhause befand, durch dessen marode Holzbretter der Wind pfiff, war sie sich sicher, dass es so war. Der Ort war für die meisten Lichtinger schon lange in Vergessenheit geraten, da die Wasserkraft des Flusses nicht ausgereicht hatte, um die anwachsende Bevölkerung mit genügend Strom zu versorgen. Für Ludmilla war der Ort durch die Nutzlosigkeit nicht weniger bedeutend. Im Gegenteil.

Für sie war dies ein Ort, der geradezu von Bedeutung leuchtete.

Vielleicht war es ihr Glaube an das Gesetz der Anziehung, vielleicht war es auch nur Glück, doch als Ludmilla die klapprige Holztür aufzog, blickte sie in Miles` erschrockene Augen.

„Ludmilla", stieß er nur hervor. Seine Augen glitzerten.

Ludmilla lief zu ihm und umarmte ihn fest. Obwohl sie ihn erst vor wenigen Stunden gesehen und vor einigen Tagen noch in die Hölle gewünscht hatte, klopfte ihr Herz freudig in ihrer Brust.

„Zum Glück bist du hier", sagte sie und hielt sein Gesicht in ihren Händen, um jedes Merkmal seines Gesichts zu mustern. „Was hat Fabius gesagt?"

Miles buschige Augenbrauen entspannten sich und seine Augen wurden weich und warm. Erleichterung blitzte in ihnen auf. Er nahm ihre Hände in seine und strich mit dem Daumen über ihre Finger. „Mach dir keine Gedanken, er hat mich laufen lassen. Ich bin froh, dass du mich hier gefunden hast". Er zwinkerte ihr zu. „Ich wusste, du bist clever."

Ludmilla blickte sich in der kleinen Hütte um und erkannte in einer Ecke ein Schlaflager. Eine dünne Matratze lag dort und darauf ein Schlafsack mit einer zerschlissenen Wolldecke. Daneben standen eine abgebrannte Kerze und ein schwarzes Notizbuch mit einem Fineliner.

„Willst du hier schlafen?", fragte sie ihn ungläubig, während der Wind das morsche Holz zum Knarzen brachte.

„Ich habe die Sachen heute Morgen hergeschafft. Es ist besser hier zu wohnen als bei meiner Mutter. Ich glaube, sie finden mich hier erst in ein paar Tagen. So lange habe ich Zeit etwas anderes zu finden." Er zog zitternd seine Kapuze auf den Kopf. „Die Kerze hat ein bisschen gewärmt. Aber die Dinger brennen schnell ab."

Ludmilla konnte sich nicht vorstellen, dass man an diesem Ort überhaupt ein Auge zu bekommen konnte. Sie ging zu der Matratze, setzte sich und zog die Wolldecke über die Beine.

„Wir müssen reden", sagte sie und der bestimmende Ton in ihrer Stimme ließ Miles` Körper für einen Moment versteifen.

„Ich habe einen Plan und du musst mir helfen." Miles setzte sich auf das Fußende und schlang seine Arme um die schlaksigen Beine.

Er sagte: „Wir sind Verbündete, hast du das etwa schon vergessen?" Er lächelte sie mit dem warmen Blick an, den sie erst seit der letzten Nacht kannte. Ludmilla hätte nie gedacht, dass sich eine Person innerhalb einer Nacht in eine ganz andere Person verwandeln konnte. Sie kannte Miles schon viele Jahre, doch sein wahres Gesicht war ihr bisher immer verborgen geblieben. Es war, als hätte er seine Maske abgezogen und ihr einen Blick in seine echten Augen gewährt. Sie waren schön.

Ludmilla nahm ihren Rucksack von den Schultern und holte die Karte daraus hervor.

„Mit der Karte werde ich in den Großen Wald gehen, Miles", sagte sie leise, als könnte sie es selbst noch nicht richtig glauben. All die Jahre, in denen sie in Lichtingen gelebt hatte, war niemand durch den Zaun gestiegen, um zu erfahren, was wirklich in dem Wald vor sich ging. Sie hatte es sich oft vorgestellt, während sie auf dem Dach des blauen Hauses gesessen und über den Wald geschaut hatte. Sie hatte davon geträumt, endlich der Stadt, in die sie nie gepasst hatte, den Rücken zu kehren und ein neues Leben anzufangen. Weit weg. Irgendwo, wo sie ihr Leben so leben durfte, wie sie es wollte. Doch sie hätte sich nie vorstellen können, dass dieser Tag kommen würde, und das auch noch so plötzlich. Noch vor wenigen Tagen hatte sie Palle davon erzählt, dass sie mit ihm am liebsten eine Reise nach draußen machen würde und sie hatten zusammen überlegt, was sie alles mitnehmen würden.

Ich würde auf keinen Fall das gelbe Hemd mit den goldenen Knöpfen zu Hause lassen. Am liebsten würde ich all meine Klamotten mitnehmen.

Ich würde nichts mitnehmen. Bei einem Neuanfang darf man das doch nicht, oder?

Wenigstens nimmst du mich mit.

Die Erinnerung daran schmerzte in ihrer Brust, jetzt, wo sie genau das vorhatte. Aber alles war anders als in ihrer Vorstellung. Sie war nicht bereit dazu. Sie müsste ohne ihn gehen. Ohne Sicherheit, ohne Gewissheit, was sie erwarten würde. Die Karte in ihren Händen zitterte.

Miles sagte nichts. Er blickte sie nur an und wusste, dass er sie nicht umstimmen konnte. Es war still in der Hütte. Das einzige, das zu hören war, war das Rauschen der Bäume und das Krächzen der Krähen. Miles lauschte den Geräuschen und ließ Ludmilla in ihren Gedanken verweilen. Sie hielt ihre Augen geschlossen, hörte dem Lied des Windes zu und atmete die feuchte Luft ein, die aus den nassen Holzbalken kroch.

„Ich habe heute das Wesen aus deinen Träumen gesehen", sagte sie irgendwann in die Stille hinein. Miles schaute sie entsetzt an.

„Wa-as?", stotterte er, denn allein der Gedanke an seine schlimmsten Träume ließ ihn schaudern.

„Ich glaube, es hat mich beobachtet. Ich weiß nicht was es von mir will Miles", sagte sie ruhig.

„Halte dich von ihm fern. Ich glaube, das hat nichts Gutes zu bedeuten." Miles Stimme zitterte.

„Ich muss trotzdem in den Wald. Ich werde Palle finden und ihn nach Hause bringen. Niemand anderes wird es tun. Die Polizei sucht an den falschen Orten, Fabius ist wahrscheinlich froh, wenn er sich nicht weiter darum kümmern muss und alle anderen werden nur zu Hause sitzen und warten. Drauf, dass etwas passiert, Miles. Aber es wird *nichts* passieren, wenn ich nicht losgehe und ihn suche." Sie schaute in Miles müden Augen. „Und wenn ich ihn gefunden habe, denkt niemand mehr, dass du ihm etwas angetan hast." Miles nickte erleichtert. Er hatte das Gefühl, dass Ludmilla ein wenig mehr Vertrauen zu ihm gefasst hatte und er wollte sie nicht enttäuschen. Entschlossen stand er von der Matratze auf und ging zu dem einzigen

Gegenstand in der Hütte: Ein alter Eichenholzschrank. Die Türen öffneten sich knirschend und Miles holte einen weißen Leinenbeutel heraus.

„Ich habe mir schon gedacht, was du vorhast", sagte er und reichte Ludmilla den Beutel. „Das ist für uns."

Ludmilla nahm ihn verwirrt entgegen. Als sie einen Blick in den Beutel warf, erhellte sich ihre Miene. Sie griff mit einer Hand hinein und holte zwei identische Geräte heraus.

„Sind das Walky Talkys?", fragte sie Miles und strahlte ihn an.

Miles lächelte verlegen zurück. „Ja, sie haben eine Reichweite von etwa 5km. Damit können wir uns verständigen, wenn du im Wald bist."

Ludmilla lachte laut auf. Sie blickte die beiden Geräte in ihrer Hand an und die Erleichterung darüber war so stark, dass sie zunächst sprachlos war. Miles nahm ihr das eine aus der Hand.

„Das hier ist für mich. Auf deines habe ich einen kleinen Stern gemalt, siehst du?"

Ludmilla schaute sich ihr Walky Talky von allen Seiten an und entdeckte einen kleinen goldenen Stern auf der Rückseite. Ihr kostbarer Schatz.

„Danke, Miles", flüsterte sie und eine Träne kullerte ihr über die Wange. „Dann bin ich wenigstens nicht ganz allein. Und du kannst mich über die Ereignisse in Lichtingen auf dem Laufenden halten."

Miles nickte. „Ja, ich werde die Stadt beobachten. Und ganz besonders Fabius Lingen."

Er spuckte seinen Namen geradezu aus.

Miles zeigte Ludmilla ganz genau, wie sie ihr Walky Talky benutzen konnte. Er zeigte ihr, wie sie es anschaltete, wie sie den richtigen Sender einstellte, auf dem sie sich mit Miles unterhalten konnte und wie sie es aufladen konnte. Und sie probierten es aus, indem Miles vor die Tür ging und hundert Meter lief. Sie konnte jedes Wort verstehen, das er sagte. Es gab sogar eine Klappe, die sie öffnen konnte, um das Gerät mit Sonnenlicht aufzuladen.

„Sicherheitshalber solltest du den Strom sparen. Im Wald gibt es nicht viel Licht, deshalb solltest du es immer wieder abstellen, sobald wir geredet haben. Und funke mich nur an, wenn es wichtig ist. Die Dinger haben zwar eine lange Akkulaufzeit, aber ich will nicht, dass du komplett allein sein musst." Miles schaute sich das Gerät fachmännisch an. „Ich habe es ganz aufgeladen."

Ludmilla umarmte ihn zum Abschied. Das unsichtbare Band, das sie beide umschlang, war stärker geworden. Sie spürte es, als sie in die helle Sonne trat und ihn ein letztes Mal anschaute, bevor sie ihren Weg zu dem kaputten Teil des Zaunes antrat. Sie verstaute ihr Walky Talky in ihrem orangen Rucksack und verharrte einen kurzen Augenblick. Dann nahm sie lächelnd einen kleinen blauen Stein heraus.

„Der ist für dich. Blau steht für Vertrauen. Bis bald, Miles, ich werde dich anfunken." Und damit ließ sie ihren neu gewonnenen Freund in der Tür des klapprigen Holzhauses hinter sich stehen und schaute sich noch einmal um, um sein Gesicht zu erblicken, in dem eine tiefe Entschlossenheit stand. Sie ging mit einem leichten Herzen und ihrem Walky Talky im Rucksack zu ihrem Fahrrad und fühlte sich sicher.

Als sie sich der Stadt näherte, hörte sie den Lärm der Autos und die leisen Stimmen der Kinder, die gerade die Schule verließen, als wäre dieser Tag wie jeder andere. Sie roch die Abgase der Stadt und fühlte den Druck auf der Brust, der sich jedes Mal bemerkbar machte, sobald sie sich der Stadt näherte. Schnell wendete sie sich ab und machte sich auf den Weg zurück zu ihrem Haus, in der Hoffnung, dass die beiden Männer es schon lange verlassen hatten. Als sie den Großen Wald in der Ferne erblickte, kroch ihr ein frischer Duft in die Nase. Tannenzweige, Baumharz, frischer Wind. Sie inhalierte es mit tiefen Atemzügen und bewegte sich immer schneller darauf zu. Der Wagen des Polizisten stand nicht mehr vor dem blauen Haus, doch sie fuhr in einer Windeseile daran vorbei, aus Sorge, sie könnte es sich anders überlegen, sobald sie in die Diele treten und den gewohnten Duft ihres Hauses einatmen würde. Sie fuhr stur weiter und zwang sich geradeaus zu schauen. Das helle Blau des Hauses verschwand in ihrem Augenwinkel, als sie den Zaun erreichte. Das riesige Verbotsschild ragte über ihr auf wie ein rotes Monster und Ludmilla stemmte sich ohne Zweifel gegen den neuen Teil des Zaunes und ächzte. *Ich will hindurch*, dachte sie und wendete ihre ganze Kraft auf. Der Zaun knatschte, bis er brach. Ein Loch war entstanden, das groß genug für Ludmilla und ihren

Rucksack war. Sie zwängte sich hindurch und wurde von dunklen Fichten empfangen. „Ich komme, Palle."

Das Fahrrad lag achtlos vor dem Großen Wald. In dem Zaun war ein Loch. Es war klein, doch es erregte in Lichtingen großes Aufsehen. Ein weiteres Kind war verschwunden und dieses Mal ohne Zweifel in dem Wald, an den die Bürger nicht einmal denken wollten.

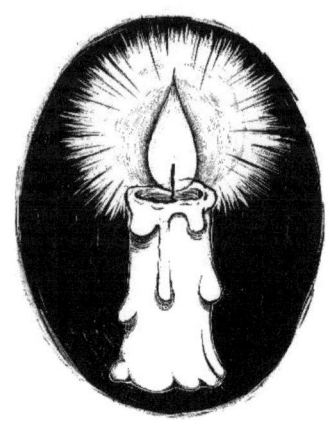

11

Sie wirbelt herum. Hat jemand etwas gesagt? Oder spielt nur der Wind ein böses Spiel mit ihr? Mit klopfendem Herzen dreht sie sich wieder um und huscht weiter durch das Haus. Ihre Finger tasten an der Wand entlang, um sich zu orientieren.

He

Ihr Herz setzt einen Schlag aus. Das war nicht der Wind. Jemand ist im Haus und er befindet sich ganz in ihrer Nähe. Eine Gänsehaut breitet sich auf ihrem gesamten Körper aus, als sie angestrengt durch den schwachen Lichtschein der Kerze in die Dunkelheit des Zimmers blickt. Doch diese ist undurchdringlich.

Ihre nackten Füße auf dem kalten Boden fühlen sich jetzt angreifbar an, da sie sich in tiefer Dunkelheit unter dem Kerzenlicht befinden.

He

Es ist eine alte Stimmte, kratzig und schräg. Das kann sie heraushören, jetzt, nach dem sicher war, dass es nicht der Wind ist, der zu ihr spricht.

»Wo bist du?« ruft sie, ihre Stimme nun klarer und lauter.

Suchend dreht sie sich auf der Stelle, die Kerze erlischt fast an der schwenkenden Bewegung. Die Flammengestalten zucken und tanzen wild wie nie zuvor an den Wänden, doch lassen sie nur kurz die goldenen Bilderrahmen, die daran hängen, erleuchten.

Kleines Mädchen

Geschockt zuckt sie zusammen. Die Stimme war ganz klar und deutlich direkt neben ihrem linken Ohr zu hören. Nur mit einer kleinen Flamme bewaffnet dreht sie sich nach links und hält die Kerze genau vor sich. Leblose Augen starren sie direkt an. Ein schriller Schrei entweicht ihrem Mund. Dann folgt ein Atemzug der Erleichterung. Es sind gemalte Augen. Ihre Kerze richtet sich auf ein riesiges Gemälde, das direkt vor ihrem blassen Gesicht hängt.

Hüte dich vor ihm

Es ist das Gemälde, das zu ihr spricht. Sie kann es ganz klar erkennen, als der acrylbemalte Mund die Worte formt. Ihre nackten Zehen berühren die Wand und ihre kleine Stupsnase fast die des alten Mannes, der in einer roten Uniform gehüllt und mit einem Degen in der Hand, vor ihr steht.

»Vor wem soll ich mich hüten?« Die Kerze bedrohlich nah an der kostbaren Leinwand.

Er wird dich holen

»Wer? Wo sind meine Eltern?« Ihre Lippen fangen erneut an zu zittern, ihre Augen glänzen.

Renn um dein Leben

Den Degen nun auf sie gerichtet, tiefe Falten auf der Stirn tragend, ruft der Gemäldemann ihr diese Worte immer wieder entgegen.

Renn renn renn renn renn

Das Herz schlägt ihr bis zum Hals, es droht bei jedem Schlag zu zerspringen. Hunderte Stimmen dröhnen von allen Seiten auf sie ein. Sie kommen aus allen Ecken der Dunkelheit und strömen in sie hinein wie eiskalte Luft, die ihren Brustkorb zum Beben bringen. Schwungvoll fliegt die Kerze umher, um auszumachen, woher die grausamen Stimmen kommen. Die Flammengestalten tanzen nun nicht mehr, sie kämpfen an den Wänden der Villa, erleuchten die zu Todesschreien geformten Gesichter der Gemälde, die zu Hunderten im Saal hängen.

Das Herz schlägt ihr wie wild im Hals. Würgend stolpert sie ein paar Schritte rückwärts. Sie will ihnen nur entkommen, den grausamen Gesichtern mit den noch schlimmeren Stimmen.

Renn renn renn renn renn

Sie macht, was die Stimmen ihr befehlen. Nach Luft schnappend rennt sie zum anderen Ende des Zimmers zurück, Richtung Eingangsbereich. Die Kerze brennt unermüdlich an ihrem Docht, heißes Wachs rinnt über die zarte Hand des Mädchens. Doch die Dunkelheit hält ihre Fallen bereit. Mit dem Kopf voran, fällt sie über die Lehne eines massiven Holzstuhls. Ein lauter Krach ertönt, als er ebenfalls zu Boden fällt. Mit einem Mal sind alle Stimmen verstummt. Die Kerze liegt in ihrem eigenen Blut. Die Dunkelheit hat wieder die Herrschaft erlangt. Leise atmend liegt das Mädchen auf den kalten Dielen. Sie bewegt sich nicht.

Ich bin da, keine Sorge, komm einfach mit mir.

Ein kalter Lufthauch umspielt ihre roten Ohren. Eine Gänsehaut bildet sich auf ihrem schutzlosen Körper. Es ist diesmal keine Stimme. Mehr ein Gefühl, das sich langsam in ihrem Körper ausbreitet. Mächtig, stark übernimmt es ihren Körper. Sie ist machtlos. Ausgeliefert. Ihre Seele scheint leer zu sein, die einzige Lösung ist sich einfach hinzugeben. Dem Bösen, dem Kalten, dem Mächtigen. Ein letztes Mal öffnet sie die von Tränen verklebten Augen. Ihr Blick wandert an den schwarzen Wänden entlang zur Decke. Ihre Glieder, starr und leblos, liegen eng an ihrem Körper. Der Mond strahlt ihr direkt ins Gesicht. Er blendet sie fast, so hell scheint er in dieser stürmischen Nacht.

»Nein«, kommt es leise aus ihren zitternden Lippen. »Nein!«

Ihre Glieder sind schwer.

»Ich muss meine Eltern finden.« Entschlossenheit steht ihr nun im Gesicht.

Die von Gänsehaut überzogene Hand hat wieder Kraft gefunden. Sie hält ihr Gewicht als sie aufsteht. Sie schafft es mit schlotternden Knien, den Weg zur Eingangstür zu finden und reist sie mit ihrer letzten Energie auf. Kalte Winde umspielen das im Mondlicht silberne Haar, der große Ball am Himmel schaut auf sie herab, hell und beschützend.

Als würde eine unsichtbare Gestalt ihr die Hand reichen und sie führen, läuft sie die steinernen Stufen hinab in den verwunschenen Vorgarten der alten Villa.

12 Ludmillas Kopf knallte immer wieder gegen etwas Hartes. Sie war aufgewacht von dem Schock, der wie ein Blitz durch ihren Körper gefahren war. Der Traum wirkte, wie der vor wenigen Tagen, wie eine vergessene Erinnerung, die sie erneut durchleben musste. Ihre Augen waren verquollen, sie konnte sie nur mit Mühe öffnen. Als sie die verklebten Wimpern auseinanderzog, sah sie nichts als Dunkelheit.

Das fremde Gefühl, das ihr auf die zitternde Brust drückte, war wieder da. Es breitete sich durch ihren ganzen Körper aus und hinterließ ein Gefühl von Orientierungslosigkeit und Ohnmacht. *Wo bin ich?*, fragte sie sich. Sie versuchte ihre Glieder zu bewegen, sie fühlten sich taub und schwer an. Ihr Kopf pochte, als wäre das ganze Blut in ihr Gehirn geflossen. Er fühlte sich so schwer an, dass sie ihn nicht anheben konnte. *Was ist passiert?*, flüsterte sie, doch aus ihrer

Kehle kam nicht ein Wort, nur ein dünnes Krächzen, das von der Schwärze verschluckt wurde. Ludmilla versuchte sich zu erinnern, was geschehen war. Sie strengte all ihre Gehirnzellen an, doch in ihrem Kopf herrschte Chaos. Vor ihrem inneren Auge spielte sich immer wieder die Szene aus ihrem Traum ab und vermischte sich mit dem Schmerz, den sie jetzt deutlich an ihrem Hinterkopf spürte. *Was war Realität, was war Traum?* Kalte Tränen flossen aus ihren Augen. *Wer bin ich?*

Einige Minuten vergingen, bis sie realisierte, dass sie sich bewegte. Nein, jemand bewegte *sie*. Sie hing mit dem Kopf nach unten auf den Schultern von jemandem. Sie spürte seine harten Knochen und hörte ein leises, mechanisch klingendes Schnaufen. Sie schloss ihre Augen, die ihr ohnehin nicht halfen, etwas in der Dunkelheit zu erkennen und dann dämmerte sie wieder für einen Moment weg.

Sie träumte von einem warmen Sommerabend. Ihre Füße berührten hartes Metall und die orangeroten Strahlen glitten über ihre blassen Sommersprossen. Ihre Finger umschlossen die einer anderen Hand. Die weiche Haut fühlte sich an wie ein Seidentuch, kostbar und einzigartig. Als wäre sie nur für diesen Moment auf die Erde gekommen, um das Gefühl zu verbreiten, alles würde gut werden. Das Gefühl von Frieden strömte aus Palles Hand und wurde getragen durch Ludmillas Sehnen hinauf zu ihrem Herzen. Palle stand neben ihr am Rande des Gerüstes und grinste sie mit seinem liebenswerten Gesicht an. Sie zählten von drei rückwärts und sprangen Hand in Hand in den See.

Ludmilla schreckte aus ihrem dämmrigen Zustand hoch. Der kalte Wind wehte ihr um die Ohren und nahm die warmen Gedanken mit ins Nichts. Die Erkenntnis traf sie wie ein Schlag. Die Erinnerung an das, was geschehen war, raubte ihr für einen langen Moment den Atem. Sie erinnerte sich daran, wie sie Miles verabschiedet hatte, wie sie mit dem Fahrrad an ihrem Haus vorbeigefahren und wie sie durch den Zaun gestiegen war. An all das erinnerte sie sich ganz genau, doch was danach geschehen war, wusste sie nicht. Aber sie war sich sicher - sie befand sich in dem Großen Wald.
Sie war ein wenig enttäuscht darüber, dass sie bisher nichts von ihm erblicken konnte. War jetzt alles vorbei?, fragte sie sich und lauschte den schweren Schritten der Gestalt, die sie trug. Vielleicht sterbe ich jetzt. Obwohl die Situation für sie sehr aussichtslos schien, hatte sie dennoch einen kleinen Funken im Herzen, der sie hoffen ließ, auf diesem Wege zu Palle zu gelangen.

Die Gestalt schien es nicht zu merken, dass Ludmilla ihre Hände zu Fäusten ballte. Sie drehte langsam ihren Kopf, um etwas von der Gestalt zu erblicken. Ihre Augen hatten sich allmählich an die Dunkelheit gewöhnt und sie konnte nun etwas mehr sehen als nur ein schwarzes Nichts. Dunkle Umrisse von riesigen Tannen schwankten bedrohlich in der Nacht. Winzige

Lichter war am Himmel zu sehen, der so tiefblau war wie dicke Tinte.

Der Waldboden unter den Schritten der Gestald, hörte sich an wie weiches Moos. Ab und zu knackte trockenes Holz unter ihrem Gewicht. Ludmilla versuchte unbemerkt ihren Kopf zu wenden, um die Füße der Gestalt sehen zu können. Doch als sie einen Blick auf den Waldboden warf, wünschte sie sich, dass sie es wieder ungeschehen machen konnte.

An dem Körper der Gestalt prangten schwarzglänzende Krallen, die bei jedem Schritt den Waldboden wie scharfe Messerklingen aufschnitten. Die Füße schätzte Ludmilla auf mehrere Meter und sie hingen an furchteinflößend langen Beinen. Ludmilla war sich ihrem Ende bewusst, als der Geruch von kalter Asche in ihre Nase stieg.

Das ist das Wesen, das mich beobachtet hat, dachte sie und seufzte kaum hörbar. Und ich war so dumm zu glauben, ich könnte Palle allein finden. Die Enttäuschung und Wut über sich selbst brannte in ihrer Kehle. Sie schluckte, doch das verschlimmerte das Gefühl nur. Sie versuchte ein Husten zu unterdrücken, war jedoch gegen den Willen ihres Körpers machtlos.

Sie hustete und das Geräusch schreckte dunkle Vögel auf, die flatternd hinauf in den Himmel stiegen, in die Nacht verschwanden und Ludmilla mit der schrecklichen Gestalt zurückließen. Sie wurde mit einem Ruck auf den Waldboden geworfen, der ihren Rücken durch das weiche Moos abfederte. Dunkle schwarze Höhlen, die aussahen wie ausgebrannt, kamen ihrem Gesicht so nah, dass Ludmilla den strengen Atem von Schwefel einatmete. Sie schloss ihre Augen, da sie den Anblick nicht ertragen konnte und hielt die Luft an. Sie wartete. Sie wartete darauf, dass etwas geschehen würde. Etwas, das sie nicht beeinflussen konnte, denn sie war sich sicher, dass sie allein war. Viele Sekunden geschah nichts. Ludmilla öffnete langsam ihr eines Auge, darauf vorbereitet, in das Gesicht der Angst persönlich zu blicken. Doch das Wesen hatte seinen Kopf gewendet und blickte starr in eine andere Richtung. Jetzt konnte Ludmilla den riesigen pechschwarzen Schnabel erblicken, der aus dem von Federn besetzten Kopf ragte.

Ludmilla sah, dass das Wesen in den Wald lauschte. Sie versuchte ihre Ohren zu spitzen, um das zu hören, was das Wesen dazu brachte, bewegungslos stehen zu bleiben. Sie hörte nur das leise Rauschen der Blätter und das grabende Geräusch der Krallen, die sich langsam in den Boden bohrten.

Ludmilla konnte nicht sagen, wie lange sie dort bewegungslos ausharrten, sie hatte jegliches Gefühl für Zeit verloren. Sie spürte aber schnell die Kälte, die durch den Boden kroch, um sich an ihr festzuhalten. Ihre Glieder schlotterten, doch das Wesen blieb weiterhin starr wie einer der Bäume um sie herum. Plötzlich atmete es laut auf und warmer Dampf glitt in die kalte Nachtluft. Ludmilla staunte, wie lange es seine Luft angehalten hatte und in dem Moment zischte etwas über ihren Köpfen hinweg.

Alles passierte plötzlich sehr schnell. Scharfe Krallen bohrten sich in Ludmillas Arm und sie schrie vor Schmerz auf. Die Krallen lockerten sich nicht, sondern drückten nur noch fester zu. Mit einem schnellen Ruck wurde Ludmilla von etwas hochgezogen, das Wesen lockerte seinen Griff und sie wurde von ihm losgerissen. Sie wusste nicht mehr, wo oben und unten und was richtig oder falsch war. Sie ließ es einfach geschehen und versuchte, den Schmerz in ihrem Arm zu ignorieren. Dann wurde sie durch die engen Bäume gezogen, sie spürte jeden kleinsten Ast, der ihr ins Gesicht peitschte.

„Klettere auf meinen Rücken", rief eine krächzende Stimme, die zu Ludmillas Erstaunen so klang, als würde ihr zweiter Entführer *Spaß* an der ganzen Sache haben. Sie wurde noch immer über den Waldboden geschliffen, doch allmählich langsamer, sodass Ludmilla sich aufrappeln und sich an ihrem zweiten Entführer hochziehen konnte. Sie griff nach etwas Kaltem und Hartem, und als Ludmilla weiter nach oben griff, berührte sie weiche, warme Federn. Sie zog sich an einem riesigen Flügel hoch, der in diesem Moment ausgebreitet wurde. Als sie den Rücken erreichte und sich mit beiden Händen in den Federn festhielt, spürte sie die kuscheligen Federn an ihrem Körper, die ihr sogleich den Körper wärmten.

„Halte dich gut fest", krächzte die Stimme. Ludmilla krallte sich noch tiefer in die Federn und kuschelte sie sich in das warme Federkleid, als der dunkle Vogel mit zwei kräftigen Tritten den Boden

verließ und mit schlagenden Flügeln über die Bäume
flog. Er glitt durch die Nacht wie ein dunkler Schatten.
Er war nicht der einzige Schatten in dieser Nacht. Es
ertönten bis zum Morgengrauen immer wieder
grausame Schreie, die sich durch die Bäume
schlängelten und jeden Zentimeter des Waldes in
Schrecken versetzten.

Warme Sonnenstrahlen kitzelten ihre Wange und lautes
Gezwitscher hallte durch den Wald, als sie aufwachte.
Es war früher Morgen, der Tau glitzerte noch auf den
grünen Halmen. Ludmilla fühlte sich ausgeschlafen, als
sie in den Himmel blickte und den großen Vögeln beim
Fliegen zuschaute. *So gemütlich*, dachte sie und wollte
gerade ihre Augen wieder schließen, als sie sich
erinnerte, wo sie sich befand. Langsam drehte sie sich
um und erblickte die tiefschwarzen Federn, auf denen
sie lag. Sie versank regelrecht darin und konnte die
tiefen Atemzüge des Wesens spüren, das sie vor dem
augenlosen Monster gerettet hatte. Es schlief, das
konnte Ludmilla daran sehen, dass es seine Augen
geschlossen hielt und sich sein Körper wie in einem
gleichmäßigen Rhythmus auf und ab bewegte. Sie
kletterte bis zu seinem Hals, um den Kopf ganz genau
betrachten zu können. Er war ein Rabe. Das erkannte
sie an seinem großen schwarzen Schnabel und den
Federn, die sich glänzend über seinen Körper
ausbreiteten. Die Krallen waren groß, doch nicht so
groß wie die des Wesens, das Ludmilla heute Nacht
weggetragen hatte.

Wo auch immer es mich hinbringen wollte, fragte sich Ludmilla. Sie atmete die kühle Waldluft ein, die ihren Körper füllte. Jeder Atemzug pumpte diese pure Frische in ihre Glieder und ihren Kopf, der sich plötzlich klar und frei anfühlte. Die chaotischen Gedanken der letzten Tage schienen sich durch dieses Elixier wie von selbst zu ordnen.

Das große Tier, auf dem sie lag, wirkte auf sie nicht bedrohlich, doch sie wollte trotzdem besser verschwinden, bevor es aufwachen würde. Langsam rutschte sie von seinem Federkleid und landete mit einem kleinen Sprung im Moos. Sie bewegte sich geräuschlos an dem dunklen Körper entlang, um hinter seinem Rücken in den Wald laufen zu können. Als sie sich einige Meter entfernt hatte, fühlte sie mit einer Hand an ihren Rücken. Mein Rucksack ist weg, fiel ihr verzweifelt auf. *Nein, ich darf ihn nicht verloren haben!* Sie blickte sich gestresst um und versuchte, das leuchtende Orange ihres Rucksacks auszumachen, sie konnte ihn nirgendwo entdecken. Ohne ihn bin ich verloren, dachte sie traurig und drehte sich im Kreis, um den richtigen Weg zu finden, doch sie konnte nicht sagen, aus welcher Richtung sie überhaupt gekommen waren. Eine Bewegung aus ihrem Augenwinkel ließ sie herumfahren. Der große Vogel streckte ein Bein aus und krümmte dann wieder die Krallen, die im Morgenlicht wie polierter, pechschwarzer Stein glänzten. Ludmilla setzte vorsichtig einen Fuß vor den anderen, um so leise wie möglich an dem Tier vorbei zu schleichen und es von der anderen Seite betrachten zu können.

Unter dem rechten Flügel war etwas Orangefarbenes eingeklemmt. *Mein Rucksack*, freute sich Ludmilla leise, doch als sie daran zog, bewegte er sich keinen Zentimeter. Immer stärker versuchte sie an ihrem Rucksack zu ziehen und merkte schnell, dass der Versuch aussichtslos war. Sie würde ihn nicht bekommen, ohne den großen Raben zu wecken.

Leise fluchend suchte sie den Boden mit ihren Augen ab. Buntes Laub lag überall verstreut auf dem hellgrünen Moos, dessen Farbe fast unecht unter den hellbraunen Blättern leuchtete. Sie hob einen großen Tannenzapfen auf, der größer war als ihre Hand. Er fühlte sich rau an und roch nach frischem Tannenharz. Sie schloss die Augen, als sie den Geruch einatmete. Dann drehte sie sich zu dem Raben um, der noch immer tief zu schlafen schien, machte ein paar Schritte rückwärts und warf den Zapfen so hart sie konnte auf den Vogel. Er traf ihn genau am Kopf.

Ludmilla war froh, dass sie einen Sicherheitsabstand eingenommen hatte, denn der Rabe riss seine Flügel hoch und schlug damit um sich. Erst nachdem er auf seinen Krallen stand und sich verwirrt umsah, erblickte er Ludmilla und erkannte, dass keine Gefahr drohte. Er legte den Kopf schief und blickte sie mit seinen glänzenden Augen an.

„Hast du mich gerade mit einem Zapfen beworfen?", krächzte er und reckte seine müden Schwingen.

„Ich brauche meinen Rucksack", antwortete Ludmilla und zeigte auf ihn, der nun frei an der plattgelegenen Schlafstelle lag. „Ich hoffe, du hast meine Sachen nicht geplättet."

Der Vogel hüpfte auf der Stelle. „Wolltest du losgehen, ohne mich zu wecken?", fragte er und flatterte sauer mit den Flügeln. Schwarze Federn segelten langsam zu Boden. Ludmilla erschrak und hielt schützend ihre Hände vor sich. Ihr Blick blieb am Rucksack haften. Der Rabe legte wieder seinen Kopf schief.

„Hol ihn dir doch", sagte er und schaute sie herausfordernd an, nicht im Geringsten daran denkend, aus dem Weg zu gehen. Ludmilla verschränkte die Arme vor der Brust und kniff die Augen zusammen. Auf sie wirkte er nicht bösartig. Er hatte sie schließlich gerettet und seine Federn waren ein gemütliches Bett gewesen. *Wenn er mich fressen wollen würde, hätte er mich bestimmt schon getötet*, versuchte sich Ludmilla zu beruhigen. Aber auf der anderen Seite wusste sie nicht, ob Raben ihre Beute länger leben ließen, um sie dann zu quälen... *Nein*, dachte sie sich. *Ich brauche meinen Rucksack und ich könnte ihm sowieso nicht entkommen, wenn ich weglaufen würde.* Also nahm sie ihren ganzen Mut zusammen und ging langsam auf die imposante Kreatur zu. Der Rabe beobachtete sie und schien sich zu amüsieren.

„Ich sehe dich trotzdem, auch wenn du so geduckt schleichst."

Ludmilla kam sich plötzlich lächerlich vor. Doch der Tannenzapfen, der von den scharfen Krallen in zwei Hälften zerteilt wurde, lag vor ihr wie ein Zeichen, das ihr sagte, ihn nicht unterschätzen zu dürfen. Als sie ihren Rucksack endlich erreichte, bückte sie sich, um ihn aufzuheben und blickte dabei auf die Krallen des Rabens, die sich weniger als einen Meter entfernt neben ihr in die Erde gruben. Als sie hochblickte, ragte das Tier über ihr auf und ihr blieb die Luft weg. Der Rabe war mindestens drei Mal so groß wie sie und mit seinen riesigen Schwingen war er so monströs, dass Ludmilla zunächst zögerte und dann doch ihre schmale Hand ausstreckte und die glänzenden Federn berührte. Sie glitzerten wunderschön zwischen ihren Fingern. Der Rabe blieb unbeweglich stehen, sie spürte nur seine Atmung und sein Herz, das tief in dem Federkleid versunken klopfte.

Nachdem Ludmilla ihre Hand zurückgezogen hatte, schwang sie ihren Rucksack auf den Rücken und ging einen Schritt zurück, um ihm in die Augen blicken zu können.

„Ich bin Parzival", krächzte der Rabe und hielt ihr eine Feder hin. Ludmilla nahm sie entgegen.

„Ich bin Ludmilla", antwortete sie und hätte schwören können, das Parzival lächelte, soweit das bei einem Raben möglich war.

„Wieso hast du mich vor diesem Wesen gerettet?", fragte sie und steckte dabei die Feder in ihren Rucksack. Als sie ihn öffnete, erinnerte sie sich an ihr Walky Talky und überprüfte schnell, ob es noch funktionierte. *Ich muss bald Miles anfunken*, dachte sie und steckte das Gerät vorerst wieder in ihre Tasche.

„Ludmilla, das ist eine lange Geschichte. Ich werde sie dir erzählen, doch du brauchst erst einmal nur zu wissen, dass ich dir helfen will. Das Wesen war ein Ascheschatten und es wollte dich tief in den Wald bringen", krächzte Parzival.

„Ich bin auf der Suche nach meinem besten Freund. Er heißt Palle und ich weiß, dass er hier sein muss. Weißt *du,* wo er ist?", fragte sie. Das Beben in ihrer Stimme konnte sie nicht verhindern.

„Ich weiß, wo er sein könnte", antwortete Parzival und blickte durch die Bäume in die Ferne.

„Kannst du mich bitte dort hinbringen?" Ludmillas Stimme klang flehender als sie es wollte.

Parzival antwortete nicht. Er hatte etwas im Unterholz entdeckt, das seine volle Aufmerksamkeit bekam. Ludmilla beobachtete ihn, wie er zu der Stelle hüpfte und sein Schnabel etwas fasste. Ein toter Mader hing in seinem Schnabel, bevor er ihn komplett hinunterschlang. Ludmilla sah ihn geschockt an. Doch Parzival beachtete sie nicht.

„Du brauchst auch etwas zu essen", krächzte er nur und hüpfte mit schlagenden Flügeln durch die Bäume. Ludmilla schaute ihm nachdenklich nach. Sie wusste nicht, wohin sie sonst gehen sollte und folgte ihm schließlich.

Sie waren schon einige Zeit unterwegs. Parzival sprach nicht mehr, so wie Ludmilla, die darauf achtete, mindestens zehn Meter Abstand zu ihm zu halten. Sie liefen, da Parzival der Meinung war, dass sie so weniger Aufsehen erregen würden. Ludmilla war damit mehr als einverstanden und sie konnte sich so ein besseres Bild von ihrem Aufenthaltsort machen.

Der Wald war wunderschön. Sie staunte über die Farben, die sich ihr offenbarten, als kämen sie aus einem Traum. Tiefgrüne Tannen, die von der hellen Morgensonne angestrahlt wurden und aussahen wie friedliche grüne Riesen. Buchen, deren Stämme so dick waren, dass Ludmilla sie nicht einmal bis zur Hälfte umfassen konnte. Orangefarbene, braune und grüne Blätter lagen auf dem hellgrünen Moos. Ludmilla konnte sich gar nicht satt sehen an der Schönheit dieses Ortes und vergaß dabei völlig, dass sie orientierungslos war. Dass sie auf sich allein gestellt war. Sie konnte nur sich selbst vertrauen und in die Kraft der Anziehung, in die sie all ihre Hoffnung legte. Sie wusste nichts von ihrem Begleiter, doch sie sah in ihm das Gute, und das war alles, was für sie in diesem Moment zählte.

Sie erreichten einen kleinen Abhang, den sie hinabkletterten. Ludmilla hielt sich an den grünen Zweigen fest, die ihr wie helfende Hände von den Bäumen gereicht wurden. Am Fuße plätscherte ein dünnes Rinnsal, das nach rechts breiter wurde. Ludmilla zog ihre Gummistiefel aus und tapste mit nackten Füßen durch das eiskalte Wasser.

„Du kannst es trinken", rief ihr Parzival zu, der in einiger Entfernung an dem kleinen Fluss stand und sich mehrere Schlucke genehmigte. Ludmilla kicherte, als sie ihn dabei beobachtete und sah, wie er seinen dunklen Kopf nach jedem Schluck hob, damit das Wasser seine Kehle hinunterfließen konnte.

Angetrieben von Durst, hockte sie sich hin und formte mit ihren Händen eine Schale, um das Wasser darin zu halten. Sie spürte, wie das Wasser durch ihre Speiseröhre glitt und sie konnte sich in dem Moment nichts Besseres als das vorstellen.

„Schau", rief ihr Parzival aufgeregt zu. „Dort sind Obstbäume."

Sie aß viele von den Früchten, die an den knochigen Bäumen hingen. Mit einem halben Apfel in der Hand, saß Ludmilla angelehnt an einem der Bäume und knibbelte die Kerne aus dem Gehäuse.

„Wieso hast du mich vor dem Wesen befreit?", fragte sie Parzival ein weiteres Mal, der vor ihr im Gras lag und sie beobachtete.

„Ich wollte dich beschützen", antwortete er nur und fing an sein Gefieder zu putzen.

„Aber wieso?" Ludmilla setzte sich im Schneidersitz näher an ihn heran und biss kräftig in ihren Apfel. „Und was sind das für Wesen? Was bist du für ein Wesen? Ich habe noch nie einen so großen Raben gesehen. Und schon lange keinen sprechenden."

„Es ist besser, wenn du nicht alles weißt. Zunächst", sagte Parzival nach einer längeren Pause. „Die Wesen wussten, dass du in den Wald kommst. Sie haben auf dich gewartet."

„Wieso gewartet? Was wollen sie von mir?", fragte Ludmilla, die nicht wusste, wie sie sich fühlen sollte. Dieser Ort war wunderbar und sie konnte sich fast nicht mehr vorstellen, was ihr eine Nacht zuvor

158

passiert war. Der Ort war zu schön, als dass in ihm so furchtbare Wesen leben könnten.

„Sie haben dich beobachtet und aus der Stadt gelockt. Damit sie dich fassen und an den Ort bringen können, wo sie dich haben wollen."

„Was ist das für ein Ort?", flüsterte Ludmilla leise. Sie fühlte sich unbehaglich bei dem Gedanken, dass sie die ganze Zeit beobachtet wurde. Doch Parzival antwortete nicht, sondern steckte den großen Kopf in seine Federn.

„Das ist auch eine Antwort", sagte Ludmilla mürrisch und schnappte sich ihren Rucksack.

Sie breitete die Karte vor sich im Gras aus und betrachtete sie lange. Sie hatte keinen Schimmer, wo sie sich befand. Sie erkannte viele kleine Flüsse und unendlich viele Bäume darauf. Ihr Finger fuhr über die Zeichnungen, die den Wald darstellten. Er schien nichts Ungewöhnliches zu beherbergen. Er sah aus wie ein gewöhnlicher Wald, soweit sie das beurteilen konnte. Sie erkannte auf der Karte nichts, was einen Hinweis auf einen Ort gab, an dem Kinder versteckt gehalten wurden. Sie griff zu ihrem Walky Talky und funkte Miles an.

„Endlich!", ertönte es keine Sekunde später. „Ich habe mir so Sorgen gemacht! Wo bist du?"

„Tut mir leid, dass ich mich jetzt erst melde. Ich kann mich an nicht mehr viel erinnern, aber ich wurde direkt angegriffen, als ich durch den Zaun geklettert bin." Ludmilla stand von dem Gras auf und lief zwischen den Bäumen entlang. Parzival musste ihr Gespräch nicht unbedingt belauschen.

„Angegriffen? Geht es dir gut?", rief Miles erschrocken in sein Walky Talky.

„Ja. Also nein, zunächst nicht. Miles... Ich glaube, die Kreatur, die ich in Lichtingen gesehen habe, wollte mich irgendwo hin mitnehmen." Ludmilla machte eine Pause, um Miles sprechen zu lassen. Doch als er nichts sagte, sprach sie weiter.

„Und w-o bist d-u jetzt?", fragte Miles. Die Verbindung hakte.

„Miles! Du wirst es nicht glauben, aber mich hat ein Vogel gerettet. Er hat mich mitgenommen, ich bin auf seinem Rücken *geflogen*." Es knackte.

„Ein Vogel? Ludmilla, traue niemanden. Weißt du, wo du genau bist?" Miles mechanische Stimme klang besorgt.

„Ich weiß schon, wem ich traue und wem nicht", rief Ludmilla trotzig in das Gerät. Sie wollte sich von niemandem mehr etwas vorschreiben lassen. Sie würde auf ihr Gefühl vertrauen, das ihr genau sagen würde, was sie zu tun hatte. Doch sie wusste auch, dass Miles es nicht böse meinte. „Ich weiß nicht, wo ich bin, Miles."

Sie unterhielten sich noch lange und ignorierten die Sorge, dass die Akkus ihren Geist aufgeben könnten. Ludmilla beschrieb ihm den Wald und das Gefühl, das sie hier verspürte. Miles erzählte ihr von den Geschehnissen in Lichtingen, die seit dem letzten Tag passiert waren.

„Jemand hat dein Fahrrad vor dem kaputten Zaun fotografiert und es der Lichtinger Tageszeitung geschickt. Anonym. Heute Morgen wurde es gedruckt. Du bist auf der Titelseite, Ludmilla."

„Und wie reagieren die Bürger darauf?", fragte sie neugierig.

„Es ist ein Ausnahmezustand. Und das erst wenige Stunden nach der Veröffentlichung. Die Schule hat vorübergehend dicht gemacht. Man sieht kein Kind auf den Straßen. Generell ist es sehr ruhig heute."
Ludmilla stellte sich vor, wie die Straßen aussahen, in denen sie ihr bisheriges Leben verbracht hatte. Doch es fühlte sich fremd an. Wie ein Ort, den sie einmal kannte. Eine Erinnerung an ein vergangenes Leben. Sie versprach Miles, ihn bald erneut anzufunken, bevor sie das Gespräch beendeten. Jetzt würde sie erst einmal versuchen, ihren neuen Begleiter näher kennen zu lernen, um herauszufinden, ob sie ihm vertrauen konnte.

13 Die Lichtinger Tageszeitung befand sich an diesem Morgen in der Hand jedes Bewohners der Stadt. Das Fahrrad auf dem Foto der Titelseite verbreitete ein beklemmendes Gefühl, das in der gesamten Stadt spürbar war. Die Menschen verbrachten nicht mehr Zeit als nötig außerhalb von ihren dicken Backsteingebäuden, in denen sie sich sicherer fühlten. Viele Leute meldeten sich bei der Arbeit krank, sie trauten sich mehr hinauszugehen, um die frische Herbstluft einzuatmen, die über die Felder zog. Kein Kind ging an diesem Morgen in die Schule, denn die Lehrerin hatte die anderen darüber informiert, dass das Schulgebäude auf unbestimmte Zeit geschlossen sein würde. Dass sie zu Hause bleiben durften, stimmte die Kinder zunächst fröhlich, doch schon bald übertrug sich der Gemütszustand der Eltern auch auf sie und sie zogen die Gardinen ihres Kinderzimmers zu, in dem

Irrglauben, sie könnten so das Böse fernhalten. Die Menschen, die dafür verantwortlich gewesen waren, den Zaun zu reparieren, wurden erneut beauftragt das entstandene Loch verschwinden zu lassen, doch keiner von ihnen erschien. Niemand war bereit sich dem Wald zu nähern, alle warteten darauf, dass es jemand anderes tat.

Schnell war unter den Bürgern klar, welches Kind dieses Mal verschwunden war. *Das komische Mädchen, das mit seinen Pflegeeltern neben dem Friedhof wohnte*, flüsterten sie sich gegenseitig zu. Niemand wagte es sich laut darüber zu äußern, es war mehr ein unterschwelliges Wispern, das durch die Fenster in jedes Haus drang. Jeder Bewohner spürte die Angst, die sich langsam über die gesamte Stadt legte, wie ein kaltes unsichtbares Tuch. Trotz der Angst waren alle froh, dass nicht *ihr* Kind verschwunden war. Ludmillas Pflegeeltern hielten sich zurück. Sie blieben ebenfalls zu Hause, um dem Tratsch und den Fragen aus dem Weg zu gehen.

Fabius Lingen war wie gewöhnlich in seinem Büro und schien über etwas zu grübeln. Er saß auf seinem Schreibtischstuhl, hatte die Beine überschlagen und sein Gesicht auf einer Hand abgestützt. Nachdem er eine halbe Stunde in dieser Position verharrt hatte, stand er auf und ging zu dem Gemälde, das ihn selbst abbildete. Er hob es an dem goldenen Rahmen an und legte es auf den Boden. Hinter dem Gemälde kam eine unscheinbare Klappe zum Vorschein. Leise flüsterte Fabius etwas und die Klappe sprang auf. Er lächelte, als er hineingriff und eine große schwarze Feder herauszog. Langsam strich er sich damit über das Gesicht, bevor er sie beiseitelegte und erneut in den Hohlraum in der Wand griff. Zum Vorschein kam ein kleines Fläschchen, in dem sich eine dickflüssige, schwarze Flüssigkeit befand. Er betrachtete es mit einem zufriedenen Gesichtsausdruck und griff wieder in die Wand. Doch er fand nicht das, was er suchte. „Verdammt!", rief er und ärgerte sich über sich selbst. „Ich hätte einen größeren Vorrat anlegen sollen." Seine Hand zitterte begierig, doch er stellte die Flasche zurück und machte entschlossen die Klappe zu. Das Gemälde hing dieses Mal ein wenig schräg, als Fabius sein Büro verließ.

Miles war erleichtert und aufgewühlt zugleich. Er war froh, mit Ludmilla gesprochen zu haben. Sie klang sicher in dem, was sie machte. Sie hatte von einem Raben erzählt, der sie begleitete. Die Vorstellung, wie sie mit einem riesigen dunklen Wesen durch den Wald wanderte, bereitete ihm dennoch Bauchschmerzen.
Seine Nacht in der Holzhütte war schlimmer, als er vorher gedacht hatte. Der Wind war immer wieder durch die Spalten des Holzes und in seinen dünnen Schlafsack gerauscht. Er hatte kein Auge zu machen können, weil er an jedem Zentimeter seines Körpers gefroren hatte. Doch nicht nur das hatte ihn eine schlaflose Nacht verschafft. In seinen Gedanken war er nur bei Ludmilla und dem Großen Wald gewesen. Er hatte am gestrigen Tag nichts von ihr gehört und sein Körper hatte vor Sorge um sie geschmerzt. Als die Sonne langsam wieder aufging, hatte er angefangen sich

Vorwürfe zu machen. *Ich hätte mitgehen sollen*, hatte er immer wieder gedacht. *Ich bin ein Feigling, weil ich nicht mitgekommen bin.* Und während er das dachte, war ihm die Kälte egal. *Ich habe es verdient.* Doch als er seine Zehen nicht mehr spürte, war es ihm doch nicht mehr egal und er zündete sich seine Kerze an, um die Füße daran zu wärmen. *Ich hätte sie aufhalten sollen*, waren seine nächsten quälenden Gedanken, die in Dauerschleife durch das von der Kälte errötete Gesicht liefen. Als sein Walky Talky, das er nicht einmal aus der Hand gelegt hatte, geknackt hatte und Ludmillas Stimme ertönt war, fielen ihm unendlich viele Lasten von den Schultern. Er war hinaus vor die Hütte gegangen und hatte sich auf das Wasserrad gesetzt, von dem er eine weite Sicht über die grüne Wiese hatte. Am Horizont erblickte er die Kronen der Bäume aus dem Großen Wald und konnte sich kaum vorstellen, dass sich Ludmilla dort befand.

Er blieb noch lange nach dem Gespräch dort sitzen und sah der Sonne zu, die sich allmählich über Lichtingen erhob. Mit neu gewonnener Energie ging er zurück in die Hütte und machte es sich mit seinem Skizzenbuch auf der Matratze so gemütlich, wie es in dem Moment nur ging. Zunächst zeichnete er das nach, was Ludmilla ihm über den Wald erzählt hatte und versank darin wie in einer anderen Welt. Es beruhigte ihn zu wissen, wie es im Inneren des Waldes aussah, auch wenn die Zeichnungen nur aus Erzählungen und seiner Phantasie entsprungen war. Es wirkte weniger bedrohlich als er gedacht hatte, denn laut den Lichtingern gab es keinen Ort auf der Welt, der dunkler und bösartiger war als der Große Wald. Er war froh darüber, dass seine von Angst geprägte Vorstellung des Waldes nur eine Illusion war und er hoffte, dass er damit Recht behalten würde.

Nachdem er den Stift sinken ließ, schienen seine Gedanken geordnet zu sein. Er blätterte eine Seite weiter und begann eine Liste zu schreiben mit den Dingen, die er sich vornahm. Ganz oben stand sein erster und wichtigster Punkt: *Ludmillas Vertrauen verdienen.* Er schaute sich den blauen Stein an, den Ludmilla ihm geschenkt hatte, bevor sie die Stadt verlassen hatte. *Ich werde dich nicht enttäuschen,* dachte er und hielt den warmen Stein fest in seiner Hand. Der nächste Punkt, der zwangsläufig mit dem ersten Punkt zusammengehörte, hieß: *Herausfinden, was in Lichtingen vor sich geht.*

Der nächste Punkt bereitete ihm bei dem bloßen Gedanken daran Bauchschmerzen: *Mit Mutter reden.* Er konnte sich nicht für immer vor ihr verstecken, denn er wusste, dass sie sich Sorgen machte und nach ihm suchen würde. Früher oder später würden sie ihn finden und dann war sein Geheimversteck nicht mehr geheim. Er wusste, er musste seine eigenen Probleme regeln, um anderen helfen zu können. Der letzte Punkt stand mit einer zittrigen Schrift und kleinen Buchstaben am Rand der Seite: *Meine Gefühle kontrollieren.*

Der nasse Tau auf dem hohen Gras vor der alten Wassermühle sog sich in Miles Schuhe und tränkte seine Socken, als er zurück in die Stadt schlenderte. Noch fühlte er sich unwohl bei dem Gedanken, in den Straßen von Lichtingen zu laufen und den Blicken der Bewohner ausgesetzt zu sein. Doch als er die kleinen

Wege zwischen den Häusern entlang ging, fühlte er sich genauso unsichtbar wie sonst auch. Kein Mensch schaute ihn an und wenn doch, dann schien es, als würden sie durch ihn hindurchsehen.

Die meisten Bürger waren ohnehin hinter zugezogenen Gardinen in ihren Häusern und kümmerten sich nur um ihre eigenen Probleme. Miles schlenderte durch die Straßen und wusste nicht so recht, wohin er gehen sollte. Mit wem sollte er sprechen? Wer würde ihm helfen? Es fiel ihm keine Person ein, der er sich anvertrauen könnte. Mit hängenden Schultern schlurfte er an den geschlossenen Läden in der Innenstadt vorbei und ging in Richtung Schule. Das große Eingangstor war abgeschlossen, sodass er um das Gebäude herum ging und sich auf eine der einsamen Schaukeln setzte, die im Wind sanft hin- und herschwangen. *Wo soll ich hingehen?*, fragte er sich. *Wie kann ich Ludmilla helfen?* Mit leerem Kopf schaukelte er eine Zeit lang, bis sein Hinterkopf plötzlich anfing zu kribbeln. Schnell blickte er sich um, er fühlte sich beobachtet. Er sah jedoch nur das verlassene Schulgebäude, die alten Mülleimer und die dürren Linden, die in einem Meer aus Beton um ihr Leben rangen.

In einiger Entfernung waren plötzlich laute Motorengeräusche zu hören, die sich anhörten, als kämen sie von einem großen Lastwagen, die es normalerweise nicht in Lichtingen gab. Miles sprang von der Schaukel und lief in das Wohngebiet, aus dessen Richtung die Geräusche kamen. Versteckt hinter einer Tanne beobachtete er den großen Laster, der eine

Panne zu haben schien. Auf der weißen Plane war ein Zeichen abgebildet, das Miles sofort erkannte. Der grüne Kreis, mit einem roten Haus darin, wurde oft im Schulunterricht durchgenommen. Es war das Logo der Firma, die der Stadt einmal im Monat wichtige Dinge wie Medikamente, Nahrungsmittel und alles andere brachte, was die Bewohner benötigten. Normalerweise kamen die Laster in der Nacht und fuhren direkt zu einer großen Halle am Ortsrand, um die Dinge dort abzuliefern. Manchmal hatte sich Miles nach draußen geschlichen, um das zu sehen, was viele Lichtingern niemals in ihrem Leben zu Gesicht bekommen würden. Da sich die Laster nicht ankündigten, hatte Miles schon etliche Stunden seines Lebens umsonst auf sie gewartet. Einmal hatte er die roten Rücklichter auf dem Weg in den Wald rauschen sehen, was für ihn wie ein Triumph gewesen war. Heute erschrak er, als er das Auto so unerwartet nah sehen konnte. Er beobachtete den Fahrer, der aus dem Auto stieg. Er war groß und schlank und er trug einen schwarzen Kapuzenpullover, weshalb Miles sein Gesicht nicht erkennen konnte. Er hatte die Motorhaube geöffnet und blickte lange auf das, was sich ihm offenbart hatte.

Ein Schatten gewann Miles Aufmerksamkeit, der am hinteren Teil des Lasters entlanggehuscht war. Er blickte angestrengt in die Richtung und sah plötzlich ein Kind mit kurzen braunen Haaren, das an der Plane herumnestelte. Der Fahrer bekam davon nichts mit, er schaute noch immer bewegungslos den Motor an. Miles sah, wie das Kind die Plane beiseiteschob und seinen schmalen Körper in das Innere des Lasters quetschte.

Miles hielt die Luft an und wartete darauf, was als nächstes passieren würde. Der Mann mit dem Kapuzenpullover hatte es aufgegeben und schloss die Motorhaube mit einem Knall. Eine Sekunde später lugte ein kleiner Kopf aus dem hinteren Teil des Wagens. Der Fahrer bemerkte das Kind nicht und setzte sich hinter das Steuer, um den Motor zu starten, der nicht ansprang. Verärgert stieg er wieder aus und lief um den Laster herum nach hinten. Miles Herz pochte, als er sah, dass der Mann die Plane zur Seite schob und in das Innere des Autos schaute. Er machte nicht den Eindruck, als würde er etwas Besonderes entdecken und schloss die Plane wieder. Er knotete die Seile, die die Plane an den Laster befestigten, fest zu. Als er wieder in der Fahrerkabine saß, schien es, als würde er mit jemandem reden. Miles schob sich hinter einen Baum und schaute zu, wie das Kind versuchte aus dem Laster zu entkommen, doch es hatte keine Chance aus dem Inneren des Wagens die Seile zu lösen. Miles schaute sich gestresst um und sah niemanden, der auf der Straße unterwegs war. Keiner schien den Laster bemerkt zu haben, der wie ein Fremder in ihren Straßen stand. Miles hatte keine Zeit länger zu überlegen und bewegte sich langsam in die Richtung des Lasters und dahin, wo ihn der Fahrer nicht sehen konnte, solange er sitzen blieb. Mit pochendem Herzen schlich er zu der Plane und fing an die Knoten des Seils zu lösen. Mit seinen schwitzigen Händen war es schwierig, doch schon bald schaffte er es und schob die Plane bei Seite. Im Inneren stapelten sich verschiedene Kisten. Es roch nach frischem Obst und gleichzeitig nach trockenem

Beton. Von einem schmalen Kind mit braunen Haaren war keine Spur.

„He", flüsterte Miles. „Ich habe die Plane geöffnet, damit du abhauen kannst."

Zunächst geschah nichts. Plötzlich schob sich eine der Kisten beiseite und ein Kopf erschien.

„A-aber", stammelte Miles.

„Hast du etwa noch nie ein Mädchen gesehen, das klaut?", flüsterte das Mädchen mit den kurzen braunen Haaren zurück. Auf ihrem Gesicht befanden sich tausende Sommersprossen. Sie erhob sich zwischen den Kisten und schulterte einen schwer aussehenden Rucksack auf ihre schmalen Schultern.

„Geh aus dem Weg", flüsterte sie, doch Miles wurde bereits von starken Händen nach hinten gerissen. Er fiel rückwärts auf den Asphalt und blickte erschrocken auf die dunkle Kapuze des Fahrers.

„Diebe!", rief dieser laut. Doch bevor er Miles festhalten konnte, warf das Mädchen ihm etwas entgegen. Der Fahrer fing es auf und das Mädchen riss Miles in der nächsten Sekunde am Ärmel hoch und zog ihn mit sich die Straße hinunter. Miles rannte so schnell er konnte, bis das Mädchen ihn in einen Hinterhof führte, wo sie prustend anhielten.

Schwer atmend stützten sie sich an der Mauer des Hauses ab. Miles` Puls raste noch immer, als das Mädchen plötzlich zu lachen anfing.

„Wieso lachst du?", keuchte Miles.

„Das war so knapp!", lachte das Sommersprossenmädchen. Ihre Augen leuchteten, als hätte sie den Spaß ihres Lebens gehabt.

„Was hast du dem Mann zugeworfen?", fragte Miles, nachdem sie sich ein wenig beruhigt hatte. Bei der Frage fing sie jedoch gleich wieder an zu kichern.

„Die Zündkerze", prustete sie. „Ich habe sie ihm gestohlen, als er kurz pinkeln war." Miles erkannte etwas in ihrem Lachen, was ihm bekannt vorkam.

„Ich kenne dich doch", stellte Miles fest.

„Das will ich doch hoffen, Miles.", antwortete sie frech und fuhr sich mit einer Hand durch ihre kurzen Haare.

„Ich muss jetzt los, meine Beute muss gesichert werden.", sagte sie und zwinkerte ihm zum Abschied zu. „*Resa*", sagte sie noch.

Miles schaute ihr nach, als sie zwischen den Häusern verschwand. Ihr Lachen war ihm so vertraut vorgekommen, doch er konnte sich nicht genau daran erinnern, woher. Auch der Name kam ihm bekannt vor, aber auch der weckte keine neuen Erinnerungen. *Aus der Schule?*, fragte er sich, doch er konnte nicht sagen, in welche Klasse sie ging.

Das Grummeln seines Magens erinnerte ihn daran, dass er noch nichts gegessen hatte und er machte sich von Hunger getrieben auf den Weg in Richtung Innenstadt. Der Laster und der Kapuzenmann waren verschwunden, als er an der Stelle vorbeilief. Beim Marktplatz angekommen, vernahm er gleich den leckeren Duft von frischem Brot und süßem Gebäck. Der Geruch stammte von einer Bäckerei, in der Miles sonntags oft Brötchen für die Familie kaufen ging.

Die sahnigen Torten im Schaufenster ließen Miles das Wasser im Mund zusammenlaufen. Seine Mutter hatte ihm manchmal ein kleines Küchlein gekauft, das er schnell essen musste, bevor sein Vater es mitbekam. Miles erinnerte sich an einen Tag, an dem sein Vater Miles` fettige Finger ganz genau inspiziert hatte und ihm damit ins Gesicht schlug.

„Spürst du das?", hatte er gesagt. „Das ist Fett. Und fett wirst du, wenn du so einen Scheiß isst." Die Erinnerung war so klar, als wäre es erst gestern passiert. Als hätte Miles ihn durch seine Gedanken heraufbeschworen, stand plötzlich sein Vater vor ihm. Ohne Worte packte er seinen Arm und zog ihn hinter sich her. Miles Körper versteifte sich, als er über das Kopfsteinpflaster bis nach Hause geschliffen wurde. In seiner Hand hielt er den blauen Stein von Ludmilla fest umklammert.

14 Ludmilla und Parzival lagen noch immer im Gras vor den Obstbäumen. Ludmilla schaute sich die Karte, die vor ihr ausgebreitet war, lange an. Dann schaute sie hoch. Ihre Neugierde war zu stark, als dass sie noch länger so tat, als gäbe es im Moment nichts Wichtigeres als in der Sonne zu liegen.

„Parzival?", fing Ludmilla an, die näher an ihn herangerutscht war. So langsam war sie sich sicher, dass sie sich vor ihm nicht fürchten brauchte. „Ich muss wissen, wer oder was diese Ascheschatten sind." Parzival lag auf dem von der Sonne aufgewärmten Moos und reckte sich. *Er ist echt faul,* dachte Ludmilla.

„Vielleicht sollte ich dir etwas erklären", sprach er und wendete seinen großen Kopf in ihre Richtung. Er sagte lange nichts, sondern schaute nur durch den Wald, als würde er zwischen den Bäumen nach den richtigen Worten suchen. Irgendwann fing er mit einer ruhigen, gedämpften Stimme an zu erzählen.

„Alles was heute passiert, ist zurückzuführen auf bestimmte Geschehnisse in der Vergangenheit. Damals, als die Bäume noch alt werden durften, erzählten sie sich gegenseitig Geschichten. Über die Dinge, die um sie herum passierten und über Weisheiten, die sie aus den vergangenen Jahrhunderten des Wachsens gelernt hatten. Sie kommunizierten miteinander, um die Lehren des Lebens miteinander teilen zu können. Die vielen Geschichten wurden hinausgetragen von einem Baum zu dem nächsten, von dem Kaninchen bis zum Bussard, bis sie jeden Fleck der Welt erreicht hatten. Es waren Geschichten über das Leben und das Sterben, über Vergangenes und Zukünftiges. Die Pflanzen und die Tiere lernten voneinander. Sie erfuhren von fremden Lebensräumen, von Wesen, die sie nie zuvor gesehen hatten und von Orten, an denen es so kalt oder so heiß war, dass es dort fast keine Lebewesen gab. Sie alle begegneten diese Geschichten mit großem Interesse. Viele, viele Jahre lernten sie voneinander und profitierten von ihrem Platz in diesem großen System. Sie fürchteten nichts. Der Tod gehörte genauso dazu wie das Leben. Wenn ein Tier starb, wurde es von den Wurzeln der Pflanzen aufgenommen, die dadurch die Kraft bekamen, neue Früchte zu entwickeln, die von einem anderen Tier gefressen wurden. Es herrschte ein Gleichgewicht in diesem riesigen Geflecht aus Leben und Tod, ein großes Ganzes, für das es sich lohnte sein Leben zu geben. Doch eines Tages erzählte ein alter Baum etwas, das er in seinen Träumen gesehen hatte. Eine Vorahnung von etwas Düsterem, das sich auf der Erde breit machen würde, um das große System zu zerstören. Jedes Lebewesen hörte von diesem Traum, doch keiner schien ihm zu glauben. Alle waren sich sicher, dass *Nichts* so stark wäre, das Gleichgewicht zu durchbrechen. *Das große Ganze war stark, es würde gegen jede Gefahr ankommen,* sagten sie sich gegenseitig.

Doch Ludmilla, wie du weißt, ist der Mensch auch ein starkes Wesen. Die Menschheit fing an, die Wälder zu roden, um das Holz für sich zu nutzen. Sie nahmen immer mehr Flächen in Anspruch und nahmen den Pflanzen und Tieren ihre Lebensgrundlage. Den Bäumen wurde schnell klar, dass die Menschen ihr Gleichgewicht zerstörten. Sie wendeten sich an den Baum, der ihnen dieses Unheil vorausgesagt hatte. Sie hatten die Hoffnung, er würde erneut in die Zukunft blicken und könnte ihnen sagen, dass der Albtraum zu Ende gehen würde. Doch der alte Baum wurde krank. Seine Blätter fielen ab und seine Rinde wurde schwarz. Er kommunizierte nicht mehr mit den anderen Lebewesen, die es viele Jahre immer wieder vergeblich versuchten. Er blieb stumm. Eines Tages geschah etwas Überraschendes."

Parzival machte eine Pause und vergewisserte sich, dass Ludmilla seinen Worten folgte. Sie sah ihn mit großen erwartungsvollen Augen an, sodass er fortfuhr.

„Eine Gruppe von Entdeckern durchquerte diesen Wald hier. Sie schauten sich die Bäume an und überlegten, wo sie am besten ihre Stadt erbauen konnten. Sie rodeten die Bäume und errichteten eine große Lichtung, auf der sie anfingen, ihre Häuser zu bauen." Ludmilla hustete. Sie nutzte die Unterbrechung, um eine Frage zu stellen, die ihr auf der Seele brannte.

„Lichtingen, nicht wahr?", fragte sie, doch die Antwort war klar. Parzival nickte und fuhr fort.

„Ja, Lichtingen. Sie bauten auf der Lichtung ihr Leben auf und je mehr Kinder geboren wurden, desto mehr Platz brauchten sie und desto mehr Bäume wurden gefällt. Sie errichteten Äcker und betrieben Ackerbau. Sie bauten sich ihr Leben auf und entwickelten sich rasend schnell weiter. Irgendwann begannen sich einige Bewohner der Stadt für den Wald zu interessieren. Sie nahmen Proben, erforschten den Boden und die Kleinstlebewesen. Sie führten Experimente durch, um alles über die Strukturen zu erfahren, die zu dem großen Ganzen gehörten. Eines Tages fanden sie auf einer Expedition den alten Baum, der noch immer mit schwarzer Rinde ummantelt war. Sie waren überwältigt von seiner Schönheit und wollten um jeden Preis seine Existenz erforschen. Am nächsten Morgen kamen sie wieder und sie trugen schwere Gegenstände mit sich. Äxte, Sägen, Messer. Sie verbrachten den gesamten Tag damit, dem Jahrhunderte alten Baum die Äste abzusägen. Dabei floss dunkles Baumharz aus der Rinde, das sie in kleinen Fläschchen sammelten. Sie ließen den Baum verletzt zurück und er blutete aus allen Wunden schwarze, dickflüssige Masse. In der nächsten Nacht wurde die Kleinstadt heimgesucht. Alle Beteiligten, die auf der Mission dabei gewesen waren, wurden am Morgen mit ausgebrannten Augen und auf dem Markplatz gefunden."

Ludmilla zog scharf die Luft ein. Ihre Stimme zitterte.

„Wer hat die Stadt heimgesucht?", fragte sie leise.

„Die Angst. All die ermordeten Lebewesen, die zu dem großen Ganzen gehört hatten, wurden zu Energien, die Zuflucht in dem Baum der Vorhersehung fanden. Sie manifestierten sich in Form von dunklen Gestalten, um Schrecken über die Menschheit zu verbreiten. Sie handelten jedoch nicht mit der Absicht, Rache auszuüben, sondern aus eigener Angst vor ihnen. Diese Angst war über die Jahre immer mächtiger geworden und konnte sich nun in ihrer vollen Kraft entfalten. Als sie merkten, dass sie mit diesen Mitteln die Menschen aus dem Wald fernhalten konnten, wurden sie nur noch stärker. Der schwarze Baum erholte sich und ist seitdem der Mittelpunkt der Ascheschatten, die sich dort am Tage verstecken. Sie haben die Liebe in sich verloren, Ludmilla. Und das macht sie so gefährlich."

Ludmilla schluckte. Eine Träne lief ihr über die kalte Wange und fiel in das weiche Moos. Sie konnte Parzival nicht mehr anschauen. Sein Blick sah verletzt aus. Tief verletzt. Und sie hatte plötzlich das Gefühl daran schuld zu sein.

„Es tut mir so leid", schluchzte sie und wischte sich mit ihrem grünen Pullover über die Nase. Die Tränen kullerten unentwegt über ihr kleines Gesicht. Parzival streckte seinen Flügel aus und strich ihr mit einer Feder über die Stirn. Sie blickte hoch und sah in seine liebevollen Augen.

„Du bist nicht schuld daran", sagte er sanft.

„Woher weißt du das alles, Parzival?"

„Der Wald. Er flüsterte es mir zu."

Sie saßen noch lange schweigend nebeneinander und dachten über die gesagten Worte nach. Die Geschichte, die Parzival Ludmilla erzählt hatte, erschütterte sie. Doch so viele Fragen waren noch offen.

„Warum wollten sie mich in den Wald locken?", fragte Ludmilla und strich Parzival über die dunklen Federn.

„Die dunklen Gestalten wollen Vergeltung für das, was ihnen angetan wurde. Sie locken Kinder in den Wald, um sie für sich zu gewinnen." Parzival stand auf und schüttelte sein Federkleid aus. Blätter und Erde fiel wie ein brauner Regen hinab auf den Waldboden.

„Parzival. Was bedeutet *für sich gewinnen?*", rief Ludmilla aufgebracht, als sie merkte, dass Parzival dem Gespräch aus dem Weg gehen wollte. Sie spürte einen Funken Wut in sich, als sich der Rabe ohne ein Wort zu sagen in die Lüfte erhob.

Parzival war gut darin ihre dringenden Fragen nicht zu beantworten und Ludmilla mochte das Gefühl nicht, ihm alles aus dem Schnabel ziehen zu müssen. Verwirrt über das, was er ihr erzählt hatte und enttäuscht über das, was er nicht erzählt hatte, blieb sie auf dem Waldboden sitzen und suchte nach ihrem Walky Talky. Doch als sie auf dem Bildschirm sah, dass schon für den Akku ein Balken weniger angezeigt wurde, ließ sie ihre

Hand wieder sinken. Sie konnte Miles alles erzählen, was sie von Parzival erfahren hatte, doch das Gefühl der Wut ließ nicht zu, dass sie ihn anfunkte. Sie brauchte etwas, um ihre gestauten Gefühle loszulassen, also stand sie auf und schulterte ihren Rucksack.

Wenn Parzival mir nicht sagt wohin er fliegt, muss ich ihm auch nicht sagen wohin ich gehe, dachte sie, als sie durch den Wald lief. Sie staunte über die wunderbaren Farben und über den frischen Wind, der ihren Körper von innen zu heilen schien. Schon nach wenigen Minuten fühlte sie, wie der Funke der Wut erlosch und sie genoss einfach nur noch den Augenblick. Doch die Gedanken wanderten immer wieder zu der Geschichte, die Parzival ihr erzählt hatte. Fast konnte sie es nicht glauben, dass es hier böse Gestalten geben sollte und sie würde es wahrscheinlich auch nicht glauben, wenn sie sie nicht selbst gesehen hätte. Ihr lief eine Gänsehaut über den Rücken, als sie an die Ascheschatten dachte. An ihren beißenden Geruch nach Asche und ihre mechanischen Schritte. Sie dachte an die scharfen Klingen an den riesigen Pranken und an die Augenhöhlen, die jeden Blick magisch anzogen und jedem, der hineinblickte, die Gefühle übertrugen, aus denen sie gemacht waren. *Angst.*

Ludmilla schlotterte bei dem Gedanken daran und riss sich aus ihrem Tagtraum. Sie blickte sich um und bemerkte, dass die Sonne allmählich hinter den Bäumen verschwand. Die Schatten der Bäume wurden dunkler und der Wind verstärkte sich. Er blies durch das trockene Laub und ließ Ludmillas Haare fliegen. Der Wind nahm nicht nur die Wärme von ihrem Körper, sondern auch die Selbstsicherheit aus ihrem Herzen. Sie wusste nicht mehr aus welcher Richtung sie gekommen war.

„Parzival", rief sie zunächst mit dünner Stimme in den Wald hinein. „Parzival!", rief sie beim nächsten Mal lauter. „Parzival." Doch egal wie laut sie rief, es tauchte kein majestätisches Wesen am immer dunkler werdenden Himmel auf.

Ludmilla ließ sich unter einem großen Baum in das Moos fallen, das zu jeder Sekunde kälter zu werden schien. Als sie den ersten Stern am Himmel sah, wusste sie, dass Parzival sie nicht mehr finden würde. Doch die dunklen Gestalten würden sie genau wegen der Dunkelheit finden. Ihr fiel nichts Besseres ein, als in ihren Rucksack zu schauen, um zu überprüfen, ob sie etwas dabeihatte, das ihr weiterhelfen würde. Sie sah die bunten Steine, die Karte, ihr Walky Talky, Parzivals Feder und ihr goldenes Taschenmesser. Sie nahm das Messer heraus und ließ es aufschnappen. Die Klinge glänzte und Ludmilla fühlte sich ein kleines bisschen weniger schutzlos.

Etwas knackte im Unterholz. Ludmilla blieb bewegungslos sitzen und umklammerte das Taschenmesser mit beiden Händen. Sie hörte die leisen Schritte immer näher auf sich zukommen. *Das war kein Ascheschatten,* versuchte sie sich immer wieder selbst zu beruhigen. Die Schritte klangen nicht so, als wäre das Wesen schwer. *Knack.*

Direkt neben Ludmilla brach ein Stock in zwei. Sie schrie auf, als ein Tier auf sie zugesprungen kam und

180

ihr das Taschenmesser aus der Hand schlug. Schnell sprang sie auf ihre Füße und hielt schützend ihre Hände vor den Körper.

Das Tier kam hinter einem großen Baum hervor. Die rote Schnauze kam ihrem Gesicht so nah, dass seine Barthaare auf ihrer Wange kitzelten. Doch zu lachen war ihr nicht zumute, denn die Zähne, die der Fuchs ihr zeigte, waren spitz.

„Balduin", krächzte es plötzlich laut. Ludmilla atmete erleichtert auf, als der Fuchs sich erschrocken umdrehte und den großen Raben erblickte, der mit ausgebreiteten Flügeln vor ihnen stand. Er sah bedrohlich aus. „Lass sie gehen, sie gehört zu mir", rief Parzival.

Balduin fletschte seine Zähne erneut und begann um Ludmilla herum zu schleichen. „Sie ist ein Mensch", zischte er mit einer dünnen Stimme. „Menschen gehören nicht in den Wald", flüsterte er, ließ sie nicht aus den Augen und schlich auf leisen Pfoten weiter um sie herum.

„Balduin", kam es von Parzival, dessen Stimme gereizt klang. „Wenn du ihr etwas tust, dann tue ich dasselbe mit dir." Balduin lachte kurz auf.

„Wieso beschützt du einen Menschen?"
Parzival tat das, was er am besten konnte. Er ignorierte die Frage und schlug dem Fuchs mit seinem Flügel auf die Schnauze. Balduin schreckte mit zusammengekniffenem Schwanz zurück und fauchte den Vogel an.

„Spinnst du", zischte er, doch Parzival hatte Erfolg mit seiner Handlung. Der Fuchs wusste, dass er keine Chance gegen ihn hatte und hielt zu Ludmilla einen großen Abstand. Ludmilla sah ihn an und fühlte sie unbehaglich bei seinem Anblick. Balduin schaute sich immer wieder hektisch im Wald um, als würde ihn jemand verfolgen. Er flüsterte unverständliche Worte vor sich hin, während er mit eingekniffenem Schwanz im Kreis lief. Schnell lief Ludmilla zu ihrem Taschenmesser und steckte es zurück in ihren Rucksack.

„Das ist Balduin. Er leidet unter chronischem Misstrauen und Verfolgungswahn", krächzte Parzival und nahm Ludmilla in seine warmen Flügel. Sie kuschelte sich an seinen Körper und atmete erleichtert aus.

„Ich dachte schon, du würdest mich nicht wiederfinden", sagte sie leise und ließ ihr Gesicht in seine Federn sinken.

„Tut mir leid, dass ich weggeflogen bin", sagte Parzival sanft. „Die Nacht wird schnell vorüber gehen. Solange du dich nicht bewegst, wird nichts Schlimmes geschehen."

Am Horizont waren laute Schreie zu hören. Sie hallten durch den Wald und kündigten die Nacht an, die sich wie eine dunkle Decke über den Wald gelegt hatte. Parzival legte schützend seine schwarzen Flügel um Ludmilla. Sie atmete in seine warmen Federn und bekam nichts von dem mit, was sich im Wald abspielte. Sie fühlte sich wohl in seiner Nähe und fiel in einen tiefen, ruhigen Schlaf. Parzival blieb die ganze Nacht wach. Er spürte Ludmillas tiefe Atemzüge an seinem Körper. Ihre Herzen schlugen im selben Takt.

Sie wachte erst wieder auf, als Parzival seine Flügel hob, um die Sonne auf Ludmillas Gesicht scheinen zu lassen. Sie blinzelte in den Himmel. Bei dem Gedanken an letzter Nacht klopfte ihr Herz. *War es Aufregung?*, fragte sie sich. *Aber Aufregung fühlt sich doch nicht gut an, oder doch?* Ludmilla schaute sich um und erkannte Balduin, der in einigen Metern Entfernung eingekugelt lag.

„Der ist ja immer noch da", ärgerte sich Parzival und hüpfte aufgeregt auf ihn zu.

„Balduin, verschwinde", hörte Ludmilla ihn zischen. Doch Balduin fauchte nur und schaute sich wieder aufgeregt um. Parzival schüttelte bei seinem Anblick den Kopf.

„Mach dir keine Sorgen, Ludmilla. Der tut dir nichts."

Balduin verfolgte sie mit einem weiten Abstand, als Ludmilla und Parzival ihren weiteren Weg einschlugen.

„Sag mir, wo wir Palle finden werden", sagte Ludmilla nach einiger Zeit, die sie nebeneinander hergelaufen waren. Parzival war es nicht gewohnt so viel zu laufen und hüpfte deshalb immer wieder, oder er erhob sich für eine kurze Zeit in die Luft.

„Wir müssen auf die andere Seite des Waldes", krächzte er, als er neben ihr landete. „Dort steht der Baum der Vorhersehung. Wir werden deinen Freund dort finden."

„Wieso haben sie ihn dort hingebracht? Was passiert dort mit ihm?", fragte Ludmilla, die allein die Vorstellung daran nicht ertrug.

„Ich weiß nicht was sie dort machen. Sie bringen alle Kinder dort hin.", antwortete Parzival.

„Wieso Kinder? Warum nicht Erwachsene?", fragte Ludmilla, noch immer verwirrt von all den neuen Informationen.

„Kinder haben eine große Vorstellungskraft. Sie können noch nicht genau unterscheiden, was real ist und was nicht. Die Angst umgibt sie zwar, doch sie kann nicht in ihr Innerstes eindringen. Dafür haben Kinder zu viel Hoffnung und Liebe in sich."

„Du klingst wie ein Philosoph, Parzival", neckte Ludmilla ihn. Sie kannte das Wort aus einem der Bücher, die sie in ihrem Zimmer liegen hatte.

„Philosophen denken gerne nach. So wie ich", antwortete Parzival und erhob sich erneut in den Himmel. Es war keine Wolke darauf zu erkennen.

„*Ein Spion*". Die dünne Stimme des Fuchses ertönte direkt neben Ludmillas Ohr. Erschrocken wirbelte sie herum.

„Was hast du gesagt?"
Balduin lief geduckt neben ihr, seine Augen konnten sie nicht fixieren. Sie zuckten hin und her, als würden sie lose in seinem Kopf hängen.

„*Ein Spion* ist unter euch", flüsterte er.
Ludmillas Beine versteiften sich und sie wurde langsamer. Über ihren Köpfen flog der Rabe mit weit ausgebreiteten Flügeln. Sein Schatten wanderte langsam über den hellen Waldboden.

„Was für ein Spion?", fragte Ludmilla, die anhielt, um Balduin direkt ansprechen zu können. Als sie sich ihm näherte, zuckte er zurück und schlich geduckt mit mehreren Metern Abstand um sie herum.

„Sie haben dich nicht einfach so hierhergelockt. Sie wussten es", sprach er leise.

„Von wem wussten sie *was*?", fragte Ludmilla nun lauter und fordernder. Balduin sah den Schatten von Parzival, der sich ihnen näherte. Er huschte plötzlich ganz nah an Ludmilla heran und flüsterte ihr noch eine Sache zu, bevor er zurück in das geschützte Unterholz verschwand.

„Was hat Balduin zu dir gesagt?", wollte Parzival wissen, der neben Ludmilla im Gras landete.

„Gar nichts. Er flüsterte nur vor sich hin", sagte sie leise, ohne ihn anzusehen.

„Glaube ihm nichts was er sagt. Er ist nicht ganz richtig im Kopf."
Doch Ludmilla antwortete ihm nicht. Sie war in ihren Gedanken versunken.

Nach einiger Zeit des stillen Wanderns fingen Ludmillas Füße an zu schmerzen.

„Deine Schuhe sehen nicht sehr bequem aus", stellte Parzival fest, als sie anfing darüber zu klagen.

„Das sind Gummistiefel. Die trägt man eigentlich nur wenn es regnet", jammerte sie und blickte in den warmen Sonnenschein am Himmel.

„Es regnet nicht", merkte Parzival an.

„Danke für den Hinweis", stöhnte Ludmilla, deren Fersen bei jedem Schritt wie Feuer brannten.

„Kannst du nicht ohne Schuhe gehen, so wie ich?", fragte Parzival und stampfte demonstrativ mit seinen Krallen auf den Boden.

„Meine Füße sind nicht so groß und hart wie deine. Ich würde mich verletzen und könnte dann gar nicht mehr laufen."

Sie streifte die Gummistiefel ab und wackelte mit ihren kleinen Füßen. Dann hockte sie sich auf den Boden und riss ein wenig Moos aus, um es sich als Polsterung in ihre Schuhe zu legen. Sie hörte Balduin hinter sich fluchen.

„Jetzt geht es ein wenig besser", sagte sie, nachdem sie einige Schritte gelaufen war.

Die Orientierungslosigkeit gefiel ihr nicht. Sie wollte sich nicht komplett auf Parzival verlassen, der ihren Fragen immer wieder auswich. Und Balduin bereitete ihr ebenfalls Sorgen. Er wirkte sehr verwirrt, aber seine Worte hatten auch Sinn ergeben. Sie kam zu dem Ergebnis, auf ihr Bauchgefühl zu vertrauen. Bald musste sie mit Miles reden, um ihn auf den neusten Stand zu bringen. Sie ließ sich langsam zurückfallen, sodass Parzival es nicht bemerkte. Sie griff nach ihrem Walky Talky, nachdem sie genug Abstand genommen hatte und funkte Miles an.

Er schien außer Atem zu sein, als er erst nach einigen Minuten antwortete.

„Endlich", zischte Ludmilla in das Gerät.

„Ist etwas passiert?", fragte er gehetzt.

„Wo bist du? Und warum rennst du?"

„Das ist doch jetzt egal. Warum hast du mich angefunkt?"

Ludmilla versuchte die Geschichte, die Parzival ihr erzählt hatte, so gut es ging wiederzugeben. Doch als sie aufhörte, schien Miles verwirrt zu sein.

„Ascheschatten? Ein Baum der Vorhersehung? Ludmilla, ich glaube, ich muss das erst mal sacken lassen."

„Nein Miles, hör zu. Es gibt etwas sehr Wichtiges, das ich dir sagen muss. Du musst mir jetzt ganz genau zuhören."

„Okay."

Ludmilla holte tief Luft bevor sie sprach. „Ist jemand gerade in deiner Nähe, der zuhören kann?", fragte sie. Das Walky Talky knackte.

„Nein.", sagte er nach einer Weile. „Wieso?"

„Gut. Du darfst niemandem vertrauen, Miles. In Lichtingen gibt es jemanden, oder vielleicht sind es auch mehrere, die die Bürger ausspionieren. Sie gehörten zu den Schatten und sie wollen verhindern, dass die Lichtinger auf die Idee kommen, den Zaun zu durchbrechen. Sie wollen, dass die Menschen vor dem Wald Angst haben, damit sie ihn nicht weiter zerstören."

„Was?", fragte Miles geschockt. „Woher weißt du das?"

„Ein Fuchs hat es mir geflüstert. Ich glaube, ich kann ihm nicht vertrauen, aber was er gesagt hat, ist logisch, Miles. Jemand aus der Stadt wusste, dass ich keine Angst vor dem Wald habe. Ich habe zu viel über ihn gesprochen. Der Fuchs hat gesagt, dass die Schatten

jede Gestalt annehmen können, solange sie das schwarze Harz des Baumes der Vorhersehung trinken."
Miles schien nachzudenken.

„Fabius steckt bestimmt hinter all dem", flüsterte Miles in sein Walky Talky.

„Das habe ich auch gedacht. Du musst ihn beobachten."

„Das werde ich tun. Und hast du schon eine Spur, wo Palle sein könnte?"
Ludmilla erschrak bei seiner Frage. Für einen kurzen Moment hatte sie vergessen, weshalb sie eigentlich in den Wald gegangen war. Die ganze Geschichte war größer, als sie vorher gedacht hatte.

„Alles hängt bestimmt miteinander in Verbindung. Parzival hat gesagt, er wüsste wo Palle sein könnte", sagte sie und spürte das Chaos in ihren Kopf zurückkehren.

„Ludmilla, pass auf, wem du vertraust. Ich vertraue dir, dass du auf dich aufpasst."

„Verbündete", sagte sie dazu nur und sie beendeten ihr Gespräch mit dem Versprechen, sich bald wieder zu melden.
Sie legte ihr Walky Talky zurück in ihren Rucksack und strich über den kleinen Stern, den Miles darauf gemalt hatte. Sie fühlte sich besser, nachdem sie seine Stimme gehört hatte. Doch plötzlich überkam sie Einsamkeit. Sie wünschte, Miles könnte bei ihr sein. Mit einem Knoten im Kopf folgte sie Parzival, wo auch immer er sie hinbrachte.

15

Miles saß an seinem Schreibtisch und kritzelte etwas in sein Notizbuch. Erst malte er dunkle Kreise, die immer dichter wurden, dann wurde das Blatt immer schwärzer und er malte jede helle Stelle aus. *So ein Scheiß*, dachte er sauer, riss das Blatt aus dem Notizbuch und schmiss es hinter sich auf den Boden. Dann stand er auf, tigerte durch sein Zimmer und stemmte sich gegen die Tür. Wie zu erwarten war sie noch immer verschlossen. Seine Schulter schmerzte langsam, so wie sein Knie, das er sich auf den Pflastersteinen aufgeschlagen hatte. Das Gesicht seines Vaters bereitete ihm noch jetzt, knapp zwei Stunden, nachdem er ihn nach Hause geschleift hatte, ein stechendes Gefühl in der Brust. Miles hatte seinen Vater schon oft sehr wütend erlebt, doch heute war er so sauer, dass er nicht ein Wort zu ihm gesagt hatte. Er hatte ihn nur durch ihre frisch gefegte Einfahrt in das Haus und hinauf in die erste Etage gezogen und ihn in sein Zimmer geschubst. Den Schlüssel nahm er mit.

Nun war Miles eingesperrt. Er fühlte sich wie ein gefangenes Tier, das auf die Entscheidung wartete, was mit ihm passieren sollte. Jede Sekunde, die verging, schnürte sich seine Kehle enger zusammen und er bildete sich schon ein, die schweren Schritte seines Vaters auf der Treppe zu hören. Doch es blieb still. Stundenlang.

Früher, als Miles noch so klein war und er früh ins Bett gehen musste, spielte er den ganzen Tag mit seinen Actionfiguren. Er lief damit durch sein Zimmer und stellte sich vor, Superman zu sein, der die Welt mit seinen Superkräften rettete. Selbst am Abend war er nicht müde, im Gegenteil. Er hüpfte immer wild herum und wollte nicht schlafen gehen. Sein Vater schrie in der Zeit täglich und kommandierte ihn ins Bett. Irgendwann traf Miles mit seiner Mutter eine Vereinbarung. Sie stand eine Stunde im Flur an der Treppe, und in der Zeit durfte Miles in seinem Zimmer so viel spielen, wie er wollte. Sobald sie seinen Vater die Treppe hinauf komme sah, rannte sie in Miles` Zimmer, um ihn zu warnen. Miles schlüpfte schnell in sein Bett und tat so, als wäre er ein braver Junge. Eine Zeit lang funktionierte ihr Plan. Miles sah es als Spiel und jauchzte immer, wenn seine Mutter hereingestürmt kam. Doch eines Tages erwischte sein Vater sie dabei, wie sie Miles wegen ihm ins Bett scheuchte. Miles verkroch sich unter seine Bettdecke, doch hörte er trotzdem alles, was außerhalb geschah. Seit dem Tag spielte er nicht mehr mit seinen Actionfiguren.

Miles saß vor der Tür auf dem Boden und horchte. Er fühlte sich wie damals, als die Schritte sich von etwas Aufregendem zu etwas Bedrohlichem verwandelt hatten. Er schloss seine Augen und versuchte sich zu beruhigen. *Er kommt nicht hoch*, versuchte er sich einzureden, doch trotzdem zuckte er bei jedem kleinen Geräusch zusammen. Sein Herz pochte immer schneller, je mehr er sich darauf konzentrierte, sich zu beruhigen. Irgendwann hielt er es nicht mehr aus, legte sich platt auf den Rücken und schaute an die Decke seines Zimmers. An der Schräge, unter der sein Bett stand, waren mehrere Leuchtsterne angebracht. Er erinnerte sich noch genau daran, als seine Mutter sie dort angebracht hatte. *Im Dunkeln leuchten sie nur für dich*, hatte sie gesagt und er hatte sie sich oft die ganze Nacht angeschaut. Jetzt spendeten sie ihm keinen Trost mehr, sondern machten ihn nur traurig. Als Kind hatte er immer gedacht, seine Mutter wäre die stärkste Frau der Welt, die ihn vor allen bösen Dingen beschützen würde. Doch heute wurde ihm bewusst, dass dem nicht so war. Tränen flossen über sein Gesicht und sickerten in den Teppich, während Miles mit ausdrucksloser Miene an die Decke starrte. Langsam bildete sich um ihn herum sein unsichtbarer Panzer. Er spürte ihn, indem er sich immer weniger spürte.

Die Schritte seines Vaters auf der Treppe nahm er wie durch Watte wahr. Er hörte die Schreie nicht. Er spürte die Schläge nicht. Als sein Vater verschwand und die Tür wieder fest verschloss, lag Miles noch immer auf dem Boden. Er rollte sich zu einer Kugel zusammen und umklammerte den Körper mit seinen Armen. Sein Blick war noch immer ausdruckslos, doch aus seinen Augen tropften keine Tränen mehr. Der Panzer war seine größte Stärke.

Als Miles den kleinen blauen Stein erblickte, der unter sein Bett gerollt war, wurde ihm plötzlich etwas klar. Der Panzer war seine größte Stärke, aber gleichzeitig war sie auch seine größte Schwäche. Er rettete ihn vielleicht für einen Moment, doch er nahm ihm auch alles, was schön war in seinem Leben. Er nahm ihm die Möglichkeit, er selbst zu sein.

Er blieb lange liegen und dachte darüber nach. Er dacht über Dinge nach, die Sinn ergaben, und über viele Dinge, die nur noch mehr Chaos in seinem Kopf stifteten. Es fühlte sich gut an, zuzulassen, dass er sich mit sich selbst beschäftigte. Und er merkte, dass er noch viel nachzudenken hatte. Er streckte seinen Arm aus und griff nach dem Stein, der in seiner Hand glitzerte. Als seine Lippen die kühle Oberfläche berührten, lächelte er.

Miles musste noch einige Zeit liegen bleiben, bis er genug Kraft geschöpft hatte, um aufzustehen. Er ging zum Fenster und öffnete es, um die Herbstluft in sein Zimmer zu lassen. Miles hörte die Stimmen seiner Nachbarin, die sich über den krumm geschnittenen Rasen aufregte und schloss es schnell wieder. *Irgendetwas stimmt nicht mit dieser Stadt*, dachte er und grinste vor sich hin, als er sich das Gesicht von dem Gärtner vorstellte, der die Halme einen Millimeter nachschneiden musste. *Als gäbe es keine größeren Probleme in dieser verdammten Stadt.*

Er wollte etwas tun. Er wollte weg von hier. Doch er hatte noch immer keine Ahnung wohin er gehen sollte. Während er darüber nachdachte, wie er an etwas Essbares herankommen könnte, fingt sein Magen laut an zu knurren. Das Geräusch vermischte sich mit einem anderen, das von der Straße kam. Miles blickte vorsichtig aus dem Fenster und erkannte seinen Vater, der in sein Auto stieg und losfuhr. Erleichtert rannte Miles zur Tür und drückte sich immer wieder mit seiner ganzen Kraft dagegen, doch sie rührte nicht. Er lief zum Fenster und schaute hinab auf die Straße, die zu weit unten lag, um zu springen.

In seinem Zimmer fand sich auch nichts, das ihm helfen würde nach unten zu gelangen. Sein Blick fiel auf das Bett. Das Laken war abgezogen. „Na toll", ärgerte er sich. *Ist mein Vater so vorausschauend?*, fragte er sich, doch er war sich fast sicher, dass es nur Zufall war. Sein Vater hielt so wenig von ihm, er würde es nie glauben, wenn Miles einen stuntähnlichen Abgang hinlegen würde.

„He, du Dummi", kam es aus seinem Vorgarten. Miles wollte gerade an das Fenster treten, als ein dicker Stein vor seinen Füßen landete.

„Hey, was soll das?", motze er und erkannte Resa, die vor seinem Haus stand und schon einen weiteren Stein wurfbereit in der Hand hielt.

„Macht man das nicht so bei einer Rettungsaktion?", rief sie zurück. Miles hielt schützend seine Hände vor das Gesicht. „Aber doch nur wenn das Fenster zu ist", lachte er. „Und mit kleineren Steinen."

„Alles klar, ist notiert fürs nächste Mal", verkündete Resa und ließ den Stein zurück in den Vorgarten plumpsen.

„Ein nächstes Mal wird es bestimmt geben, so wie du drauf bist." Miles streckte seinen Oberkörper weit aus dem Fenster. „Und wie willst du - *kleiner Wicht* - mir jetzt helfen?"

„Nö, jetzt helfe ich dir nicht mehr", antwortete Resa, drehte sich um und lief zur Straße. Miles schaute ihr sprachlos hinterher und sah, wie sie aus dem Gebüsch gegenüber dem Wohnblock ein langes Seil holte.

„Ich muss doch meine Ehrenschulden begleichen", sagte sie, als sie wieder unter seinem Fenster stand. „Und nenn mich nie wieder so. *Wicht* ist in Ordnung, aber *klein* klingt irgendwie herablassend." Miles fing das eine Ende des Seils auf und knotete es fest um die Heizung. „*Klein* meine ich ganz ohne Wertung", stellte er richtig, bevor er aus dem Fenster kletterte und sich langsam an dem Seil herunterließ.

„Du bist ein wahrer Klettermeister", rief Resa begeistert, als Miles neben ihr auf den Kies sprang. Dass seine Hände schmerzten, ließ er sich nicht anmerken.

„Jetzt sind wir quitt."

„Du schuldest mir jetzt ein neues Seil", sagte Resa ernst und zeigte auf das offene Fenster, aus dem ihr Seil hing. Miles stöhnte. „Das wird immer so weiter gehen, oder?"

„Ich denke schon", sagte Resa und zwinkerte ihm zu. Miles schaute sie an und wusste plötzlich nicht mehr, was er sagen sollte. Resas blaue Augen, die unter ihren fransigen braunen Haaren frech hervorblitzen, kniffen sich zusammen.

„Hast du Hunger?", fragte sie.

„Woher weißt du das?", lachte Miles und hielt sich seinen Bauch, der laut angefangen hatte zu grummeln.

Es war einfach mit Resa zu reden. Sie strahlte eine Leichtigkeit aus, die sich schnell auf ihn übertrug. Mit jedem Schritt, den sie sich gemeinsam von seinem Haus entfernten, fühlte sich Miles freier. Als sie die Straße bis zum Ende gelaufen waren, hielt Resa plötzlich an.

„Jedes Mal, wenn dein Magen grummelt, verliere ich einen kleinen Teil meines Denkvermögens", sagte sie und während Miles sich fragte, was die beiden Dinge miteinander zu tun haben könnten, kletterte Resa über einen Gartenzaun und schnappte sich einen Kuchen, der auf der Terrasse gerade auskühlte. In dem Moment, in dem sie sich ihn nahm, öffnete sich die Eingangstür und heraus kam eine Frau, die noch ihre Küchenschürze trug.

„Mein Kuchen!", konnte sie nur noch rufen, bevor Resa und Miles verschwunden waren.

„Die arme Frau tut mir leid", mümmelte Miles, der das drittes Stück Kuchen in seinen Mund schob. „Sie verpasst einen atemberaubend leckeren Kuchen."

„Wir backen ihr bald einen neuen", antwortete Resa und sah aus, als äße sie das leckerste, das sie je gegessen hatte.

Miles kicherte, doch Resa konnte nicht aufhören, ihre Augen bei jedem Bissen zu verdrehen und *Man, ist der lecker,* zu stöhnen.

„Sieht so aus, als müssten wir nach dem Rezept fragen", prustete Miles. Die Kuchenkrümel landeten überall.

Resa presste sich eine Millisekunde später den Zeigefinger auf die Nase. „Ich nicht, du musst."

Miles schaute sie für einen kurzen Moment schockiert an, doch als sie anfing zu lachen, fiel er mit ein.

„Ihr kleinen Diebe!", kam es plötzlich von der Seite. Die Frau mit der Schürze stand vor ihnen. Durch die rosa Hausschuhe und dem Holzlöffel, den sie wie ein Zepter schwang, sah sie nicht besonders furchteinflößend aus.

Miles verschluckte sich beinahe an seinem Stück Kuchen und Resa griff sich noch schnell eins aus der Form, bevor sie sie der Frau zu warf.

„Renn, Miles!", schrie sie und flitzte auch schon los. Miles hatte Resa aus den Augen verloren, als er merkte, dass sein Walky Talky in der Hosentasche knackte und eine Stimme ertönte.

Die Last, die von seinen Schultern gefallen war, seit dem Resa ihn aus seinem Zimmer gerettet hatte, lag zur Hälfte wieder darauf, nachdem er das Gespräch mit Ludmilla beendet hatte. Auf der Stadt lag ein größeres Geheimnis, als er gedacht hatte. Er würde Fabius beobachten und herausfinden, ob er der Spion war. Er blickte sich um und suchte zwischen den Häusern einen braunen Schopf. Aber Resa schien wie vom Erdboden verschlungen zu sein und somit lief Miles allein zurück zu seiner Blockhütte bei der alten Wassermühle. In seinem Kopf nahm ein Plan langsam Form an. Er fuhr sich mit der Zunge über die Lippen und schmeckte frischen Schokokuchen.

16 Ludmillas Fersen schmerzten bei jedem Schritt. Das Moos hatte sie schon lange aus ihrem Schuh geschüttelt, es hatte nur kurz geholfen. Parzival fragte sie schon das vierte Mal, ob sie auf seinen Rücken steigen wollte, doch sie fühlte sich nicht wohl bei dem Gedanken, sich tragen zu lassen. Sie wollte selbst durch den Wald gehen, den sie schon als Kind oft in ihren Träumen gesehen hatte. Sie träumte meistens so realistisch, dass sich ihre echten Erinnerungen manchmal damit vermischten und sie nicht mehr mit Sicherheit sagen konnte, ob sie es tatsächlich erlebt hatte. Dadurch hatte sie das Gefühl, schon viel gesehen und erlebt zu haben, obwohl sie in Wahrheit ihr ganzes Leben nur in Lichtingen gewesen war.

Balduin schlich immer noch mit einem Abstand hinter ihnen her, der sich mit jeder Stunde ein wenig verringerte. Je näher er kam, desto deutlicher hörte Ludmilla die Worte, die er vor sich hin flüsterte.

Falle, Spion, falscher Weg, Falle, Spion, falscher Weg

Es waren jedenfalls keine guten Wörter, doch Ludmilla ließ sich von ihm nicht verunsichern. Er schien jemanden zu brauchen, dem er sich anschließen konnte. Immer wieder versuchte sie ihm zuzulächeln und jedes Mal zuckte er zusammen und verdrückte sich schnell in ein Gebüsch oder hinter einen Baum. Irgendwann gab Ludmilla auf und machte sich keine Gedanken mehr um den verrückten Fuchs.

Allmählich veränderte sich der Wald. Die Bäume standen dichter beieinander, auf dem Waldboden lag jede Menge Totholz und buntes Herbstlaub und es wuchsen viel mehr krautige Pflanzen, die sich auf dem Grund ausbreiteten. Die Vegetation wuchs hier dichter und die Topografie wurde steiler. Immer wieder musste sich Ludmilla an Ästen festhalten, um nicht hinab zu rutschen. Dicke Wurzeln waren aus der Erde gebrochen und schlängelten sich wie riesige Schlangen über den Boden. Ludmilla musste unentwegt aufpassen, um nicht zu stolpern. Große, von Moos überwucherte Gesteinsbrocken ragten in die Höhe, als wären sie wie die Bäume aus der fruchtbaren Erde entstanden und auf diese Größe angewachsen. Ludmilla staunte über ihre Mächtigkeit.
Parzival zog Kreise am Himmel, der heute nicht besonders blau war. Für Ludmilla sah er wie die Farbe

aus, die sie neulich im Kunstunterricht zusammengemischt hatte. Sie hatte die Farbe Glau getauft, eine Mischung aus Grau und Blau. Der Himmel, den sie jetzt genau betrachtete, war ganz klar glau.

Ruckartig fiel sie zu Boden.

„Achte auf deine kleinen Füße, Ludmilla", sagte Parzival, der neben ihr gelandet war. „Wir müssen mehr nach Süden. Da vorne kommt ein Fluss, den wir überqueren müssen."

„Wie weit ist es noch?", fragte Ludmilla, die sich das Knie rieb. Es war seit dem Sturz mit ihrem Fahrrad sehr empfindlich.

„Es ist noch weit. Vielleicht schaffen wir es bis morgen oder übermorgen."

Obwohl Ludmilla mit so einer Antwort gerechnet hatte, fühlte sie den Kloß in ihrem Hals.

„Schafft Palle es bis dahin?", presste sie aus ihrer zugeschnürten Kehle. Sie vermisste ihn so sehr.

„Wir werden es sehen, wenn wir angekommen sind", antwortete Parzival knapp. Als er Ludmillas trauriges Gesicht sah, hüpfte er nah zu ihr heran. „Alles wird gut. Bald hast du deinen besten Freund wieder", krächzte er, während seine schwarzen Federn sie an der Nasenspitze kitzelten. Ludmilla kicherte.

„Können wir nicht einfach fliegen?"

„Wenn du wieder in den Fängen der Ascheschatten geraten willst, können wir das machen."

„Ich will nie wieder einem von ihnen so nah sein." Ludmilla schauderte. „Ich habe noch nie vorher so etwas gefühlt, Parzival."

„Ich werde dich beschützen und dafür sorgen, dass sie dich nicht kriegen", versicherte ihr Parzival. „Aber dafür musst du mir vertrauen und hier auf dem Weg bleiben."

„Das kann man wirklich nicht *Weg* nennen", kicherte Ludmilla, die erneut über eine Wurzel stolperte. Parzival zwinkerte ihr mit seinen schwarzen Augen zu, aus denen eine Tiefe strömte, die Ludmilla jedes Mal in den Bann zog. Ihre Knie wurden weich und sie stolperte erneut. *Mist*, dachte sie. *Was ist nur los mit mir?* Plötzlich kam eine Idee in ihr auf, die sie erst wieder verwarf. Als Parzival seinen Schnabel hob und ein Blatt von einem Strauch zupfte, sah er so schön aus, dass sie nicht anders konnte.

„Ich bin wirklich froh, dass du mir hilfst", sagte sie leise und wurde dabei ein wenig langsamer. Sie schaute auf den Boden und ihre Stimme klang plötzlich zittrig, unsicher.

„Du hast mir eine Feder geschenkt und ich möchte dir auch etwas schenken." Parzival beobachtete Ludmilla verwirrt, die verlegen in ihrem Rucksack kramte und den roten Stein hervorholte.

Sie erreichten bald den Fluss, der sich mit einem lauten Tosen schon lange vorher angekündigt hatte. Die Strömung war so stark, dass immer wieder dicke Äste von den Wassermassen mitgerissen wurden und innerhalb weniger Sekunden in der Ferne verschwanden.

„Was ist mit Balduin?", schrie Ludmilla gegen das Tosen an. Der Fuchs lag verstört auf seinem Bauch und schleckte sich über die Pfoten.

„Den sind wir endlich los", krächzte Parzival so laut er konnte zurück.

„Wir können ihn nicht hierlassen." Ludmilla versuchte sich dem Fuchs zu nähern, doch er schreckte zurück und ließ sich nicht berühren. „Parzival, schau nach einer Stelle, die er auch überqueren kann."
Parzival schüttelte sich und flog dann widerwillig durch die Lüfte und suchte den Flusslauf nach einer geeigneten Stelle ab. Ludmilla nahm auf einem runden Stein Platz und rieb sich die Fersen.
Mit einem Ruck wurde sie nach hinten gerissen und landete im Laub. Schnell sprang sie auf und nahm eine Abwehrhaltung ein, doch es war nur Balduin gewesen, der nun ihren Rucksack zwischen den Zähnen kaute.

„Balduin! Gib mir meinen Rucksack wieder", zischte Ludmilla, doch das Geräusch des Wassers übertönte ihre Stimme. Sie ging entschlossen ein paar Schritte auf ihn zu und er ließ den Riemen aus seiner Schnauze fallen. Ludmilla wollte danach greifen, doch Balduin sprang gegen ihre Brust, sodass sie rückwärts umfiel und auf der harten Erde landete. Seine Vorderpfoten drückten ihren Oberkörper runter, sein Gesicht kam näher. Ludmilla konnte seinen nach Fleisch stinkenden Atem riechen, als er ihr die Worte entgegen spuckte.

„Dein Rucksack hat letzte Nacht geleuchtet. Was versteckst du darin? Etwas Gefährliches?"

Ludmilla sah ihn erstaunt an. „Ich weiß nicht, was du meinst", keuchte sie. Der Fuchs war schwerer als er aussah.

„Du hast doch etwas vor... Ich weiß es. Sag mir, was es ist!" Balduins Augen konnten sie nun genau fixieren. „Erzähle mir dein Geheimnis und ich erzähle dir im Gegenzug auch eins. Abgemacht?"
Balduins Krallen bohrten sich langsam in Ludmillas Haut. Sie hoffte, dass Parzival bald zurückkam.

„Ich bin nur hier, um meinen Freund zu finden und nach Hause zu bringen", presste sie hervor.

„Du wirst ihn nicht finden. Der große Vogel hat dich auf den falschen Weg geleitet... Ich weiß es", zischte Balduin ihr ins Ohr. Als Ludmilla nicht antwortete, ließ er sie gehen. Sie hob einen Ast vom Boden auf und drohte Balduin damit abzuwerfen. Sie ließ ihren Arm sinken, als Parzival durch die Baumkronen auf sie zu flog.

„Etwas weiter dort vorne ist ein Baum auf den Fluss gekracht, da könnt ihr rüber laufen", krächzte er. *Nein*, dachte Ludmilla, die den großen Vogel musterte. *Parzival würde mich nicht auf den falschen Weg bringen.*

„Komm, steig auf meinen Rücken, Ludmilla. Es ist zu gefährlich", rief Parzival ihr entgegen dem lauten Tosen des Wassers zu. Sie waren an der Stelle angekommen, die Parzival ausgekundschaftet hatte. Der Fluss war hier zwar breiter als an der anderen Stelle und Ludmilla konnte nicht mehr auf den Grund schauen, hier lag aber ein riesiger Baum wie eine Brücke quer darüber. Parzival gab es auf Ludmilla davon zu überzeugen auf seinen Rücken zu steigen, als er sah, wie sie mit Entschlossenheit auf den Baumstamm trat. Sie fühlte Aufregung in sich aufsteigen, es war ein gutes Gefühl. Parzival flog auf die andere Seite und beobachtete jeden Schritt, den sie tat, ganz genau. Die Wassermassen unter ihr sahen aus wie wildgewordene Wesen, die ungebändigt miteinander kämpften. Als sie in der Mitte ankam, trat ihr linker Fuß auf eine moosige Stelle und sie rutschte mit einem Ruck ab. Sie schlingerte und konnte sich gerade noch an einem Astloch festhalten. Parzival breitete schon seine Flügel aus, um sie im Notfall zu retten, er sah angespannt aus. Ludmilla lachte aufgeregt auf und schaute sich nach Balduin um, der noch auf der anderen Seite des Flusses stand. Seine Ohren waren nach hinten angelegt.

Ludmilla fand ihre Balance wieder und setzte vorsichtig einen Schritt vor den nächsten. Sie war fast am anderen Ende angelangt und blickte Parzival mit einem breiten Grinsen an.

„Siehst du, ich schaff es auch allein."

Parzival öffnete seine Flügel, um sie darin zu empfangen. Nur noch ein Schritt, bis sie ihn erreichen würde.

Ein Blick hinter ihren großen gefiederten Freund ließ ihr mit einem Mal das Blut in den Adern gefrieren. Ein Ascheschatten ragte hinter Parzival auf, umschlang ihn mit seinen grausamen riesigen Armen und riss ihn in den dunklen Wald. Innerhalb weniger Sekunden war er nicht mehr zu sehen.

„NEEEIN!", schrie Ludmilla und blickte sich hilflos nach Balduin um. Balduins Pfoten ragten aus der boshaften Umarmung eines gigantischen Ascheschattens, das konnte Ludmilla zwischen den schwankenden Wellen erkennen, nachdem sie rückwärts in die Fluten gefallen war. Das Wasser nahm sie auf wie einen alten Freund und trug sie von der Angriffsstelle weg. Ludmilla erblickte die schwarzen Ascheschatten in weiter Ferne, die sich suchend umblickten. Dann knallte ihr Kopf gegen einen Stein und sie wurde bewusstlos.

Ein Windhauch weckte sie auf, der einen appetitlichen Geruch mit sich zog. Ludmilla lag halb im eiskalten Wasser und halb an Land, sie war eine beruhigtere Stelle gespült worden. Sie zog sich mit letzter Kraft auf das von der Sonne aufgewärmte Gras. Ludmilla legte sich auf den Rücken und blinzelte in die Strahlen, die sie langsam trockneten. Der Geruch, der immer wieder zu ihr herüberzog, erinnerte sie daran, dass sie Hunger hatte. Sehr starken Hunger.

Nach einiger Zeit - ihre Sachen waren noch immer klamm – rappelte sie sich auf, blickte in den tiefen Wald und sah zu ihrer Erleichterung keine bösartigen Schatten hinter den Bäumen hervorlugen. Auch Parzival und Balduin waren nirgends zu entdecken. *Ich hoffe, ihnen geschieht nichts Schlimmes*, dachte Ludmilla, die sich das feuchte Haar ausschüttelte. Ihr Kopf schmerzte leicht, ansonsten schien ihr nichts zu fehlen. Sie wusste, dass sie nun auf sich allein gestellt war und dass sie ohne Parzivals Hilfe Palle finden musste, am besten, bevor die Nacht hereinbrechen würde.

Panisch fiel ihr das Walky Talky ein, das nicht wasserdicht war. Sie wollte es aus ihrem Rucksack holen und bemerkte, dass dieser sich nicht auf ihrem Rücken befand. Hektisch blickte sie sich um und sah ihn nirgends in ihrer Umgebung. Ludmilla ließ ihren Kopf in ihre kalten Arme sinken. So einsam und verloren wie jetzt hatte sie sich lange nicht gefühlt. Sie hatte alles verloren. Ihren besten Freund, die Verbindung zu Miles, Parzival und auch noch ihre Orientierung. Es gab keinen Wegweiser, der ihr zeigte, wo sie lang gehen sollte.

Sobald es dunkel wird, werden sie mich kriegen und ich werde sterben, dachte sie. In ihr lag keine Angst, es war viel mehr eine tiefe Gewissheit, dass sie nichts daran ändern konnte was als nächstes geschah. Sie lief zum Wasser und trank daraus. Dabei blickte sie in ihr eigenes Gesicht, das sich auf der Wasseroberfläche spiegelte. Ihr Herz wurde ein kleines bisschen leichter. *Ich habe zwar alles verloren,* dachte sie. *Aber ich habe ja immer noch mich.*

Der intensive Geruch kam ihr wieder in die Nase. Sie blickte sich um und sah im Schatten des Waldes ein paar pralle Pilze stehen, deren köstlicher Geruch Ludmillas Magen zum Grummeln brachte. Sie rupfte sie aus der Erde und roch genüsslich an ihnen. Fast wollte sie schon hineinbeißen, doch sie konnte sich gerade noch stoppen. Pilze können gefährlich sein, das wusste sie aus dem Biologieunterricht. Sie könnten genießbar sein, aber auch tödlich. Ludmillas Hand zitterte, als sie sie sinken ließ. Doch anstatt die Pilze wegzuwerfen, steckte sie sich unter den Pullover.

Sie ging mit der Strömung entlang des Flusses. Nach einigen Stunden war ihre Kleidung völlig getrocknet. *Passend zum Einbruch der Nacht*, dachte Ludmilla und sah der Sonne dabei zu, wie sie langsam hinter den Tannen versank. Der Fluss wurde immer schmaler und flacher, je länger sie an ihm entlanglief. Die Steine waren kleiner und das Wasser trüber. Schon bald merkte sie, dass der Nahrungsmangel ihren Körper schwächte. Sie setzte sich auf einen Stein und fuhr sich durch die trockenen Haare. Die Pilze unter ihrem Oberteil schienen ihr immer wieder zuzuflüstern: *Iss mich. Iss mich. Iss mich!* Noch konnte sie sich wehren, doch je dunkler es wurde, desto schwächer wurde ihr Wille.

Ganz in ihrer Nähe ertönten auf einmal schrille Schreie, die Ludmilla tief in ihrer Seele trafen. Es waren keine menschlichen, oder tierischen Schreie, es waren Laute, die von etwas Grausamem stammen mussten. *Die Angst kommt heraus*, flüsterte Ludmilla. Ihre Stimme war dünn und schwach und wurde von der Nacht verschluckt, als wäre die Dunkelheit ein gieriges Tier, das sein Opfer fraß. Ludmillas Augen wurden träge. Sie atmete tief durch, nahm ohne zu zögern einen Pilz unter ihrem Pullover heraus und biss entschlossen hinein. Er schmeckte so, wie sie sich ihre Henkersmahlzeit gewünscht hätte. Sie schlang ihn komplett herunter und fühlte sie sich erstaunlicherweise satt. Wenigstens sterbe ich nicht hungrig, dachte sie und kickte mit dem Fuß Steine ins Wasser.

Etwas in ihrem Augenwinkel erregte ihre Aufmerksamkeit. Auf der anderen Seite des Flusses stand ein Baum, der sich komisch bewegte. Ludmilla kniff die Augen zusammen, alles um sie herum war plötzlich verschwommen und drehte sich. Der komische Baum schwang seine Äste hin und her, die Ähnlichkeit mit langen Armen hatten. Plötzlich hielt er inne, die Äste sahen aus wie lange Finger, die in eine Richtung zeigten. Die Welt um sie herum drehte sich stärker und Ludmilla konnte nur mit Mühe in die Richtung schauen, in die der Baum zeigte und sah dort im dunklen Wasser etwas leuchten.

Schnell erkannte sie, dass es sich um ihren Rucksack handelte. Aufgeregt zog sie ihn aus dem Fluss, er hatte sich in einem Ast verheddert, der aussah wie eine reichende Hand. Ludmilla schmiss den triefenden Rucksack in das weiche Gras. Etwas in seinem Inneren leuchtete dunkellila, bläulich. Ludmilla zog den Reißverschluss auf und hielt die Karte in ihren Händen, die so hell leuchtete, dass sie sogar blendete. Mit zugekniffenen Augen holte Ludmilla das Walky Talky heraus, denn sie wollte so schnell wie möglich Miles anfunken. Das Walky Talky blieb stumm. Es war kaputt. Darüber würde sie sich später Gedanken machen, sagte sie sich und blickte fasziniert auf die Karte, die sie langsam auseinanderfaltete.

Die Karte sah verändert aus. Ludmilla erkannte kaum Ähnlichkeit zu der Karte, auf der sie schon fast alle

Bäume auswendig aufsagen konnte. Diese Karte war dunkler, düsterer. Sie erkannte zwar den Fluss, an dem sie saß, doch war er wie ein Schatten in den Hintergrund gezeichnet. Im Vordergrund waren wirre Linien, die Ludmilla mit ihren Fingern nachzog. Wurzeln, flüsterte sie. Auf der Karte waren einige Orte abgebildet, die im Tageslicht nicht zu sehen gewesen waren. Ludmilla erkannte einen Weg, der geradewegs zu einem monströsen Baum führte, der einer Festung glich.

„Das muss der Baum der Vorhersehung sein", flüsterte sie. Er war schwarz dargestellt und lila leuchtende Gestalten schienen aus ihm heraus zu schweben. Ludmilla suchte den Fluss ab, um die Stelle zu finden, an der sie hineingefallen war und fand eine, an der sogar ein umgestürzter Baum über dem Fluss lag. Sie runzelte die Stirn. Der Weg über den Fluss war nicht der, der zu dem großen Baum führte. Stattdessen führte er zu einem riesigen Haus, das auf der Karte verfallen und verlassen aussah. *Komisch*, dachte sie. *Wohin wollte mich Parzival bringen?* Je länger sie darüber nachdachte, desto mehr schmerzte ihr Herz. Sie war enttäuscht und fühlte sich verraten. Parzival, der Vogel, dem sie fast ihr Herz geschenkt hatte, hatte sie belogen.

Ludmillas Augen füllten sich mit Tränen, die die Karte vor ihr unscharf wirken ließen. Sie wischte sich mit ihrem Ärmel die Tropfen aus den Augen, doch es blieb verschwommen. Ihre Glieder fühlten sich schwer an. *Nein. Ich hätte den Pilz nicht essen dürfen*, dachte sie, während die Farben um sie herum zu einem einzigen Strudel verschwammen und sie allmählich ihr

Bewusstsein verlor. Allerdings nur das Bewusstsein für die reale Welt.

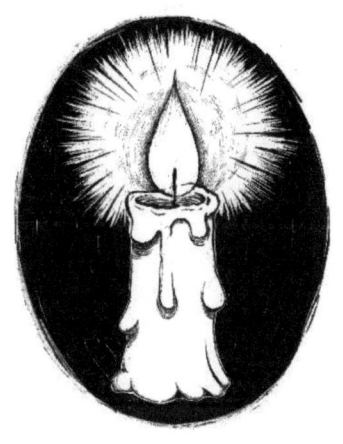

17 Wie gewaltige Ungetüme aussehende Brombeerbüsche stehen vor ihr auf dem Weg. Die kleinen Schritte des Mädchens bewegen sich vorsichtig darauf zu. Kalter Schweiß läuft ihm die Stirn hinab, die Wangen besprenkelt mit trockenem Wachs. Ich muss sie finden, murmelt sie vor sich hin.

»Du kommst hier nicht vorbei.« Tiefe, dunkle Stimmen donnern in der Dunkelheit.

Sie klingen bestimmt und bedrohlich, aber nicht böse. Die silbernen Strahlen des Mondes beleuchten genau die riesigen Brombeerbüsche. Das Mädchen zwinkert zweimal mit ihren von Tränen nassen Kulleraugen, bevor sie erkennt, dass die Stimmen von ihnen ausgehen. Sie sprechen gleichzeitig, wie im Takt.

»Du bist ein kleines Mädchen, du hast Angst. Wie willst du schon deine Eltern finden?«

Ein Donnern ertönt aus ihren verästelten Mündern. Sie kann es nicht genau sagen, aber es klingt ein bisschen wie ein Lachen.

»Ich muss sie finden, bitte lasst mich durch.« Das Zittern in ihrer dünnen Stimme kann sie nicht unterdrücken.

Verstohlen blickt sie durch die Büsche, um ihren weiteren Weg sehen zu können. Das Einzige, was sie erkennen kann, ist pure Finsternis. Sie muss den großen Kloß hinunterschlucken, der sich in ihrer Kehle gebildet hat.

Die Antwort der Büsche ist unmissverständlich. Gleichzeitig lassen sie einen langen Ast vorschnellen und versperren ihr damit den Weg. Sie sehen aus wie Wächter mit gefährlichen Lanzen.

»Wie willst du es schaffen, so ganz allein? Wir lassen dich nicht passieren.« Wieder donnert es.

Eine kleine Träne rollt aus ihren verschreckten Augen über die wachsverschmierte Wange. *Sie haben recht*, denkt sie.

Traurig und verloren dreht sie sich von den Wächtern weg. Hoffnungslos, mit hängenden Schultern geht sie zurück zur Tür. Ihre Füße sind kalt und dreckig, aufgeschnitten von den scharfen Kieseln, die vor der Villa liegen.

Der Windhauch umspielt ihren Nacken, bereit, sie in die kalten Arme zu nehmen.

Gewillt, sich ihrem Schicksal hinzugeben, blickt sie sich noch einmal um, schaut in den leuchtenden Mond und wischt sich die glitzernden Tränen von den Wangen, die unerbittlich fließen. Der Mond, hell und klar am Himmel, lächelt sie an.

Ihr Blick fällt auf einen kleinen Strauch, der am Wegesrand wächst, nahe der Brombeerwächter. Seine Blüten leuchten im Mondschein, als würden sie das Licht reflektieren. Es sind gelbe Blüten, mit jeweils fünf Blütenblättern. *Es ist das Johanniskraut meiner Mutter*, denkt sie.

Eine Idee pflanzt sich in den kleinen Kopf, der nun ein kaum wahrnehmbares Lächeln auf den Lippen trägt. Ohne weiter darüber nachzudenken, setzt sie ihre kaputten Füße Schritt für Schritt vor sich. Die Kiesel bohren sich in ihre Sohlen, doch sie bemerkt es nicht einmal.

In ihren Fingern erstrahlen die Blüten wie kleine Schätze. Sie betrachtet die Pflanze anmutig und hält die kleinen Blüten bedächtig gegen das Mondlicht. Es scheint hindurch und bringt die Punkte auf der Oberfläche der Blüten zum Vorschein. Sie zuckt leicht zusammen, als die fein duftende Pflanze ihre Lippen berührt. Langsam kaut sie den ersten Stängel. Der bittere Geschmack legt sich auf ihre Zunge, würgend schluckt sie ihn hinunter. Der nächste folgt, sowie der danach und der anschließend. Immer schneller beißt sie die Pflanze auseinander und würgt ihre Einzelteile die Speiseröhre herab. Immer bitterer wird der Geschmack in ihrem Mund. Unermüdlich beißt sie Stängel für Stängel ab, kaut, würgt, schluckt. Mit Entschlossenheit in ihren Augen starrt sie verbissen auf den übrig gebliebenen Stumpf der Pflanze. Das Herz pocht in ihrer Brust. Ihr Blick wandert auf ihre Hände, sie sind rot gefärbt. Die Farbe verschwimmt vor ihren Augen, sie scheint sich mit ihrer Haut zu verschmelzen. Hin und her schwingt ihr Kopf, die Farben hetzen wild durcheinander und bilden einen roten Strudel, in den sie hineinzufallen droht. Ihr Herz schlägt langsam und pumpt ihr dickes Blut immer zögernder durch ihre Venen. Rückwärts fällt sie in das trockene Gras, ihre Augen blicken müde in den hellen Hoffnungsspender. Der Mond lächelt weiter, winkt, schwankt vor ihrem Gesicht auf und ab. Ein dünnes Lächeln bildet sich auf ihren kalten, weißen Lippen. Die Erde unter ihr beginnt ihre schmutzigen Finger nach ihr zu recken, versucht sie zu greifen.

Die schwankende Kugel am Nachthimmel bleibt plötzlich ruckartig stehen. Die leblosen Augen starren hinauf, sie gehören zu einem Körper, der nichts mehr spürt.

Als der Mond schlagartig auf sie zugerast kommt, folgt ein tiefer Atemzug, während sie sich abrupt aufsetzt. Würgend und hustend sitzt sie im kalten Gras, die Erde lässt ihre Finger sinken. Etwas Weiches wandert ihre

Kehle hinauf, ein scharfer Geschmack breitet sich in ihrem Mund aus. Keuchend hält sie ihre dünnen Finger vor ihren Mund, der gurgelnd und würgend etwas Schwarzes herausspuckt. Ein schwarzer Klumpen liegt in ihren gefalteten Händen. Pulsierend und rauchend schwimmt er in ihrer Handkuhle.

Nein

Der Windhauch wirkt kraftlos, als er von dannen eilt.

Der Mond steht friedlich am Himmel. Große, schwarzgraue Kugeln schauen ihn an. Ein Atemzug folgt dem nächsten. Der Zopf wackelt lustig im Wind. Der schwarz-weiße Pullover wird sanft von kleinen Händen über die kalten Knie gezogen. Ein verschmitztes Lächeln liegt auf ihren Lippen.

18 Selbst nach dem fünften Versuch, Ludmilla zu erreichen, meldete sie sich nicht. Miles hatte im Gefühl, dass etwas bei ihr schiefgelaufen war. Er wusste, sie würde sich sofort melden, sobald sie konnte, doch die Stunden vergingen und er bekam keine Antwort. Langsam wurde es Abend, die Zeit, in der Miles` Plan starten würde. Zugegebenermaßen war Miles nicht sicher, ob sein Plan funktionieren konnte, und ob er sein Vorhaben überhaupt als *Plan* bezeichnen konnte. Er war überzeugt, er müsse schnell handeln, vor allem jetzt, wo Ludmilla in Schwierigkeiten zu stecken schien.

Als die Sonne hinter den Bäumen verschwand, zog er seinen schwarzen Kapuzenpullover an und schlich nach draußen. In seiner Hand hielt er einen großen Stein, den er in naher Umgebung gefunden hatte. In der anderen Hand hielt er eine Kneifzange und ein dünnes Seil. Er lief über die Wiese und versuchte nicht in die Pfützen zu treten, die sich bei dem aufkommenden Regen gebildet hatten. Die Tropfen, die vom Himmel fielen, durchnässsten sein Sweatshirt. Immer stärker wurde der Regen, sodass er sich keuchend unter einen Baum stellte und in den Himmel sah. Dunkle Wolken waren aufgezogen. *Warum genau jetzt*, ärgerte sich Miles im Stillen. Er schüttelte sich wie ein Hund, dicke Tropfen flogen zu allen Seiten.

„Hey, pass doch auf", kam es plötzlich aus der Dunkelheit.
Miles fuhr erschrocken herum. Resa stand vor ihm mit einem gelben Regenschirm in der Hand.

„Hast du mich erschreckt", rief Miles erleichtert, als er unter ihren Schirm schlüpfte.

„Was zum Teufel hast du vor?", kam es von Resa, die die Dinge in seinen Händen erblickte. Miles hielt sie verlegen hinter seinen Rücken.

„Das ist eine lange Geschichte", sagte er leise und kam sich wieder so vor wie die Person, die alle in ihm sahen. Einen gewalttätigen Jungen, der nicht nachdachte.

„Es sieht aus, als würdest du gleich bei jemandem einbrechen, ihn fesseln und dann foltern", stellte Resa fest. Miles sah sie erschrocken an.

„Nein! Also... ja, die erste Sache stimmt, aber die anderen natürlich nicht", sagte er schnell. Er mochte Resa und wollte sie nicht anlügen. Außerdem schien es, als wäre sie selbst nicht ganz unschuldig.

„Mit einem Stein irgendwo einzubrechen ist schon mal eine ganz schlechte Idee. Erst mal machst du damit einen Riesenkrach, dann könntest du dich an den

Scherben verletzten und letztlich wirst du erwischt, weil du alle möglichen Spuren hinterlässt", sagte Resa streng. „Die besten Diebe sind die, die einbrechen, ohne dass jemand es merkt", sagte sie fachmännisch.

„Du scheinst dich auszukennen", entgegnete Miles. „Fabius hat sein Büro seit kurzem mit einem weiteren Schloss abgeschlossen, da gibt es nicht viele andere Möglichkeiten hineinzukommen."
Resa sah ihn interessiert an. „Fabius also." Sie schien nachzudenken.
Miles musterte sie von der Seite und konnte zunächst nicht sagen, ob sie völlig geschockt oder amüsiert über sein Geständnis war, das ihm aus Versehen herausgerutscht war. Dann grinste sie.

„Das hat der Mistkerl verdient. Was willst du denn von ihm?"

„Du... Wie schon gesagt... Es ist eine lange Geschichte. Ich muss jetzt auch wirklich los", stotterte Miles. Als er Anstalten machte, von Resa weg zu treten, packte sie ihn am Arm. „Nein", sagte sie bestimmend. „Du darfst nicht gehen."

„Warum?", zischte Miles zurück. „Ich muss es tun. Du kannst mich nicht aufhalten." Er riss sich aus dem Griff los. In seiner Brust kam Wut auf.

„Du handelst oft unüberlegt, Miles. Und das wird dich nicht weiterbringen", sagte Resa ruhig. „Wem auch immer du damit helfen willst, das wirst du mit so einer Aktion nicht schaffen." Sie deutete auf die Gegenstände in seiner Hand.

„Du kennst mich doch gar nicht", erwiderte Miles. Er konnte Resa nicht mehr in die Augen schauen.

Stattdessen starrte er auf seine Sneaker. Resa sah ihn mit einem matten Lächeln an.

„Doch, du erinnerst dich nur nicht mehr."

Miles blickte verwundert auf, in seinem Kopf ratterte es. Er konnte sich wirklich nicht mehr erinnern.

„Nein", sagte er schroff.

„Komm, wir gehen in deine Hütte, dann verrate ich es dir", sagte Resa und strich über seine Hand, bis er den Stein losließ. Als sich seine Finger in ihren verschränkten, spürte Miles ihre Wärme. Die Wut in ihm verpuffte, als sie gemeinsam über die Wiese liefen. Die Nässe machte ihnen nichts mehr aus.

„Eigentlich kennen wir uns schon sehr lange", begann Resa, die im Schein der Kerze unter der Wolldecke saß. Sie hatten es sich so gemütlich wie möglich gemacht und aßen Sandwiches, die Resa aus ihrer Tasche gezaubert hatte. Miles hörte ihr zu, während er es herunterschlang wie ein ausgehungerter Tiger.

„Wir waren zusammen in einem Malkurs, als wir noch ganz klein waren." Miles ließ sein Sandwich sinken und lächelte.

„Ja, ich erinnere mich daran. Wir saßen nebeneinander."

„Und haben viel Quatsch gemacht", lachte Resa. Doch schnell wurde sie wieder ernst.

„Du warst mein einziger Freund zu der Zeit. Irgendwann kamst du einfach nicht mehr zu den Stunden."

Miles sagte nichts. Das Sandwich in seiner Hand fühlte sich auf einmal falsch an. Als dürfte er es nicht essen.

„Als die Schule anfing und ich dich gesehen habe, war ich total glücklich. Aber du hast mich nicht erkannt." Sie machte eine kurze Pause. „Irgendwann habe ich dir eins der Bilder geschenkt, die wir gemeinsam gemalt hatten."

Miles schluckte. Er erinnerte sich wieder und schämte sich im selben Moment über sich selbst.

„Weißt du noch?", fragte Resa. Miles nickte bloß.

„Du hast es vor aller Augen zerrissen und mich ausgelacht." Resa schaute ihm direkt in die Augen, doch Miles konnte ihrem Blick nicht standhalten.

„Es tut mir leid", flüsterte er und knibbelte an seinen Socken herum.

„Ich weiß", sagte Resa. Miles sah sie überrascht an. „Was?", entfuhr es ihm.

„Ich weiß, dass es dir leid tut. Damals natürlich noch nicht. Ich war stinksauer und habe alle Bilder, die ich noch zuhause hatte, zerrissen." Miles Schuldgefühle wuchsen wieder an. Wie konnte er einem Mädchen, das er mochte, so etwas antun? Er konnte sich noch so sehr anstrengen und würde doch keine Antwort darauf bekommen.

„Miles. Das ist jetzt schon Jahre her, mach mal nicht so ein Gesicht", versuchte Resa ihn aufzuheitern. „Ich habe irgendwann angefangen, mich mit der Fotografie zu beschäftigen. Ich mochte es, einen Augenblick einzufangen, der eine Situation für immer festhalten kann. Aber irgendwann wurde mir klar, dass ein Augenblick nicht alles aussagt. Ich habe angefangen, die Bürger in dieser Stadt ein wenig... naja, sagen wir mal *auszuspionieren*. Ich habe wirklich viel über sie erfahren, was ich auf den ersten Blick nicht sehen konnte. Das Fotografieren macht mir noch immer sehr viel Spaß und deshalb versuche ich seitdem, die Geschichten der Menschen mit in das Foto fließen zu lassen, weißt du was ich meine?" Miles nickte nur leicht, er war sich nicht ganz sicher, ob er es verstand. Resa schaute verlegen auf ihre Hände.

Dann sagte sie: „Ich habe viele Fotos von dir gemacht."
Miles war sich nun sicher, dass er verstand, was Resa ihm damit sagen wollte.

„Du hast gesehen, was bei mir Zuhause abging", murmelte er. Resa nahm seine Hand.

„Ja."

Resa und Miles redeten die ganze Nacht, während der große runde Mond über der klapprigen Wassermühle schien. So lange hatte Miles noch nie mit jemandem geredet und er fühlte sich befreit. Er konnte alle Dinge, die ihn auf den Schultern drückten, mit ihr teilen. Resa nahm ihm in dieser Nacht viel von dem Gewicht ab, das sich jahrelang angesammelt hatte. Sie hörte zu, verstand ihn und verurteilte ihn nicht. Irgendwann kam Resa auf die verschwundenen Kinder zu sprechen.

„Kanntest du sie?", fragte sie. Die Kerze war abgebrannt und sie saßen im Dunkeln.
Miles sagte lange nichts, doch irgendwann erzählte er ihr die ganze Wahrheit. Er erzählte von seinen Albträumen, dem Zettel, Fabius Lingen, Ludmilla, der

Karte, dem Walky Talky und dem Großen Wald. Als er fertig war, war er beunruhigt, denn Resa antwortete nicht und er konnte durch die Dunkelheit nichts aus ihrem Gesicht ablesen. Nach einer gefühlten Ewigkeit sprach sie. Ihre Stimme klang verändert. Klarer und sicherer als vorher.

„Ich helfe dir."

Miles Erleichterung spürte Resa in Form einer festen Umarmung. Sie kicherte. „Ich kann dir nicht helfen, wenn du mich erdrückst." Miles ließ sie nicht los.

Mit klopfendem Herzen fuhr er über ihr kurzes weiches Haar. Ihm drückte noch etwas auf die Brust, eine Sache, die ihm schlaflose Nächte bereitete, eine Sache, die er am meisten auf der Welt fürchtete.

„Resa?"

„Hm?"

„Vielleicht gibt es keinen eigenen Willen."

„Was meinst du damit?"

„Vielleicht ist die Vorstellung vom Selbst eine Illusion, die nur vorgibt, man hätte einen freien Willen. Vielleicht hängt in Wahrheit das Selbst wie eine Marionette an den Fäden der Zellzusammensetzung in meinem Kopf, die von meinen Eltern gesponnen wurden. Was ist, wenn ich nicht über mein Leben entscheiden kann? Wenn alles vorherbestimmt ist und ich nichts daran ändern kann, ein Arsch zu sein?"

„Du bist ein eigener Mensch, Miles. Und dazu bist du auch noch ein ziemlich starker. Ich gebe die Hoffnung nicht auf, einen eigenen Weg gehen zu können, mit eigenen Werten, die wichtiger sind als alle, die ich je gelernt habe in meinem Leben. Und ich weiß, dass du das auch kannst. Ich mag übrigens den Miles, der über seine Gedanken sprechen kann, als wäre er ein Poet."

„Was ist deine größte Angst?", fragte Miles, der eine lange Schweigepause durchbrach.
Resa überlegte nicht lange.
„Nicht das im Leben zu tun, was mich erfüllt und später, wenn ich alt bin, zu bereuen, nicht dafür gekämpft zu haben."
„Ich glaube, du bist auf einem guten Weg."

Sie schliefen ein, als die ersten Vögel schon wieder anfingen zu zwitschern. Eng aneinander gekuschelt wärmten sie sich gegenseitig und Miles atmete mit geschlossenen Augen Resas Geruch ein. Er schlief so fest wie lange nicht mehr, denn die Angst, die er sein Leben lang gespürt hatte, war wie in Luft aufgelöst.

Als er wieder aufwachte, kitzelten Resas Haare an seiner Nase und er kicherte. Die Sonnenstrahlen drängten sich durch die Holzbalken und in ihm wuchs großer Tatendrang. Die letzten Tage fühlten sich plötzlich unglaublich wichtig für ihn an. All das, was er durchmachen musste, brachte ihn an diesen Punkt der Erkenntnis. Alles was passiert war, lehrte ihn, jemand zu sein, der er sein wollte. Zum ersten Mal in seinem Leben fühlte er, dass sein Leben zu etwas hinführte. Zu sich.

19 Das erste, das Ludmilla spürte, als sie erwachte, war ein Stechen in ihrem Bauch. Das zweite war der kalte Windhauch, der ihre Haare umspielte und eine Gänsehaut hinterließ. Als sie ihre Augen öffnete, war sie zunächst erleichtert, da sich die Welt vor ihren Augen nicht mehr wie verrückt drehte. Doch ihre Hoffnung verschwand, denn die Dunkelheit war über den Wald hereingebrochen und der Mond ließ ihn in einem silbernen Licht erleuchten. Als Ludmilla realisierte, wo sie sich befand, krabbelte sie schnell in den Schutz eines Baumes und umschlang die Knie mit ihren Armen. Die Karte lag neben ihr im Gras und leuchtete wie ein Irrlicht in der Nacht. Zitternd griff sie danach und betrachtete lange den darauf abgebildeten Wald. Wie konnte es sein, dass Parzival sie nicht zu dem Baum der Vorhersehung bringen wollte, sondern zu diesem Haus, das komplett zerfallen wirkte. Warum hatte er sie

angelogen? Sie schüttelte vor Wut ihren Kopf und presste die Augen zu. *Ich habe ihm vertraut,* dachte sie. *Ich habe ihm mein Herz geschenkt.*

Sie war unschlüssig, was sie nun tun sollte. Der Wald wirkte wie verwandelt im Schatten der Nacht, so bedrohlich, wie sie ihn unter Parzivals Federkleid nie gesehen hatte. *Nein, ich darf nicht an Parzival denken,* dachte Ludmilla und boxte sich selbst gegen die Brust. Der Riss in ihrem Herzen schmerzte stärker als ihre aufgeschlagenen Knie.

Ludmilla hatte für einen Moment den Wald um sich herum vergessen, ein Uhu erinnerte sie daran, der über ihrem Kopf auf einem Baum saß. Er rief seine nächtlichen Botschaften in den Himmel und bekam aus weiter Ferne eine krächzende Antwort. Ludmilla lauschte den Geräuschen und es erinnerte sie an ihr Zimmer in dem blauen Haus, wenn sie das Fenster sperrangelweit aufgelassen und den Klängen des Waldes gelauscht hatte. Die Erinnerung an ihr Zimmer mit ihren vielen Büchern stimmte sie traurig. Seit sie denken konnte, malte sie sich aus, wie ihr Leben außerhalb der Stadt aussehen würde. Ihr einziger und sehnlichster Wunsch war es immer gewesen, Lichtingen den Rücken zu kehren und nie mehr zurückblicken zu müssen. Doch jetzt wurde ihr klar, dass sie das Gute in all dem Schlechten übersehen hatte. Nie war sie sich bewusst gewesen, dass sie tolle Eltern hatte, auch wenn sie nicht ihre leiblichen Eltern waren. Sie war zwar immer glücklich gewesen, wenn sie mit ihrem besten

Freund Palle Zeit verbringen konnte, doch nie hatte sie sich Gedanken darüber gemacht, wie es wäre, wenn diese Zeit vorbei wäre. Jetzt, wo sie nicht mehr in der Stadt war, ohne ihren Freund, mit niemandem, dem sie vertrauen konnte, wünschte sie, sie könnte die Zeit zurückdrehen. Sie würde jeden einzelnen Moment in Lichtingen erneut leben, doch dieses Mal wären ihre Gedanken in der Gegenwart und nicht in der Zukunft. Sie würde jeden Moment genießen, denn in keinem Moment in ihrem bisherigen Leben hatte sie sich so einsam gefühlt wie jetzt.

Man denkt immer, die Zukunft hält alle guten Dinge bereit, dachte Ludmilla. Doch in Wahrheit ist die Zukunft nur ein Labyrinth. Ein Labyrinth, in dem man sich sowieso verlaufen wird. Wenn sie Glück hatte, würde sie schließlich am Ziel ankommen, doch davor musste sie sich immer wieder entscheiden, ob sie nach links oder nach rechts abbiegen sollte. Sie saß im Schatten des Baumes, geblendet von der Karte des Waldes, horchte den düsteren Gesängen der Dunkelheit und wusste nicht, ob sie dem Labyrinth entkommen würde. Der Uhu über ihrem Kopf hörte mit einem Mal auf zu rufen und hinterließ eine ohrenbetäubende Stille. Sie blickte hinauf und versuchte den Vogel ausfindig zu machen, sie sah aber nur dunkle Äste vor dem erleuchteten Himmel, die im Wind wippten, als würden sie ihr zu winken. Plötzlich schreckte der Vogel auf und flatterte wie wild davon, sodass Ludmillas Herz für einen Moment stehen blieb. *Die Ascheschatten konnten überall sein*, dachte sie. *Vielleicht jetzt gerade genau über mir.* Noch bevor sie den Gedanken zu Ende denken konnte, hörte sie ein Flüstern.

„Ludmilla."

Ludmilla fuhr herum, ihr Herz pochte wie verrückt in ihrer Brust. Sie konnte nicht erkennen, wer hinter ihr in der Dunkelheit lauerte.

„Wer bist du?", rief sie und schnappte sich schnell das Taschenmesser aus ihrem Rucksack. Mit langsamen Schritten schlich sie um den Baum herum, bereit einen Angreifer abzuwehren, doch sie sah nur große Farne, die auf Ludmilla nicht gefährlich wirkten. *Habe ich mir das Flüstern nur eingebildet?,* fragte sie sich, als sie erneut um den Baum herum ging und nichts entdecken konnte. Es hatte nicht wie eine Stimme geklungen, viel mehr wie ein Knarzen, ein Rauschen. Doch die Worte waren klar gewesen, Ludmilla hatte sie eindeutig verstanden. Sie ließ ihre Hand mit dem Taschenmesser sinken.

„Ludmilla", rauschte es erneut.

„Wo bist du?" Ludmillas Stimme zitterte. *Konnten die Ascheschatten sprechen?*

„Laufe nach Süden, dort wirst du Antworten finden", knarzte es. Ludmilla hielt die Luft an, während sie nach ihrer leuchtenden Karte griff und damit den Baum beleuchtete, unter dem sie gesessen hatte. Seine harte Rinde fühlte sich unter ihren weichen Fingerspitzen an, als würde der Baum atmen. Ludmilla legte ihr Ohr an seine Rinde und horchte. Tief aus dem Inneren des Holzes ertönten Schwingungen, die sich zu einem Rauschen formten. Ludmilla verstand jedes Wort, das der Baum zu ihr sprach.

„Gehe nach Süden und erkenne die Wahrheit." Noch immer hielt Ludmilla den Stamm des Baumes fest umschlossen und hörte ihm mit geschlossenen Augen zu. Es hörte sich wunderschön an. Wie ein Lied, das sie von früher kannte. Es beruhigte sie, ließ sie durchatmen.

„Ich möchte Palle finden", flüsterte sie. Dicke Tränen liefen ihr über die Wangen, unaufhörlich rollten sie hinab.

„Vertraue auf dich, nur dann wirst du ihn finden", antwortete der Baum. Ludmilla schluchzte, klammerte sich nur immer fester an den Baum, der ihr so vertraut vorkam.

„Ich weiß nicht, ob ich es schaffe", weinte sie, die Augen noch immer fest geschlossen. „Ich weiß nicht, ob ich dem Labyrinth in meinem Kopf entfliehen kann. Ich weiß nicht mal, ob das alles nur Einbildung ist, wegen dem blöden Pilz."

„Es gibt keinen Unterschied zwischen Realität und Einbildung. Wichtig ist, dass alles in deinem Kopf geschieht. Was auch immer du siehst, ist wichtig für dich."
Ludmilla blieb noch eine Weile unbeweglich in der Umarmung stehen, die ihr viel Kraft schenkte. Ein bösartiger Schrei, der aus nicht so weiter Ferne schallte, half ihr loszulassen.

„Danke", flüsterte sie, schnappte sich ihren Rucksack und rannte durch die Dunkelheit davon.

Die Karte in ihrer Hand zerknitterte immer wieder, doch Ludmilla hatte keine Zeit anzuhalten, um sie zu glätten. Sie wusste nicht, ob sie den richtigen Weg lief, doch das würde sie schon irgendwann merken. Sie rannte so schnell sie konnte zwischen den Bäumen hindurch, mit dem Gedanken, den Wesen entkommen zu können, wenn ihre Beine keinen Halt machen würden. Hinter jedem Baum könnte ein Schatten lauern, der sich auf sie stürzen und sie mitnehmen könnte, doch sie sah nur das Strahlen des Mondes, der die Schatten mit seinem Licht zu verdrängen schien. Er erleuchtete den Waldboden, sodass Ludmilla jede Wurzel erkannte und darüber springen konnte, ohne zu stürzen. Ein starker Wind kam auf, der zunächst durch ihre Haare fuhr, doch dann in ihren Rücken drückte, sodass sie das Gefühl bekam, noch schneller voranzukommen. Die Bäume, zwischen denen sie lief, wirkten plötzlich wie eine Allee, der Ludmilla folgen konnte. Die Äste sahen aus, als hätten sie sich zur Seite gebogen, um Ludmilla den Weg frei zu machen. Ludmilla lief immer weiter und spürte nicht die kleinsten Anzeichen von Seitenstechen. In ihrem Kopf war Ordnung eingekehrt. Sie konnte zwar nicht ahnen, was am Ziel des Labyrinths auf sie wartete, doch sie war sich sicher, dass sie auf dem richtigen Weg dorthin war.

In der Ferne sah Ludmilla ein Haus. Es war ein großes Haus, das bestimmt einmal sehr imposant ausgesehen hatte, doch nun war das Dach eingebrochen und an der Fassade krochen alle möglichen Pflanzen nach oben. Die Fenster waren zerbrochen, die Scherben lagen in dem überwucherten Vorgarten. Sie keuchte ein wenig, doch ihre Energie war noch nicht verbraucht.

„Palle?", rief sie behutsam. Sie wollte die Schatten nicht auf ihre Fährte führen. Niemand antwortete, weshalb sich Ludmilla durch die riesigen Sonnenblumen kämpfte, um an den Eingang treten zu können. Sie schob die dicken Stängel beiseite und klopfte ihre Gummistiefel aus, als sie die große Treppe erreichte, die zu der riesigen Eingangstür führte. Sie hob den Kopf und schaute an der Villa hoch, die ihr mit einem Schlag sehr bekannt vorkam. Sie lief die Treppen hoch und öffnete die schwere, knarzende Tür. Die Eingangshalle war sehr heruntergekommen. Es roch nach Tieren, die dort Unterschlupf gefunden hatten und nach Erde, aus der riesige Pflanzen wuchsen, die fast bis zur Decke reichten.

„Palle? Bist du hier?", rief Ludmilla, bekam erneut keine Antwort. Sie drehte sich auf ihrem Absatz und erblickte einen Raum, der ihr die Sprache verschlug. An den Wänden hingen Bilder. Hunderte eingerahmte Bilder, die komplett verstaubt waren. *Ich kenne diesen Ort*, dachte Ludmilla. *Was hat der Baum noch mal gesagt? Das, was ich in meinem Kopf sehe ist wichtig. Egal ob es der Realität entspricht.*

„Mein Traum!", erinnerte sich Ludmilla. „Das ist der Ort aus meinem Traum. Aber viel heruntergekommener..."

Mit einem Schlag erinnerte sie sich an jedes Detail aus ihrem Traum. Sie erinnerte sich an den Vorgarten, den Johannisstrauch und den schwarzen Klumpen, den sie in der Hand gehalten hatte. Es war ein Gefühl, als wäre das alles erst vor wenigen Stunden passiert. Vor ihren Augen fing die Welt wieder an sich zu drehen. Ludmilla presste beide Hände auf ihre Augen.

Hör auf, hör auf.

Doch als sie sie wieder öffnete, befand sie sich nicht mehr in dem Haus, sondern zwischen Sträuchern im Vorgarten. Das Haus war nicht mehr heruntergekommen und die Pflanzen ordentlich zurückgeschnitten. In ihren Händen hielt sie eine schwarze Masse. Ihre Finger sahen aus wie die eines kleinen Mädchens.

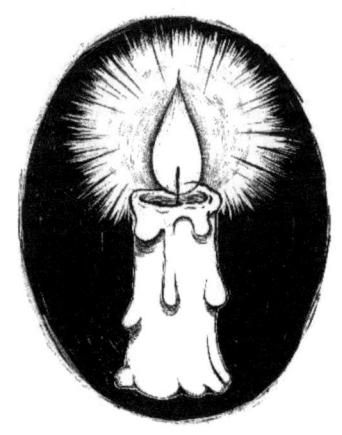

20 Lange betrachtet das kleine Mädchen den schwarzen Klumpen in ihren Händen. Es pulsiert wie ein pochendes Herz, kostbar und lebendig. Vorsichtig steht sie von dem harten Boden auf, den Blick nicht von ihren Händen abgewandt. Schritt für Schritt balanciert sie die Masse, achtsam, damit es nicht durch ihre Finger rinnt. An dem Hauseingang angelangt, schiebt sie die schwere Tür mit ihrem zarten Fuß auf. Die Eingangshalle der Villa erstrahlt im gleißenden Mondlicht, das kräftiger und heller als zuvor zu leuchten scheint. Mit wenigen Schritten ist das Mädchen im Wohnzimmer, die Gemälde hängen ruhig im Schatten der Wand.

Zisch

Die Flamme umklammert zitternd das kleine Holz, das das Mädchen in ihren Händen hält, während sie an dem Schreibtisch anlangt, in dessen oberste Schublade die schwere Schachtel verborgen liegt. Die schwarze Masse, fest verschlossen in ihrer linken Faust, pulsiert im Takt ihres Herzens.

Eine Handbewegung reicht aus, um die Kerzen an einem der vielen Ständer im Wohnzimmer anzuzünden und somit den Wohnbereich der Villa in eine gemütliche, sichere Umgebung zu verwandeln. Die Gemälde hängen an der Wand, sie schauen nun friedvoll in das große Zimmer, als sei es nie anders gewesen. Der blonde Zopf wackelt umher, während die nächsten Kerzen zu brennen beginnen. Ein wohliger Geruch von Kerzenduft breitet sich langsam aus und unterstützt das Gefühl von Gemütlichkeit.

Die dünnen Finger umklammern den größten der Kerzenständer und tragen ihn in den Eingangsbereich. Die Flut der Flammen wird dort fortgesetzt, da Kerze für Kerze angezündet wird. Die alte Villa leuchtet in der Dunkelheit wie eine brennende Scheune, hinter deren Fenstern das lodernde Feuer flackert.

Unter der Wendeltreppe verborgen steht ein alter massiver Holzschrank, der mit großer Mühe von den schmalen Fingern des Mädchens geöffnet wird. Mit einem lauten Knarzen schwingt die dicke Schranktür auf, eine kleine Motte flattert hinaus, findet den Weg aus ihrem Gefängnis hinaus in die lodernde Freiheit. Angezogen von dem fesselndem Licht fliegt sie in die nächstliegende Kerze, ihr Körper knistert, als sie verbrennt.

Mit traurigen Augen wendet das Mädchen den Blick ab, der nun auf das Innere des Schrankes gerichtet ist. Weiße Laken stapeln sich in ihm, zerfressen von den düsteren Schmetterlingen der Nacht. Nacheinander schiebt sie die durchlöcherten Stoffe beiseite und legt eine kleine Schachtel frei, die hinter ihnen versteckt lag. Eine rasche Handbewegung streicht den Staub hinab, der sich wie ein weicher Mantel an die Oberfläche geschmiegt hatte. Goldene Verzierungen schlängeln sich ihren Weg auf dem moosgrünen Deckel. Die glänzenden Schlingpflanzen winden sich um die Schachtel, verschließen sie wie ein Schloss. Ihre Finger gleiten über den weichen Samtstoff, wandern über die Verzierungen zu der Rückseite der Schachtel. Dort steht, fast nicht zu erkennen, in goldenen Buchstaben ein Wort geschrieben. *Ludmilla*. Ein kurzer Schauer überkommt ihrem schmalen Körper, als ihr Zeigefinger die kleinen Zeichen berührt.

Die tiefe Falte zwischen ihren Augen verschwindet, als sie das Schloss mit ihren zarten Lippen berührt. Ein leises Wispern ist aus ihnen wahrzunehmen, fast wie ein schneller Atemzug. Die Worte erfüllen ihren Zweck, die goldenen Sprosse verziehen sich windend in die Mitte der Schachtel zurück. Zu einer Spirale eingerollt, bleiben sie schließlich unbeweglich liegen. Ein Knarzen ertönt, als sich der Deckel hebt. Innen befinden sich drei abgetrennte Fächer, eingeschlagen in dunkelrotem Samtstoff. Wie dickes Blut schmiegt er sich an die Innenseite, glitzernd und schwer. Das erste Fach ist größer als die anderen, es befindet sich jedoch nur ein kleiner silberner Gegenstand darin. Einsam und verloren liegt der Kettenanhänger in Form eines Lindenblattes zwischen all dem Dunkelrot, traurig und matt schaut er ihr ins Gesicht. Das zweite, zweitgrößte Fach ist leer. Das dritte, kleinste Fach hütet einen schwarzen Stein, bedrohlich glitzert er im Schatten der Schachtel. Seine unebene Oberfläche formt sich zu zwei Flügeln, als könnte er jederzeit davonflattern. Langsam öffnet das Mädchen ihre linke Faust. Die Fingerknöchel, krampfhaft verschränkt, schmerzen bei der Bewegung. Der schwarze Klumpen ist kleiner geworden, sein Pochen langsamer. Noch einmal betrachtet sie ihn fasziniert, legt ihn dann, beinahe widerwillig, in das zweite Fach. Mit einem Lächeln um ihre Lippen verabschiedet sie sich, glücklich, die Schachtel vollendet zu haben.

Mit der geschlossenen Schachtel fest in ihren Händen, rennt sie zurück zur Eingangstür und hinaus in die Nacht. Die Dunkelheit umhüllt sie wie eine kalte Umarmung, der Mond ist hinter dicken Wolken verschwunden und ein starker Wind lässt die riesigen Tannen unkontrolliert hin und her schwingen. Eine Böe pustet ihr eine kalte Brise um die nackten Beine, die zu schlottern beginnen. Schnell schlägt sie die Eingangstür wieder zu, überlegt. Hinter den geschlossenen Lidern arbeitet ihr Gehirn. Es muss eine Möglichkeit geben, denkt sie, hinaus zu gehen und gegen die Dunkelheit anzukommen, trotz Wind. Dann erhellt sich ihre Miene. Im Wohnbereich flackern die Kerzen, der heiße Wachs fließt unentwegt an ihnen herunter. Nacheinander schleicht sie an den Gemälden entlang, mustert jedes ganz genau. Plötzlich bleibt sie stehen und ein Kichern überkommt ihren Lippen.

»Kannst du etwas für mich tun?«, fragt sie und schaut in das kleine Bild, das unscheinbar vor ihr zwischen zwei pompösen Goldrahmen hängt. Ein Kind ist darauf abgebildet, mit einer schwarzen Katze auf der Schulter und einer großen Kerze in der Hand. Es schaut verwirrt.

»Kannst du deine Kerze anzünden?« Dieses Mal ist ihre Stimme bestimmter. Die Augen des Kindes wandern von der Leere, in die es eben noch geblickt hat, in das Gesicht des Mädchens. Die Farbstriche wandern hin und her, erwecken das Kind zum Leben. Die Bewegungen sind starr und fast hilflos, als wüsste es nicht, wie man ein Streichholz anzündet, um die Kerze zum Brennen zu bringen. Langsam bewegt es seine Hand mit dem brennenden Holz zur Kerze und bringt damit das gesamte Gemälde zum Leuchten. Ungläubig starrt es auf die Flamme, die hölzern flackert. Das Kind sieht schüchtern aus. Die Katze miaut.

»Danke.« Lächelnd nimmt sie das Bild von der Wand und klemmt es sich unter den Arm. Als sie erneut die Tür öffnet, hält sie sich das Gemälde wie einen Schild vor den Körper. Der schwache Schein der Kerze aus Acryl beleuchtet ihre Zehen.

Ohne den Schmerz an ihren Füßen zu spüren, läuft sie durch den Kies um die Villa herum in den Garten. Die Tür des Geräteschuppens ist nicht abgeschlossen, sie quietscht nur leicht, als sie geöffnet wird. Die Katze miaut, als der Schein der Kerze das Innere des Schuppens entblößt. Dort befinden sich jegliche Arten von Gartengeräten, die geordnet an ihren jeweiligen Haken hängen. Das Mädchen schnappt sich den kleinsten der drei Spaten, die hinten an der

Schuppenwand hängen. Nach kurzem Zögern greift sie auch nach einer Heckenschere.

Das Kind auf dem Gemälde blinzelt, als starker Wind dagegen donnert. Die Kerze flackert jedoch weiter, glücklich, nach Jahrhunderten endlich ihren Dienst tun zu dürfen. Schnell erreichen sie das Blumenbeet neben dem Haus, in dem riesige Sonnenblumen wachsen, die ihre wunderschönen Köpfe hängen lassen. Der Spaten durchbricht mit Leichtigkeit den Boden, der so weich wie Butter ist. Ein Spatenstich nach dem anderen schaufelt sie die schwarze Erde aus dem Beet, bis ein Loch übrigbleibt, sowie ein kleiner Haufen aus Erde daneben. Ein dicker rosafarbener Regenwurm kringelt sich darauf, herausgerissen aus seinem friedvollen Leben. Die Schachtel passt wie angegossen in das Loch.

Als die Erde zurück an ihrer Stelle liegt, sieht es aus wie vorher. Nichts deutet darauf hin, dass sich nun etwas Besonderes neben den Wurzeln der Sonnenblumen befindet. Die Schachtel wurde vom Erdboden verschluckt.

21

Obwohl für Resa und Miles der Tag erst um 12 Uhr mittags startete, wurde es ein äußerst produktiver Tag.

Resa weckte Miles, indem sie eine Stelle an seinem Körper suchte, an der er kitzlig war. Es war nicht schwer, eine zu finden und Miles lachte so lange, bis er hellwach war.

„Heute startet unser Plan!", sagte Resa euphorisch, in ihren Augen glitzerte der Tatendrang. Miles reckte sich und öffnete die Tür der Hütte, um seine Nase in die warmen Mittagsstrahlen zu halten.

„Ich wusste noch gar nicht, dass wir einen Plan haben", lachte er und fuhr sich durch die verstrubbelten Haare.

„Du vielleicht nicht. Ich habe die ganze Nacht an unserem Plan gearbeitet", antwortete Resa voller Stolz. Miles konnte nicht aufhören zu lachen.

„Du hast gearbeitet? Ich habe ganz genau gesehen, wie du tief und fest geschlafen hast."

„Gerade wenn man schläft, hat man doch die besten Einfälle", antwortete Resa verschmitzt, doch sie machte keine Anstalten Miles näher von ihrem Plan zu erzählen.

„Vertrau mir einfach."
Miles musste nicht lange überlegen. Er vertraute ihr, obwohl er sie kaum kannte.

„Okay", antwortete er. Sein Bauchgefühl sagte ihm, dass er das Richtige tat. Dann sprang er auf die Matratze, auf der Resa noch immer eingehüllt in der Wolldecke saß, und kitzelte sie durch, bis sie fast keine Luft mehr bekam.

Sie liefen Hand in Hand über die Wiese, als wäre es das Selbstverständlichste der Welt. Resas Hand fühlte sich weich an zwischen Miles` rauen Fingern. Resa zog ihn hinter sich her, als wäre er ein sturer Esel, der keine Lust hatte zu laufen.

„Warum müssen wir uns denn so beeilen?", fragte Miles, während er versuchte, mit Resa Schritt zu halten.

„Weil du wie ein Faultier bis zum Mittag geschlafen hast", lachte Resa, doch Miles hielt ihr den Mund zu.

„Du kleiner Wicht", neckte er sie.
Sie waren am Rande der Wiese angelangt und konnten von dort auf die Stadt herabschauen. In einiger Entfernung ragte die Kirchturmspitze zwischen den Häusern auf.

„Was ist denn jetzt unser Plan?", fragte Miles, der Resas Hand loslassen musste, da seine Schnürsenkel aufgegangen waren.

„Wir schauen uns erst einmal Fabius` Büro aus der Nähe an."

Auf dem Marktplatz angekommen, mischten sie sich unter die vielen Leute.

„Was ist denn hier los?", flüsterte Miles Resa ins Ohr. Eine Frau trug eine Leiter in Richtung Bibliothek, eine andere hängte bunte Fähnchen an die kahlen Steinmauern. Eine Bühne stand in der Mitte des Marktplatzes und ein großes Poster mit dem Logo, das auch auf den weißen Lastern angebracht war, wurde dahinter aufgespannt.

„Heute ist Herbstanfang. Fabius hält seine berühmt-berüchtigte Rede. Alle Lichtinger werden heute Nachmittag hier sein", flüsterte Resa zurück. Miles schaute sich gestresst um. So wie jeder Bürger der Stadt würden auch seine Eltern dieses Ereignis nicht verpassen. Er blickte jedoch nur in Gesichter, die er nicht kannte. Keiner der Menschen beachtete sie, sie waren alle damit beschäftigt zu helfen, dass das Fest zu Fabius` vollster Zufriedenheit passierte. Fabius Lingen war dafür bekannt, dass er gerne Reden hielt, was Miles gar nicht nachvollziehen konnte. Für ihn gab es nichts Schlimmeres, als vor vielen Leuten zu stehen, die einen anstarrten und jedes Wort beurteilten. Fabius Lingen war ein komplett anderer Mensch als Miles, denn er liebte es im Mittelpunkt zu stehen. Er konnte reden wie ein Priester und die Menschen hörten ihm mit ernsthaftem Interesse zu. Sie hörten ihm nicht nur zu, sie hingen förmlich an seinen Lippen und versuchten jedes Wort aufzusaugen wie die Luft, die sie zum Atmen brauchten. Dieses Fest würde ein ganz besonderes sein, das war Miles und allen anderen Lichtingern klar. Dieses Mal würde es um die verschwundenen Kinder gehen und den Zaun, der aufgebrochen worden war. Die Schule sollte am nächsten Tag wieder starten, doch so wie Miles seine Mitbürger kannte, würden noch für eine lange Zeit viele Stühle frei bleiben und viele Haustüren geschlossen sein. Ein Mann rempelte Miles an und schlug ihm mit einem Notenständer gegen den Kopf.

„Au!", rief Miles, der Mann drehte sich nicht einmal um.

„So ein Mistkerl", schimpfte Resa. „Geht's?" Miles rieb sich den Hinterkopf. „Ja geht schon", murmelte er. „Das bin ich gewöhnt."
In Resas Augen blitzte kurz Traurigkeit auf, dann zog ihn weiter hinter sich her zu Fabius` Büro.

Die Tür war zu und die Vorhänge zugezogen. Resa bedeutete Miles, dass er hinter die Mauer treten sollte, um nicht entdeckt zu werden. Dann klopfte sie an die Tür.

„Fabius?", rief sie. „Hallo!" Niemand antwortete.
Sie drückte die Klinke herunter, wie zu erwarten, war die Tür verschlossen. Sie versuchte durch die Fenster zu schauen, doch die Vorhänge gaben nicht einen

Millimeter Sicht frei. Resa schaute unter die Fußmatte und fand nichts, das ihr weiter helfen würde.

„Der Typ hütet sein Büro", sagte sie, als sie wieder vor Miles stand. „Kommen wir zu Plan B. Weißt du, wo Fabius wohnt?"

„Leider nicht", antwortete Miles zerknirscht.

„Das können wir herausfinden." Resa zog Miles erneut hinter sich her, als könnte es ihr nicht schnell genug gehen. Im Gedränge auf dem Marktplatz ließ sie ihn los und er klammerte sich an eine Lasche ihres Rucksacks. So schlängelten sie sich durch die Menschen, bis sie an der Ladenzeile ankamen, in der auch der Bäcker zu finden war.

Die alten Fachwerkhäuser passten perfekt zu dem Kopfsteinpflaster und trugen zu der Idylle der Stadt bei. Miles mochte sie. Er bekam immer das Gefühl, er würde in einer Stadt leben, in der nie etwas Böses passierte, wenn er hier vorbeilief. Doch so langsam begriff er, dass der Schein oft trog.

Sie liefen an dem Bäcker vorbei, aus dem wie immer ein köstlicher Geruch strömte, und hielten vor einem Laden, den Miles noch nie betreten hatte. Seit er denken konnte, war er Vegetarier und deshalb war er nie mitgekommen, wenn seine Mutter bei der Fleischerei einkaufen ging.

„Hallo Papa", sagte Resa zu dem Mann, den Miles niemals zu Resa zugeordnet hätte. Er sah streng aus.

„Resa, du bist wieder da! Wir haben uns schon solche Sorgen gemacht!", sprach er und kam hinter dem

Tresen hervor, um seine Tochter fest zu umarmen. Sofort wirkte der breitgebaute Mann weniger angsteinflößend. Er schaute Resa in die Augen. „Wo warst du?"

„Ich habe Miles geholfen", antwortete sie nur und deutete auf Miles. Ihr Vater sah ihn erstaunt an. Miles wollte ihm die Hand reichen, doch Resa kam ihm zuvor.

„Wir haben keine Zeit zu reden. Wir waren eben bei Fabius und er hat zu uns gesagt, er bräuchte noch eine Fleischplatte für das Herbstfest." Sie gab ihrem Vater einen Kuss auf die Wange. Er schaute sie verwundert an.

„Aber wir liefern ihm doch schon fünf heute Nachmittag." Es bildete sich eine tiefe Falte zwischen seinen Augenbrauen. Resa ließ sich nicht verunsichern.

„Er hat es uns jedenfalls gesagt. Wenn du mir nicht glaubst, laufe doch schnell zu ihm, ich passe so lange auf den Laden auf."
Resas Vater schnappte sich seinen Mantel und stapfte verwirrt auf die immer voller werdenden Straßen.

Miles beobachtete Resa, die hinter den Tresen geschlüpft war und aus einem unteren Regal ein dickes Buch heraus wuchtete, dessen Einband so mitgenommen aussah, als würde es jeden Moment auseinanderfallen.

„Komm, sehen wir uns das an", sagte Resa aufgeregt und schlug es auf.

„Was ist das?", fragte Miles neugierig. Er erkannte Namen und Zahlen und ganz viele Adressen.

„Meine Eltern liefern ihren Kunden das Essen. Fabius hat bestimmt auch schon einmal etwas bestellt." Sie fuhr mit ihrem Finger auf den Seiten entlang und flüsterte die Namen. Sie schlug eine Seite nach der anderen um, doch sie fand nicht den Namen, den sie suchte. Miles wurde langsam ungeduldig. Es würde nicht lange dauern, bis Resas Vater merkte, dass Fabius nicht im Büro war und er würde bestimmt sofort wiederkommen.

„Vielleicht hat er noch nie etwas bestellt", flüsterte Miles, dessen Augen hektisch über die Blätter wanderten.

„Das Buch ist schon viele Jahrzehnte alt. Ich glaube hier drin sind alle Adressen von jedem Licht...". Sie stoppte mitten im Satz und blieb mit ihrem Finger auf einer Seite liegen. „Hmm. Kennst du noch einen weiteren Fabius in Lichtingen?" Miles schüttelte den Kopf. „Ich kenne aber auch nicht so viele Menschen", gab er zu. Resa kniff die Augen zusammen, so wie immer, wenn sie überlegte.

„Ich kenne eigentlich alle. Meine Mutter liebt Tratsch und informiert sich über jeden, egal wie langweilig er sein mag. Ich kenne nur einen Fabius und das ist unser Bürgermeister." Miles blickte auf die Stelle, auf der ihr Finger lag. Dort stand in schnörkeligen Buchstaben: *Fabius Cordata.*

„Das ist doch schon zwanzig Jahre her", stellte Miles mit einem Blick auf das Datum fest.
Resa blätterte das Buch durch, doch fand keinen weiteren Eintrag, der ihnen weiterhelfen konnte.

„Merke dir: Zur krummen Eiche 36", sagte sie, schlug das Buch zu und verstaute es wieder an seinen Platz. Bevor Miles fragen konnte, zu wem die Adresse gehörte, bimmelte die Eingangstür und Resas Vater stand vor ihnen im Laden. Er schaute Miles an, als wüsste er nicht, in welche Schublade er ihn zuordnen sollte.

„Fabius war schon weg", sagte er nur und ließ Miles nicht aus den Augen. Resa schob sich an ihm vorbei.

„Wenn ich ihn sehe, sage ich ihm, dass du ihn suchst. Er kommt dann ganz sicher in den Laden. Bis später, Papa."

Mit einem Satz waren sie wieder an der frischen Luft. Miles atmete erleichtert aus. „Wer wohnt denn zur krummen Eiche 36?", fragte er neugierig. Resa grinste. „Na, Fabius Cordata natürlich. Ich bin sehr gespannt, wer er ist."

„Ich glaube nicht, dass er uns weiterhelfen kann."

„Sei doch nicht so pessimistisch Miles. Wir haben jetzt einfach keinen anderen Anhaltspunkt."

Die Eingangstür zur Bibliothek stand offen und Miles erinnerte sich an den Abend zurück, an dem er und Ludmilla dort eingebrochen waren. Im Gegensatz dazu war die Eingangshalle heute voll mit Menschen, und von dem Zauber, der in der Nacht in dem Gebäude geherrscht hatte, war nichts mehr zu spüren. Gleich am

Eingang hing ein großer Glaskasten, hinter dem eine detaillierte Karte von Lichtingen ausgestellt wurde. Der Wald drum herum war nur blass zu erkennen, dafür war jede kleinste Straße mit ihrem Namen deutlich zu sehen

„Schau, hier ist die Straße." Resa zeigte auf eine Straße, die im Osten der Stadt lag, ein Ortsteil mit vielen kleinen Häuschen, die alle einen großen Garten hatten und in der Nähe der Waldgrenze standen.

„Niemals wohnt dort Fabius Lingen", lachte Miles. „Er ist doch derjenige, der vor dem Wald am meisten Angst hat."

„Wir werden es sehen." Resa hob nur kurz die Schultern. „Komm schon, wir haben eine kleine Strecke vor uns."

Sie liefen durch die Straßen von Lichtingen und redeten über Resas liebstes Hobby – Das Fotografieren.

„Ich habe schon sehr viele Lichtinger fotografiert. Meistens suche ich mir die raus, die nach außen hin am langweiligsten wirken", erzählte Resa.

„Warum das denn?", fragte Miles mit hochgezogenen Augenbrauen.

„Jeder Mensch hat etwas Besonderes, etwas Eigenes hinter der Fassade, das er nicht direkt jedem präsentiert. Manche haben verrückte Leidenschaften oder merkwürdige Neigungen. Manche haben eine liebevolle Seite und andere sogar eine sehr sadistische." Resa schmunzelte, als müsste sie an jemand Bestimmtes dabei denken.

„Erzähle es mir genauer", sagte Miles interessiert. „An wen denkst du da genau?"

Doch Resa schaute ihn nur entschuldigend an. „Das fällt leider unter die Schweigepflicht, sorry."

„Du hast doch gar keine Schweigepflicht", grinste Miles, der sich vorstellte, wie Resa bei jedem Menschen, den sie beobachtet hatte, ein Formblatt unterschreiben ließ.

„Meine Moral hat aber eine Schweigepflicht!", lachte Resa und knuffte Miles in die Seite. „Du wärst schockiert, wenn du so viel über die Lichtinger wüsstest wie ich."

„Und wieso hast du nie Fabius Lingen beobachtet?", fragte Miles.

„Ganz ehrlich, der Typ hängt mir zum Hals heraus. Meine Eltern reden wirkliche *jeden* Tag von ihm. Ich muss mir immer die Lichtinger Nachrichten reinziehen und es hängt sogar ein Bild von ihm in unserem Wohnzimmer. Da muss ich ihn in meiner Freizeit nicht auch noch sehen."

„Das verstehe ich", sagte Miles, der plötzlich ein wenig bedrückt aussah. „Aber jetzt zwinge ich dich, dass du dich mit ihm befassen musst."

Resa schaute ihn verwirrt von der Seite an. „Erstens, mich kann man nicht zwingen. Zweitens ist es eine ganz andere Sache, jetzt wo ich weiß, er könnte etwas verbergen. Drittens macht es tausendmal mehr Spaß jemanden zu beobachten, wenn jemand dabei ist, den ich mag."

Miles senkte seinen Kopf und grinste. Seine Wangen waren ein wenig rot geworden.

„Hier müsste es sein", stellte Resa fest, als sie vor einem Haus mit der Nummer 36 Halt machten. Es war ein schönes Haus. Klein, gelblich gestrichen, mit bunten Wildblumen im Vorgarten. Es wirkte allerdings sehr heruntergekommen und ungepflegt. Die Blumen wucherten über den klapprigen Gartenzaun und über die ausgeblichene Veranda, da niemand sie seit Jahren daran gehindert hatte.

„Und jetzt?", fragte Miles, der nicht sicher war, ob Resa wusste, was sie als nächstes tun sollten. Doch auch wenn sie unsicher war, ließ sie es sich nicht anmerken.

„Wir klingeln natürlich", antwortete sie und öffnete die quietschende Gartenpforte. Miles folgte ihr. Als sie auf der Veranda standen fanden sie keine Klingel und Resa hob ihre Hand, um zu klopfen.

„Stopp!", zischte Miles ihr zu und Resa ließ ihre Faust wieder sinken. Miles deutete auf ein kleines Namenschild, das von einer Ranke versteckt neben der Tür angebracht war. Dort stand: *Tilia und Fabius Cordata.*

„Das ist nicht der Fabius, den wir suchen. Unserer hat nämlich keine Frau", flüsterte Miles Resa ins Ohr.
Resa wirkte enttäuscht. „Du hast recht. In so einem romantischen Haus kann ich mir unseren schleimigen Bürgermeister auch einfach nicht vorstellen."
Sie verließen den Vorgarten und schauten sich unschlüssig an. „Was jetzt?"

Ein lautes Krachen ertönte plötzlich aus dem hinteren Teil des Hauses.

„Kam das aus dem Garten?", fragte Miles, der das Geräusch nicht zuordnen konnte.

„Glaube schon. Komm, lass uns nachsehen."
Sie schlichen an dem kleinen Haus entlang und standen vor einer hohen Mauer, die sie von dem Garten abgrenzte.

„Kannst du mir eine Räuberleiter machen? Dann kann ich nachschauen, was dahinter passiert", fragte Resa und Miles machte sich auch schon bereit. Resa hielt sich an dem Efeu fest, das sich an der kalten Mauer breitgemacht hatte. Sie keuchte, als sie sich hochzog, um über die Mauer in den Garten zu blicken. Sie zog scharf die Luft ein, als sie hinunterblickte.

„Miles!", zischte sie.

„Was siehst du?", fragte Miles neugierig.

„Ich sehe Fabius Lingen!"

„Was macht er denn?"

„Er..er.. Miles, du wirst es nicht glauben, aber er spricht mit einem riesigen Raben!".
Miles Körper fing an zu zittern. Seine Arme wurden mit einem Schlag schwach und er ließ Resa schnell herunter. Resa blickte ihm aufgeregt in die Augen.

„Der Rabe hat ihm ein Fläschchen gebracht. Es war schwarze Flüssigkeit darin."
Miles konnte nicht antworten. Seine Gedanken rasten.

„Fabius hat zu ihm: *Danke Parzival,* gesagt." Resa war zu aufgebracht, um zu bemerken, dass Miles` Herz wie wild schlug.

Sie hörten die großen Schwingen des Vogels, als er sich in die Luft erhob und in der Ferne verschwand.

22 Als Ludmilla wieder zu Bewusstsein kam, fand sie sich auf den Dielen liegend in dem großen, staubigen Wohnzimmer der Villa wieder. Ihr Kopf hatte aufgehört sich zu drehen und sie merkte schnell, dass sie sich zurück in ihrem Körper mit den aufgeschlagenen Knien befand.

Sie ging mit entschlossenen Schritten zu der großen Tür des Hauses und brauchte nur wenige Sekunden, bis sie in dem überwucherten Vorgarten stand. Der Mond schien ihr ins Gesicht, es war still um sie herum. Keine nächtlichen Schreie waren zu hören, kein Uhu rief in die Dunkelheit, kein Wolf heulte den Mond an. Es war, als würde der Wald für einen Moment den Atem anhalten. Und dass allein nur wegen Ludmilla. Dem kleinen Mädchen mit den blonden struppigen Haaren und dem orangenen Rucksack auf den Schultern. Der Wald hielt inne, wartend, hoffungsvoll, ängstlich.

Ludmilla spürte die Stärke, die sie umgab und setzte sich entschlossen in die Hocke. Ihre Finger gruben sich in die weiche Erde, spürten die kleinen Steine und glitschigen Regenwürmer. Sie musste nicht lange graben, bis sie auf etwas Hartes stieß. Sie wusste genau, was sie gefunden hatte, denn ein Schauer fuhr ihr über den Rücken.

„Du bist meins", stellte sie fest. „Endlich habe ich dich wiedergefunden."
Als sie die Erde von dem Deckel strich, durchfuhr sie ein Gefühl, das sie nicht sofort zuordnen konnte. Sie erkannte die Schachtel aus ihrer Vision wieder, doch es war noch etwas anderes. Es war das starke, verwirrte Gefühl von tiefer Vertrautheit. Langsam öffnete sie die Schachtel, mit zittrigen Fingern, die zwischen erwartungsvoll und unsicher schwankten. Als der Deckel einen kleinen Spaltbreit geöffnet war, strömte eine ungeheure Macht daraus hervor. Eine starke, dunkle Kraft wollte mit langen, dünnen Fingern aus dem Spalt klettern. Ludmilla schloss die Kiste schnell wieder. Sie trug sie in die Villa und nahm eins der Bettlaken ab, die über ein paar Gemälden hingen, und schlang es um die Kiste. Dann steckte sie sie in ihren Rucksack, der wie gemacht dafür zu sein schien.

Ludmilla spürte etwas Ungewohntes in sich. Es fühlte sich an, als wäre ein Teil ihres Körpers, wie eine kaputte Vase, vor langer Zeit zerbrochen. Nun war ein Teil zurück an seinen Platz geklebt worden, etwas schief und mit einem billigen Kleber, der nicht besonders gut hielt. Und doch, obwohl Ludmilla äußerst verwirrt, müde und hungrig war, so wusste sie mit einer tiefsitzenden Sicherheit, dass die eine verlorene Scherbe ein wichtiger Teil ihres Lebens war, den sie einst verloren hatte. Sie stand auf, ihr Körper war ruhig. Das Chaos in ihrem Kopf und das Labyrinth vor ihrem inneren Auge waren verschwunden.

Sie packte die Karte aus, die noch immer leuchtete, und breitete sie vor sich auf den Dielen aus. Im Schneidersitz betrachtete Ludmilla sie lange, kratzte sich ab und zu am Kopf und drehte die Karte hin und her. Der einzige Weg, Palle zu finden, ist der Weg zum Baum der Vorhersehung, stellte sie schließlich fest. Parzival hatte sie an diesen Ort führen wollen, ein Ort, der Teil ihrer Reise sein musste, um letztendlich an ihr Ziel gelangen zu können. In ihrem kleinen Kopf schwirrten zwar noch viele Fragezeichen, sie wusste nun aber, dass sie Parzival vertraute und sich alles früher oder später fügen würde.

Als sie in die Nacht hinaustrat, fühlte sie sich stark. Die Schachtel in ihrem Rucksack war so leicht, dass sie sie nicht einmal spürte. Der Wald kam ihr nicht mehr bedrohlich vor, viel mehr fühlte sie eine Verbindung zu ihm, die ihr eine tiefe Sicherheit gab. Die Ascheschatten konnten ihr nichts anhaben. Jetzt nicht mehr, wo sie ihre Angst eingepackt und in ihrem Rucksack verstaut hatte.
Sie lief den Weg zurück, der von den Bäumen geformt wurde, doch dieses Mal rannte sie nicht. Sie lief und hörte den Bäumen zu, wie sie im Wind rauschten und

den Blättern, die vom Herbst getrieben auf den moosigen Boden hinabfielen. Sie hörte die Füchse durch das Unterholz schleichen, die Eulen nach ihrer Beute jagen und die kleinen Mäuse durch das Laub flitzen. All die Geräusche vermischten sich zu einem Geräusch zusammen, das den Wald mit jedem seiner Facetten beschrieb.

Doch eine Sache hörte sie ganz deutlich. Es war ein knarzendes, schwingendes Geräusch, das durch den Wald hallte, wie ein Lied, das die Bäume sangen. Ludmilla konnte sie verstehen. Sie hörte jedes Wort und füllte ihren Körper mit ihrer Weisheit. Sie fing langsam an zu begreifen. Sie verstand das große Ganze, alles machte plötzlich Sinn. Sie fühlte sich ausgefüllt von den Schwingungen, die ihren Körper zum Beben brachten. Sie war ein Teil davon.

Dunkle Schatten schauten hinter den Bäumen hervor, sie traten nicht näher an sie heran, als spürten sie, dass sie Ludmilla nichts anhaben konnten. Sie schnitten mit ihren Krallen tiefe Furchen in die Rinde und verschwanden dann mit einem entsetzen Ruf in die Nacht. Ludmilla schaute ihnen nach und lächelte schadenfroh. *Habt ihr Angst vor mir?*, dachte sie. *Kann die Angst überhaupt Angst haben?*

Ludmilla bemerkte zunächst nicht, dass sie wieder an der Stelle des Flusses angelangt war, an dem sie mit dem Baum gesprochen hatte. Erst als sie das leise Rauschen des Wassers hörte, erwachte sie aus ihrem traumartigen Zustand. Sie schaute sich erneut die Karte an und fand schnell den Weg, den sie nehmen musste, um zu dem Baum der Vorhersehung zu gelangen. Sie lief an dem Fluss entlang, immer weiter Richtung Norden.

Je weiter Ludmilla lief, desto kahler wurde die Vegetation und desto größer wurden die Gesteine. Nach mehreren Stunden sah Ludmilla, dass die Steine sich über den gesamten Boden ausbreiteten und somit den Pflanzen ihren Raum zum Wachsen nahmen. Die Luft wurde trockener und wärmer. Die vereinzelten Bäume, die dort wuchsen, waren mehrere Hundert Meter hoch, ihre Stämme hätte Ludmilla mit all ihren Klassenkameraden nicht umschlingen können. Riesige Wurzeln schlängelten sich über den Boden und über die Gesteine, wie sich windende Schlangen, die nach Luft schnappend aus der Erde brachen. Ludmillas Weg wurde versperrt von ihnen, sodass sie mühevoll klettern musste, um ihre Richtung beizubehalten. Die Sonne ließ sich langsam am Horizont blicken und sorgte dafür, dass die Tiere der Nacht in ihren Höhlen verschwanden. Das Leuchten der Karte verblasste nach und nach. Ludmilla versuchte sich noch schnell den Weg einzuprägen, der noch viele Stunden in Anspruch nehmen würde.

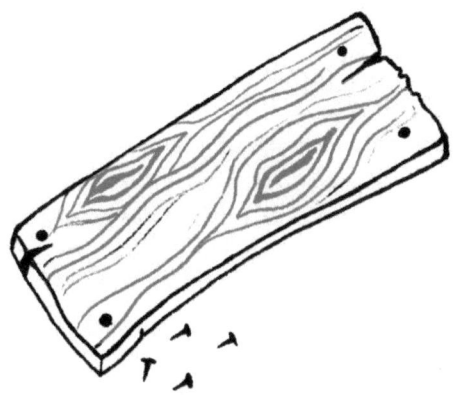

23

„Miles, was ist los?", fragte Resa, die besorgt in Miles blasses Gesicht schaute. Sie saßen nebeneinander auf der Bordsteinkante, Miles hielt seine Knie fest umschlungen.

„Der Vogel. Das war Parzival", sagte er und starrte auf die holprige Straße vor seinen Füßen.

„Ich weiß, ich habe gehört, wie Fabius ihn so genannt hat", sagte Resa leise, verwirrt von dem riesigen Raben, Fabius und von Miles` merkwürdigem Verhalten.

„Nein, der Rabe war mit Ludmilla im Wald. Sie hat mir von ihm erzählt. Sie hat ihm vertraut und er steckt mit Fabius unter einer Decke!", brachte Miles hervor, seine Stimme zitterte. „Ich kann Ludmilla nicht mehr erreichen. Ich habe schon lange nichts mehr von ihr gehört." Er seufzte.

„Weißt du, was das in dem kleinen Fläschchen war?", fragte Resa sachte, sie legte Miles eine Hand auf den Rücken und strich damit über seinen Pullover.

„Ludmilla hat mir davon erzählt. Es ist Baumharz von dem Baum der Vorhersehung. Damit können sich die Ascheschatten in jede Gestalt verwandeln", antwortete Miles leise, der seine eigenen Worte nicht glaubte.

Resa stöhnte.

„Ich glaube, wir haben unseren Spion gefunden."

„Ich muss Ludmilla irgendwie helfen können", sagte Miles und fuhr sich mit den Händen über das Gesicht.

„Du kannst nicht in den Wald gehen. Du hast keine Karte und keinen Schimmer, wo sie sein könnte", flüsterte Resa, die hoffte, dass Miles bei Vernunft bleiben würde.

„Aber wir können ihr von hieraus helfen. Wir werden Fabius stoppen", fügte sie hinzu und versuchte, ihre Stimme so optimistisch wie möglich klingen zu lassen.

Miles schaute auf. Er lächelte matt und nahm Resa in den Arm.

„Danke, dass du mir helfen willst. Aber wie sollen zwei *kleine Wichte* wie wir gegen einen furchteinflößenden Ascheschatten ankommen? Und dazu auch noch gegen einen riesigen Raben?", flüsterte er.

„Miles, so langsam müsstest du wissen, dass ich immer einen Plan habe", antwortete Resa mit einer ansteckenden Überzeugung in ihrer Stimme.

„Erzähl mir davon."

Resa und Miles liefen zurück zum Marktplatz, wo nun fast alle Lichtinger aufgetaucht waren. Alle warteten schon sehnlichst auf ihren Bürgermeister, Fabius Lingen ließ sie noch ein wenig warten.

„Komm hier entlang", zischte Resa und zog Miles hinter sich her. Sie liefen durch die Menschenmassen und prallten immer wieder gegen Rucksäcke, Ellenbogen und Bierbäuche. Miles konnte durch die Menschen hindurch die Bühne sehen, auf der sich eine Marschkapelle aufgestellt hatte, dessen Spieler aussahen, als würden sie ihre Aufgabe schnell hinter sich bringen wollen. Er erblickte seine Klassenlehrerin, die neben der Bühne stand und sich suchend nach jemandem umdrehte. *Wahrscheinlich musste ihr Mann ihr ihre tägliche Dosis Kaffee bringen*, dachte Miles. Er wollte gar nicht daran denken, dass morgen die Schule wieder losging. Er war mit seinen Gedanken so weit weg vom Lernstoff wie nie zuvor, und das sollte schon etwas heißen.

„Schau, da drüben ist Viktor", sagte Resa und zeigte auf einen Jungen am Rande des Markplatzes. Er stand mit verschränkten Armen an einer Wand gelehnt und gähnte.

Als sie ihn erreichten, sah er überrascht aus.

„Hey Resa und.. Miles?", begrüßte er sie, als wäre es ihm mehr als schleierhaft, die beiden zusammen zu sehen.

„Hi Viktor", sagte Resa lässig. Miles grinste ihn nur an und ärgerte sich sofort über sich selbst.

„Was wollt ihr?", fragte Viktor.

„Wir wollen dich fragen, ob du Fabius auch so wenig magst wie wir", antwortete Resa.
Viktor runzelte die Stirn. „Ist das eine Fangfrage?", fragte er und musterte in der Ferne das Treiben.

„Ich kann ihn nicht ausstehen", sagte er dann. „Das ist eine merkwürdige Frage, Resa."
Resa lachte. „Ja stimmt, so ohne Zusammenhang, da hast du Recht." Miles sagte nichts, er beobachtete die beiden, die sich etwas näher zu kennen schienen.

„Hast du Lust uns zu helfen? Wir brauchen wirklich dringend Hilfe", sagte sie und streckte ihm die Hand entgegen.

„Wollt ihr einen Fabius-Hass-Club gründen?", grinste Viktor mit verschränkten Armen.

„Nein, also nicht direkt. Ich erkläre dir auf dem Weg alles, aber erst einmal müssen wir noch zu Ida finden."

Viktor folgte ihnen zunächst zögernd, doch als Resa ihm die ganze Geschichte erzählte, war er bereit ihnen zu helfen. Miles wusste, dass Resa nur Leute einweihen würde, die vertrauenserweckend waren. Viktor schien ein netter Junge zu sein, denn er erzählte Miles alles über Astrophysik, obwohl Miles nicht einmal hatte nachfragen müssen. Er schien intelligent zu sein und war bemüht, alles zu verstehen, was Resa ihm in Kurzfassung erzählt hatte. Miles wusste nicht, ob er wirklich alles glaubte, doch er war euphorisch und abenteuerlustig und das war zumindest die Hauptsache.

„Fast alle Lichtinger werden heute in der Nähe des Marktplatzes sein", überlegte Resa. „Die Kinder werden von ihren Eltern mitgeschleppt."
Viktor lachte auf. „Ja wirklich. Sie wollen, dass die nächste Generation genauso vernarrt in Fabius ist wie sie selbst. Ich habe aber noch kein weiteres Kind getroffen, das Fabius mochte."
Miles sah ihn überrascht an. „Wirklich nicht? Irgendwie war mir das nie klar."

„Es wirkt so, als hätten Kinder eine ganz andere Denkstruktur", kicherte Viktor, doch Miles war sich sicher, dass er damit womöglich recht hatte.

Sie fanden Ida mit drei anderen Kindern auf einem Spielplatz. Sie sahen alle mit ihren Kleidern und Anzügen sehr herausgeputzt aus, ihre Augen wirkten gelangweilt.

„Ida ist eine gute Freundin von mir. Wir gehen zusammen in die Fotografie AG an der Schule", flüsterte Resa den beiden Jungs zu, bevor sie auf Ida und den drei fremden Kindern zutrat.

„Hallo Ida. Können wir mal kurz sprechen?", fragte sie. Die Kinder schauten Resa mit einer gerunzelten Stirn an. Ida sprang von der Schaukel und lief mit Resa, Miles und Viktor einige Meter weg.

„Wir brauchen deine Hilfe, Ida. Ich weiß, dass dein Vater bei der Druckerei für die Zeitung arbeitet", fing Resa an. Sie erzählte Ida die ganze Geschichte, Miles bestätigte sie. Ida schaute erst skeptisch, doch dann willigte sie ein ihnen zu helfen. Miles war sich nicht sicher, ob es aus Langeweile geschah, oder ob sie ihnen wirklich helfen wollte, doch das war ihm erst einmal egal.

„Wenn das wirklich stimmt", sagte Ida, „dann können wir doch so viele starke Helfer wie möglich gebrauchen." Sie deutete auf ihre Freunde, die noch immer gelangweilt in den Himmel blickten. „Sie sind wirklich gute Freunde. Außerdem ist Piets Vater der Polizist von Lichtingen. Sein Keller ist voll mit Waffen."

Diese Aussage machte Miles zwar mehr Angst als Mut, doch er willigte ein, die anderen mit einzubeziehen. Es gab keinen Grund, nur Ida zu vertrauen und den anderen nicht. Außerdem hatte Ida recht, mehr Hilfe war gut.

Ida stellte den Dreien ihre Freunde vor.

„Das hier ist Piet." Sie zeigte auf den schmalen Jungen, der schüchtern seine Hand zum Gruß hob. „Das ist Billy", machte Ida weiter und das Mädchen mit den lockigen blonden Haaren und dem geblümten Kleid lächelte sie an. „Und ich bin Luna!", stellte sich die Dritte vor, die von der Schaukel sprang und ihnen nacheinander die Hand reichte.

„Sie wollen einen Club gründen", sagte Ida und Resa fuhr sich durch ihre kurzen braunen Haare. „Es ist kein..", fing sie an, doch die anderen schienen begeistert von der Idee zu sein. „Cool, ich wollte schon immer Teil eines Clubs sein", sagte Billy mit leuchtenden Augen. „Und wo ist unser Clubhaus?"

Miles und Resa wechselten einen kurzen Blick. Resa grinste. „Wir haben das tollste Clubhaus aller Zeiten. Es ist nur ein wenig renovierungsbedürftig."

Miles wusste zunächst nicht, wie er sich fühlen sollte. Sein Geheimversteck würde nicht länger geheim sein. Doch als er in die erwartungsvollen Gesichter seiner neuen Freunde blickte, war er sich sicher, dass dies viel besser war. Er würde nicht länger allein sein.

„Es muss aber geheim bleiben", sagte er und ließ jeden einzeln schwören, niemandem davon zu erzählen, bevor sie zu der alten Wassermühle aufbrachen.

Als sie auf dem Hügel standen und auf die Stadt hinuntersahen, hörten sie von dem Marktplatz, wie die Marschkapelle anfing zu spielen. Die Erwachsenen würden ihre Kinder nicht vermissen, denn in den nächsten Stunden würden sie den Marktplatz nicht verlassen.

Die sechs Kinder begutachteten die klapprige Holzhütte von außen.

„Sie scheint ein bisschen alt zu sein", stellte Luna mit einem Grinsen fest. Sie band sich ihre Haare zu einem lockeren Dutt zusammen. „Da haben wir noch viel Arbeit vor uns."

„Was meinst du denn damit?", fragte Miles, der langsam aufgetaut war und nur noch ein bisschen zitterte, wenn er etwas sagte.

„Ich glaube Luna will damit sagen, dass wir sie gemeinsam renovieren werden", fiel Viktor mit ein, der Luna zuzwinkerte. Sie nickte.

„Wie wollen wir das denn machen?", fragte Miles. „Wir haben doch überhaupt kein Werkzeug oder andere Materialien."

„Miles ist immer ein bisschen pessimistisch, müsst ihr wissen", sagte Resa und legte einen Arm um seine Schultern. „Hast du noch nie von der Kraft der Masse gehört?"

Die anderen Kinder stimmten Resa zu. Billy sprang wie ein Reh zwischen ihnen herum. „Ich werde Bretter und Werkzeug besorgen. Meine Eltern sind Schreiner."

„Ich komme mit und helfe dir beim Tragen", sagte Luna und Viktor bestätigte seine Hilfe auch sofort.

„Ich bin echt froh, dass ihr so engagiert seid, aber vielleicht sollte ich euch erst einmal erzählen, worum es überhaupt geht", erfasst Miles das Wort und dämpfte damit ein wenig die Stimmung der anderen. „Es ist nämlich wirklich ernst."

Sie setzten sich alle im Kreis auf den Boden in der Hütte und Miles fing an zu erzählen.

„Ihr kennt doch bestimmt alle Ludmilla", fing er an.

„Das Mädchen, das durch den Zaun verschwunden ist?", fragte Billy.

„Ja genau die."

Da er die Geschichte jetzt schon so oft gehört und erzählt hatte, kam sie aus seinem Mund wie selbstverständlich. Die Kinder hingen ihm an seinen

Lippen und sagten keinen Mucks, bis er fertig erzählt hatte. Sie blickten sich gegenseitig an und atmeten tief durch.

„Wir halten zusammen", sagten sie und hielten einander dabei an den Händen.

„Aber um einen detaillierten Plan ausarbeiten zu können, müssen wir ein bisschen Pep in diese Bude bringen", stellte Luna fest. „Billy, Viktor und ich gehen zu Billy nach Hause und besorgen die Sachen. Wir beeilen uns." Sie sprangen auf und verließen die Hütte.

„Wir müssen mehr Kinder darauf aufmerksam machen", sagte Ida. „Ich könnte in die Druckerei fahren und Flugblätter drucken." Miles und Resa blickten sich an.

„Das ist eine gute Idee", sagte Miles, doch Resa war skeptisch. „Und wie wollen wir sie hierherlocken, ohne dass die Erwachsenen sofort wissen, wo das Versteck ist?", wendete sie ein.

„Hm, stimmt." Ida überlegte. Sie schloss die Augen und eine Denkfalte entstand auf ihrer Stirn. Dann hellte sich ihr Gesicht auf und sie schaute die beiden anderen begeistert an. „Wir schreiben auf die Flugblätter, dass morgen in der Schule eine Versammlung auf dem Schulhof stattfindet. In der Schule sind doch sowieso die meisten Kinder. Wir erzählen ihnen dann da, dass wir uns am Nachmittag an der Wassermühle treffen."

„Das ist eine gute Idee. In der Schule fällt es auch nicht so sehr auf, wenn sich eine große Gruppe von Kindern versammelt."

Miles und Resa waren froh, dass sie die anderen Kinder eingeweiht hatten. Sie liefen mit Ida zurück in die Stadt, um ihr bei dem Ausdrucken der Flugblätter zu helfen. Kurz nachdem sie in die erste Straße eingebogen waren, begegneten sie Luna, Viktor und Billy. Sie schoben eine große Schubkarre mit vielen Holzplanken. Ein fremder Junge begleitete sie, er trug eine Kiste mit Werkzeug.

„Hey ihr drei!" Luna winkte ihnen zu. „Das hier ist mein kleiner Bruder Toni, er hilft uns."

„Sehr gut. Wir sehen uns nachher an der Hütte", rief Resa ihnen zu und sie liefen in einem flotten Schritt weiter in die Stadt hinein.

Die Druckerei von Idas Eltern war nicht weit entfernt. Sie war zwar abgeschlossen, doch Ida besaß einen Schlüssel an ihrem Bund.

„Niemand ist hier. Alle sind bei dem Fest", stellte sie fest und schloss die Tür auf. Die Druckerei war darauf ausgelegt, die tägliche Zeitung von Lichtingen zu drucken. Riesige Geräte standen in dem Raum, der eher einer Halle glich. Ida war schon an einem der Computer und tippte etwas hinein.

„Komm mal her Resa. Was wollen wir auf die Flugblätter schreiben?", fragte sie und Resa nahm auf dem Stuhl neben ihr Platz. Sie kicherten ab und zu über ihre Einfälle, doch konnten sie sich schnell für die richtige Formulierung entscheiden. Miles betrachtete unterdessen die Geräte und staunte über die meterhohen Papierrollen, die am Rand standen. Einige Exemplare der heutigen Zeitung lagen auf dem Boden. Er hob sie auf und las sich die Titelseite durch.

Das alljährliche Herbstfest steht vor der Tür- Lichtingen schöpft wieder Hoffnung.

Darunter war ein großes Foto des Aufbaus der Bühne zu sehen. Dann fiel Miles Blick auf einen kleinen Artikel, der neben der Hauptschlagzeile fast unsichtbar wirkte.

Keine neuen Hinweise auf das verschwundene Mädchen. Polizei geht von einer psychischen Krankheit aus.

Miles ließ die Zeitung zu Boden fallen. „So ein Müll", murmelte er.

„Miles, bist du einverstanden?", fragte Resa, die den Bildschirm in Miles Richtung drehte. Er schaute sich das Flugblatt an.

AN ALLE KINDER AUS LICHTINGEN:
morgen um 10 Uhr, in der ersten großen Pause, gibt es ein wichtiges Treffen auf dem Pausenhof neben dem Mülleimer. Wir hoffen auf zahlreiches erscheinen.
-Der Club der Furchtlosen

Miles lächelte über ihren Clubnamen. „Finde ich gut. Nur *Erscheinen* wird großgeschrieben."
Die Drucker brummten, als sie in Bewegung gesetzt wurden. Sie druckten 50 Exemplare aus, denn Resa begründete, dass die meisten wahrscheinlich von den Erwachsenen eingesackt wurden. Als sie die warmen Blätter in den Händen hielten, fühlten sie sich unbesiegbar.

„Los, ab zum Kirchturm", feuerte Miles die beiden an und sie rannten über die Pflastersteine mit den Flugblättern fest im Griff. Auf dem Weg zum Kirchturm begegnete sie ein paar Kindern, denen sie ein paar Flugblätter in die Hand drückten.

„Verteile die bei deinen Kumpels", riefen sie einem verdutzt dreinschauenden Jungen hinterher.

Der Kirchturm stand zwar genau am Marktplatz, doch eine Hintertür ermöglichte es den drei Freunden, unbemerkt hineinzugelangen. Ida blieb unten stehen, mit der Aufgabe, keinen Menschen hineingehen zu lassen. Resa und Miles rannten die Treppen hinauf. Völlig außer Atem erreichten sie die oberste Stufe und hatten von dort aus die perfekte Sicht über die Kleinstadt. Weit hinten am Horizont schwankten die dunklen Tannen im Wind. Die roten Backsteingebäude standen fest in einer Reihe aneinander, wie eine Mauer vor dem Wald. Unter ihnen auf dem Marktplatz war die Hölle los. Die Menschen quetschten sich aneinander und zogen ihre Kinder hinter sich her, um eine möglichst gute Sicht auf ihren Bürgermeister zu haben, der vorne auf der Bühne stand.

„Es ist an der Zeit, dass wir unsere Kinder schützen. Kein Kind wird durch unsere Maßnahmen noch verschwinden können", brüllte er gerade in sein Mikrophon. Die Menschen jubelten.

„Jetzt!", schrie Resa und drückte Miles die Flugblätter in die Arme. Miles Herz pochte, als er sich über die Brüstung lehnte und die Blätter in die Luft hielt. Er warf sie mit einem Schwung in die Luft und lachte, denn er fühlte sich wie die fliegenden Blätter. Frei und leicht.

„Komm schon!", rief Resa und zog Miles an seinem Pullover von der Brüstung weg. „Wir müssen weg, bevor sie merken, dass die Flugblätter von diesem Turm hier kommen."

Sie rannten die Treppe so schnell sie konnten hinunter und prallten gegen Ida, die sich gegen die Tür stemmte.

„Es wollen Leute rein!", ächzte sie.

„Lass sie rein", rief Resa. „Wir versuchen an ihnen vorbei zu kommen."

Ida sprang von der Tür weg und mit einem Ruck schlug diese auf, mehrere Männer purzelten hinein und fielen übereinander. Resa sprang über sie hinweg. Die anderen folgten ihr. „Hey, bleibt stehen!", riefen die Männer, doch die drei Kinder waren schon in der nächsten Seitenstraße verschwunden.

„Das war aufregend", keuchte Miles und grinste Resa an. „Wir haben es geschafft!" Ihre Sommersprossen leuchteten auf ihrem strahlenden Gesicht.

Wenige Minuten später erreichten sie völlig außer Atem die Wassermühle. Billy, Viktor, Luna und Toni hämmerten schon fleißig neue Bretter an die Hütte.

„Das sieht ja jetzt schon wie neu aus", stellte Ida fest und umarmte ihre Freunde. „Wir haben Flugblätter verteilt. Morgen in der Schule gibt es eine große Versammlung."

„Wie cool!", nuschelte Luna mit mehreren Nägeln zwischen den Lippen und einem Hammer in der Hand.

„Die Menschen sind ausgeflippt, als die Flugblätter auf sie herabgeregnet sind. Ich glaube, es werden morgen viele kommen", sagte Miles zufrieden. Er fühlte sich schon jetzt wohl in der Mitte von den Kindern, die er noch gar nicht richtig kannte. Es war ein neues Gefühl für ihn, ein Teil von etwas zu sein und Freunde zu haben, die ihn unterstützten. Ida schnappte sich einen Hammer und reichte ihn Miles. „Danke, dass du uns dein Geheimversteck gezeigt hast", sagte sie lächelnd.

Sie werkelten noch den ganzen Tag an der Holzhütte herum. Als die Sonne hinter den Tannen immer roter wurde, blickten sie zufrieden auf das Ergebnis.

„Jetzt pfeift kein Wind mehr hindurch", stellte Viktor fest.

„Ich finde unser Clubzeichen am besten", sagte Miles, der sich die wunden Finger in einem Eimer wusch.

An der vorderen Seite der Hütte hatten sie mit Farbe einen hellgrünen Baum gemalt, der grinste.

24

Es war nicht schwer, auf dem richtigen Weg zu bleiben, denn Ludmilla erkannte schon bald ein Muster. Je näher sie dem Baum der Vorhersehung kam, desto düsterer wurde die Umgebung. Die Schwingungen, die sie tief im Wald gespürt hatte, ließen immer mehr nach und ihre Stimmen wurden immer undeutlicher, bis sie sie irgendwann nur noch als ein Gemurmel wahrnahm.

Sie kletterte über die riesigen Felsen und keuchte, denn ihr Magen war leer und ihre Beine wurden langsam schlapp. Doch die Hoffnung, bald ihren besten Freund in den Armen halten zu können, trieb sie an. *Palle, ich komme*, dachte sie und wischte sich mit ihrem Ärmel den Schweiß von der Stirn. Die Sonne prallte auf ihren Kopf, denn es gab nur noch wenig Bäume, die sie davon abhalten konnten.

Der Rucksack auf ihren Schultern fühlte sich irgendwann so an, als würde sie Zentnerlasten tragen, aber sie wusste, dass sie sich genauso schwer wie der Rucksack fühlen würde, wenn die Angst noch in ihrem Körper wäre. *Nein*, dachte sie. *Ich habe keine Angst mehr. Ich kann alles tun, die Ascheschatten können mir nichts mehr anhaben.*

Ein blasser Nebel stieg auf, als Ludmilla einen Berg passierte. Er roch ein wenig nach kalter Asche. Sie war sich sicher, dass hinter dem Berg der Baum stehen musste, so viel wusste sie noch von der Karte, die in ihrem Rucksack verstaut war. Sie sah wieder aus wie eine normale Karte, als hätte sie kein Geheimnis, das sich in der Nacht offenbarte. Ludmilla zog sich an Ästen hoch, denn der Boden war durch kleine Steinchen sehr rutschig. Die Äste schienen schwach zu sein, denn einige rissen direkt aus dem Boden, andere waren so trocken, dass sie einfach abbrachen. Ludmilla schlitterte über den Boden und ließ sich fallen, damit sie nicht noch weiter hinabfiel.

„Mist", fluchte sie und versuchte sich wieder aufzurappeln. „Wenn ich so langsam vorankomme, bin ich erst in hundert Jahren da."
Doch als sie den höchsten Punkt erreichte, erblickte sie den Baum, der ihr den Atem raubte.

So etwas hätte Ludmilla sich in ihren dunkelsten Träumen nicht vorstellen können. Unter ihr erstreckte sich ein riesiges schwarzes Gebilde, das einem Baum nicht einmal ähnlich sah. Es sah aus wie ein Produkt manifestierter Angst, das sich auf der Erde ausbreitete, anders konnte Ludmilla es nicht erklären. Dunkelgraue Nebelschwaden sickerten durch die Lüfte und verbreiteten einen ekelhaften Geruch. Ludmilla würgte und versuchte nur noch durch den Mund zu atmen. Der Baum an sich war bestimmt dreimal so hoch wie der Kirchturm in Lichtingen und die Wurzeln mindestens so groß wie mehrere Häuser. Sie schlängelten sich auf der Erdoberfläche wie riesige Ungeheuer, die nach Luft schnappten. Ludmilla wusste aus dem Biologieunterricht, dass die Wurzeln eines Baumes unterirdisch mindestens so groß waren wie die Krone. Der Baum schien einmal eine wahnsinnig große Krone gehabt zu haben, doch nun sah er aus, als wäre er aufgeschnitten worden. Ludmilla konnte erkennen, dass er von innen hohl zu sein schien. Kein normaler Baum hätte solche Schnitte überlebt, dachte sie. Lebte der Baum überhaupt noch?

Sie wusste nicht so recht, was sie nun machen sollte und setzte sich erst einmal auf einen Stein, um sich an den grauenhaften Anblick zu gewöhnen. Plötzlich sah sie, dass etwas Dunkles aus dem hohlen Stamm hervorkam. Sie erkannte die dunklen Krallen und die augenlosen Höhlen von weitem und beobachtete den Ascheschatten, wie er sich hinauf in die Luft erhob. Ein weiterer folgte ihm.
Ludmilla hielt den Atem an, als viele hunderte weiterer Schatten aus dem Baum hervorschossen und sich auf dem Himmel ausbreiteten. Sie sahen aus wie ein riesiger Schwarm dunkler Vögel, die aufgeschreckt von ihrem

Baum geflogen waren. Doch diese Wesen waren der Schrecken selbst, der über die Menschen gebracht werden sollte, um sie davon abzuhalten, ihr Leben zu leben. Ludmilla verabscheute sie und ärgerte sich darüber, dass sie mit Staunen ihren Flug beobachtet hatte. Sie fuhr sich über ihr staubiges Gesicht und rappelte sich ein letztes Mal auf, denn gleich würde sie an ihrem Ziel angelangt sein und Palle nach Hause bringen können. Sie rutschte mit klapprigen Knien den steinigen Abhang des Berges hinab und fiel jede paar Meter auf die Steine. Ihre Handballen waren schon blutig, doch sie biss sich auf die Lippe und versuchte, den Schmerz zu ignorieren. Je näher sie dem dunklen Ungetüm kam, desto mehr wurde ihr bewusst, dass sie bei der Größe ein wenig falsch gelegen hatte.

Die Wurzeln waren so riesig, dass sie wie schwarze Wände vor ihr aufragten. Der Geruch von Asche war so stark, dass Ludmilla anfing zu überlegen, wie lange ein Mensch so einen Nebel einatmen konnte, bevor er starb. Doch ihre Lungen hielten durch und sie kletterte weiter über die Wurzeln und näherte sich dem Baum.

Plötzlich wurde sie mit einem starken Ruck nach oben in die Luft gezogen. Sie trat mit ihren Beinen so stark sie konnte, doch die Gestalt hatte sie fest im Griff. Ludmilla versuchte ihren Kopf zu wenden und blickte in ein augenloses Gesicht. Sie ignorierte die Gänsehaut, die ihr über den gesamten Körper fuhr und schrie das Wesen an.

„Lass mich runter! Ich habe keine Angst vor dir!" Im selben Moment ließ der Schatten Ludmilla fallen, als wäre sie ein schimmeliges Brot.

Sie landete unsanft auf einer der Wurzeln und schrie ihm böse Schimpfwörter hinterher. Der Schatten flog hoch in die Luft, bevor er zurück in die Höhle des Baumes schwebte.

„Ha, jetzt hat er Angst vor *mir*", kicherte Ludmilla, doch sie verschluckte sich an ihrem Lachen, denn die Wurzel, auf der sie sich befand, fing an sich zu bewegen.

Erschrocken klammerte sich Ludmilla an ihr fest und wurde hoch in die Luft gehoben. Mit aufgerissenen Augen starrte sie den Baum an, der wie von einem Dämon besessen schien. Er hob seine Wurzeln und bewegte sie hin und her, als wären es gigantische Tentakeln und er eine riesige, schaurige Krake. Ludmilla schrie auf, als er die Wurzel, auf der sie sich befand, auf den Boden schleuderte. Durch die Bewegung bildete sich ein starker Windstoß, der einige große Gesteine zum Rollen brachte. Der Boden vibrierte wie bei einem starken Erdbeben.

„Ich will meinen Freund Palle wiederhaben!", schrie sie dem Baum mit ihrer letzten Kraft zu. Dicke Tränen liefen ihr über die Wangen, bis sie nichts mehr vor ihren Augen erkennen konnte.

Sie spürte, wie jemand sie mit seinen scharfen Krallen packte und weit nach oben in die Luft hob. Sie kniff ihre Augen zusammen und stellte sich vor, sie läge in

Parzivals flauschigem Federkleid und sie würde hinauf in die kühle Morgenluft blicken.

25 Das vertraute Klingeln der Schulglocke ertönte durch das Gebäude und bereitete Miles wie immer ein starkes Ziehen im Bauch. Heute mischten sich jedoch neben dem Schmerz noch Neugierde, Aufregung und Anspannung. Er konnte die erste Pause gar nicht abwarten.

Aufgeregt rutschte er auf seinem Stuhl hin und her und wurde zwei Mal von seinem Mathelehrer ermahnt. Miles` Gedanken konnten einfach nicht bei den mathematischen Formeln bleiben, sie schwebten immer wieder zu dem, was in einer knappen Stunde geschehen würde. Miles blickte sich in seinem Klassenzimmer um und überlegte, wer von seinen Mitschülern ein Flugblatt bekommen hatte und wer von ihnen sich um 10 Uhr zu der Versammlung gesellen würde. Seine Mitschüler schienen aber mehr an dem Unterrichtsfach interessiert zu sein, denn sie waren still, schrieben mit und meldeten sich ab und zu.

Miles wurde auf einmal schlecht. *Was ist, wenn niemand Interesse daran hat zu erfahren, worum es bei der Versammlung ging, und keiner kommt?* Er schüttelte stark seinen Kopf, um so seine Sorgen abzuschütteln, doch es funktionierte nicht. Miles beobachtete weiter seine Mitschüler und wurde sich immer sicherer, dass keiner der Anwesenden auf glühenden Kohlen saß, so wie er es tat. Miles fuhr sich über sein Gesicht und wippte mit den Knien.

„Miles, jetzt halte doch bitte mal still. Du störst den Unterricht mal wieder", fuhr der Lehrer ihn an, doch Miles konnte es nicht verhindern. Seine Aufregung wuchs Sekunde um Sekunde. Er schaute immer wieder auf die Uhr, die neben der Klassenzimmertür angebracht war, was seine Aufregung nur noch steigerte.

Plötzlich rutschte eine Federmappe von dem Tisch neben ihm und bunte Stifte rollten über den Boden. Das Mädchen auf dem Platz stöhnte und hockte sich auf den Boden, um alles aufzusammeln. Ein Zettel war mit herausgefallen, der entfaltet auf dem Linoleum lag. Es war eines der Flugblätter, das erkannte Miles sofort, schloss seine Augen für einen Moment und atmete erleichtert aus. Die Flugblätter waren bis hierhergekommen, jetzt lag es nur an seinen Mitschülern, ob sie erscheinen würden.

Als es endlich zur Pause klingelte, fiel die Anspannung von Miles` Schultern. Das Warten auf etwas

Ungewisses war wie eine Folter gewesen, die er nun endlich hinter sich gebracht hatte. Er folgte dem Schülerstrom auf den Pausenhof und blickte sich immer wieder nach Resa, Viktor und den anderen bekannten Gesichtern um. Sie waren nirgends zu sehen. Sein Puls beschleunigte sich, als er in Richtung des roten Mülleimers ging, an dem sich nur ein paar Kinder befanden, die in ein Gespräch vertieft waren. Miles schaute gestresst auf seine Uhr, die schon zwei Minuten nach zehn anzeigte. *Es kommt niemand*, dachte Miles. *Nicht einmal Resa kommt. Vielleicht hat sie es sich anders überlegt.* Plötzlich spürte er Wärme in sein Gesicht aufsteigen und ein Ziehen in der Magengegend. Die Welt vor seinen Augen begann sich zu drehen, als die Zweifel, die langsam in ihm aufgestiegen waren, seinen gesamten Körper durchströmten. War der gestrige Tag vielleicht nur ein Traum gewesen? Hatte er sich eingebildet, dass er Freunde gefunden hatte, die ihm helfen wollten? *Nein*, dachte er. *Ich habe das Flugblatt doch eben gesehen.* Vielleicht auch eine Einbildung? Miles ballte seine Hände zu Fäusten und versuchte ruhig ein- und auszuatmen, um sich zu beruhigen.

Auf einmal sah er bei einem der Schüler, die sich unterhielten, ein Flugblatt in der Hand. Der Schüler drehte sich suchend um und wendete sich wieder seinen Freunden zu, die nun auch aus ihren Jackentaschen zerknitterte Flugblätter hervorholten. Miles Puls normalisierte sich langsam. Er wollte gerade zu ihnen gehen, da hörte er eine vertraute Stimme an seinem Ohr.

„Hey, kleiner Wicht", flüsterte Resa. Miles drehte sich um, sah in ihren Augen Euphorie aufblitzen und umarmte sie fest. „Ich dachte schon, dass niemand kommt."

„Dann schau dich mal um", rief Resa und zeigte auf eine riesige Menge von Schülern, die mit ihren Flugblättern wedelten. Es waren mindestens fünfzig Kinder.

„Gehört ihr zum Club der Furchtlosen?", rief jemand aus der Menge. Resa grinste.

„Wir gehören alle dazu, wenn ihr wollt." Sie hüpfte aufgeregt zu einem der Schüler und flüsterte ihm etwas ins Ohr. „Bitte weitersagen!", rief sie dann in die Menge. „Bitte sagt es so weiter, dass es jeder mitbekommt. Danke!"

„Miles, kannst du denen zuflüstern, dass wir uns nach der Schule an der alten Wassermühle treffen und dass sie es keinem Erwachsenen erzählen dürfen?", wisperte Resa ihm zu. Miles tat, was sie befahl und versuchte, die Information so gut zu verbreiten wie er konnte.

Die Schüler fingen an untereinander zu flüstern. Viele kicherten, was Miles als gutes Zeichen auffasste. Alle wirkten so, als fänden sie es aufregend, Teil eines so großen Geheimnisses zu sein, obwohl sie noch nicht einmal wussten, worum es ging. Nachdem die Information auch bei dem Letzten in der Menge angekommen war, grinsten sie sich gegenseitig an und schauten erwartungsvoll zu Resa und Miles. Doch bevor Resa etwas sagen konnte, ertönte auf einmal ein schriller Schrei.

„Was geht hier vor sich?"‚ kam es von Miles`
Klassenlehrerin, die sich durch die Menge
hindurchquetschte und dabei die Kinder zur Seite stieß.
„Außerschulische Veranstaltungen auf dem
Schulgelände sind strengstens untersagt!"‚ krächzte sie
und riss das Flugblatt auseinander, das sie in den
Händen hielt. „Was geht hier vor sich?" Sie schaute die
Kinder mit aufgerissenen Augen an, ihre dünne Brille
ließ ihr Gesicht echsenähnlich aussehen. Miles und
Resa versuchten so unschuldig wir möglich zu schauen,
auch die anderen Kinder taten so, als wüssten sie nicht,
was los war. Keiner der Schüler beantwortete die Frage
der Lehrerin. Die Gruppe löste sich langsam auf und
ließ die Frau einfach wortlos stehen. Sie kniff ihre
Augen nun zu schmalen Schlitzen zusammen und
blickte Miles und Resa böse funkelnd an, als wüsste sie,
wer hinter der ganzen Sache steckte.

„Das war so genial!"‚ freute sich Miles, der mit
Resa den restlichen Unterricht schwänzte. Sie waren auf
dem Weg zu ihrer Hütte, mit frischen Brötchen vom
Bäcker in der Hand.
„Ich hätte nie gedacht, dass so viele kommen
würden." Resas Haare wackelten lustig im Wind, als sie
kräftig in ihr Brötchen biss. *Sie sieht glücklich aus*, dachte
Miles, der seinen Blick nicht von ihr abwenden konnte.
„Ich bin mal gespannt, wie viele nachher
auftauchen werden. Und ob sie überhaupt alle in die
Hütte passen?"‚ überlegte er und knabberte aufgeregt
an seinen Nägeln.

„Wir können nicht beeinflussen, wer kommt. Wir lassen es einfach auf uns zukommen", sagte Resa, die mit großem Appetit den letzten Bissen ihres Frühstücks herunterschlang.

„Das Wetter ist so schön heute", freute sie sich und blinzelte in die strahlende Sonne. „Hast du schon mal Blumenketten gemacht?"

Sie saßen den gesamten Vormittag auf der Wiese vor der frisch renovierten Hütte und bastelten Blumenketten aus Gänseblümchen. Das Gras war schon lange nicht mehr gemäht worden und wehte leicht im Herbstwind. Die Sonne schien auf ihre Köpfe und sorgte dafür, dass die beiden nicht froren. Am Anfang kam sich Miles sehr grobmotorisch vor, als er versuchte den dünnen Stiel der Blume in das Loch eines anderen Stiels zu stecken, doch mit der Zeit funktionierte es immer besser. Resa und er überlegten währenddessen, welches Ziel sie eigentlich verfolgten und was die Kinder aus Lichtingen dazu beitragen könnten.

„Wenn ich heute schon wieder nichts von Ludmilla höre, muss ich sie suchen gehen", sagte Miles irgendwann, der eine fertige Blumenkette in der Hand hielt.

„Wenn du in den Wald gehst, komme ich mit. Vielleicht erklärt sich noch jemand dafür bereit", antwortete Resa und erblickte Miles Blumenkette. „Die sieht aber schön aus, Miles", kicherte sie.

„Mach dich ruhig lustig über mich. Für mein erstes Mal ist sie wirklich gut geworden", lachte Miles, der aufstand, um Resa die Kette umzulegen. „Ich glaube, ich war zu ungeduldig", stellte er zerknirscht fest, als die Kette nicht über Resas Kopf passte. „Dafür hast du jetzt eine Blumenkrone. Steht dir sehr gut."

„Danke sehr, mein Teuerster", sagte Resa und verbeugte sich. Dann wurde sie wieder still und sah nachdenklich aus, was Miles an der tiefen Falte zwischen ihren hellen Augen erkannte.

„Du hast Recht, wir müssen Ludmilla herausholen. Der Rabe steckt mit den Schatten unter einer Decke und sie weiß es wahrscheinlich nicht", sagte sie mit gesenkter Stimme. Miles stimmte ihr zu. „Ich hoffe so sehr, dass es ihr gut geht."

„Und wir müssen den Bürgern von Lichtingen zeigen, wer ihr heiß geliebter Bürgermeister wirklich ist."

Resa und Miles blieben die Stunden, die der Unterricht noch andauerte, auf der Matratze in der Holzhütte. Sie kuschelten sich unter die Wolldecke und erzählten sich gegenseitig ihre Gedanken. Miles zeigte Resa den blauen Stein von Ludmilla und sie staunte über seine Schönheit. Sie betrachtete ihn lange, drehte ihn in ihrer Handfläche. Miles schaute Resa an.

„Bist du eigentlich zufrieden mit deinem Leben hier in Lichtingen?", fragte er. Sie schaute ihn erst verwirrt an, schien dann aber ernsthaft über seine Frage nachzudenken.

„Ich glaube schon", fing sie an, zog dann ihre Augenbrauen zusammen. „Also keine Ahnung, ich habe noch nie so darüber nachgedacht. Wir haben gar keine andere Wahl, oder?"

Miles verstand sofort was sie meinte. „Nein. Lichtingen ist wie ein Gefängnis und die Wesen in dem Wald sind die Wärter. Sie entscheiden darüber, dass wir unser Leben lang in Lichtingen bleiben müssen."

„Sind es wirklich die Wärter? Wir haben ja nie versucht hinauszugehen."

„Ludmilla hat es versucht", sagte Miles.

„Vielleicht haben wir alle die Wärter in uns, die uns daran hindern, hinter den Zaun zu blicken. Ludmilla hatte sie nicht. Irgendwas ist anders bei ihr."

„Ja, sie ist anders. Und das mag ich an ihr." Resa lächelte ihn an. „Weißt du, ich bin nicht zufrieden mit meinem Leben in Lichtingen. Oder besser gesagt, ich war es nicht." Miles schaute auf. „Was hat sich denn geändert?"

„Ich habe vor ein paar Monaten etwas auf dem Dachboden gefunden, das mich daran erinnerte, was mein Großvater immer zu mir gesagt hatte, als ich bei ihm zu Besuch war. Er sagte immer: *Resa, habe keine Angst, nicht das Richtige zu tun.* Ich habe nie kapiert, was er damit meinte und habe irgendwann angefangen gegen alles zu rebellieren. Wochenlang habe ich versucht, meinen Eltern zu erklären, dass ich ihren Laden nicht übernehmen will. Ich sehnte mich nach etwas anderem. Ich war dieses Leben so satt. Ich war es satt, das zu tun, was *richtig* war, es langweilte mich einfach. Irgendwann bin ich nachts in Häuser eingebrochen und habe mit aller Macht versucht, nicht das Richtige zu machen." Resa seufzte. „Ich glaube, mir ist gerade eben erst klar geworden, was mein Großvater wirklich mit seinem Satz meinte. Ich fühle, dass wir etwas Echtes tun, Miles. Zum ersten Mal in meinem Leben hinterfrage ich und schaue hinter den Horizont." Miles konnte jedes Wort von Resa nachfühlen. „Mir geht es genauso. Lebt dein Großvater noch? Er scheint anders zu sein als die meisten Lichtinger."

Resa schnaubte. „Er ist irgendwann spurlos verschwunden. Meine Eltern und alle aus meiner Familie haben gesagt, er sei gestorben, aber ich durfte ihn nicht sehen und konnte es ihnen einfach nicht glauben. Er war wirklich anders als die meisten Menschen aus Lichtingen. Vielleicht war er vom Wesen ein bisschen wie Ludmilla. Zu seinen Lebzeiten hat er sich viele Geschichten ausgedacht und versucht, so viele wie möglich aufzuschreiben. Er hat auch gerne gemalt, seine Bilder verstauben jetzt auf unserem Dachboden."

„Was ist aus seinen Geschichten geworden?", fragte Miles interessiert.

„Sie sind mit ihm verschwunden. Deshalb bin ich mir sicher, dass irgendwas passiert ist, was meine Familie mir nicht sagen wollte. Das ist aber auch schon lange her."

Miles nahm ihre Hand und drückte sie. Er hatte nicht geahnt, dass Resa so eine Last auf den Schultern trug. Ein warmes Gefühl durchströmte seinen Körper, er war froh, dass sie sich ihm gegenüber öffnen wollte.

Resa blickte irgendwann auf ihre Uhr und stellte fest, dass der Unterricht für die meisten vorbei sein musste und ein paar Minuten später hörten sie schon gedämpfte Stimmen vor der Hütte.

Resa und Miles blickten sich an und grinsten.

„Jetzt sind wir nicht mehr allein", sagte Resa und Miles fand, dass es ein bisschen bedauernd klang.

Der Nachmittag ging wie im Flug vorbei. Es kamen so viele Kinder und jeder brachte etwas mit. Piet und Luna schleppten einen Tisch an, Billy und Viktor trugen jeweils zwei Stühle hinterher. Viele brachten sich Klappstühle mit, ein Junge hatte eine Petroleumlampe dabei, ein Mädchen brachte eine Kiste Getränke und zwei andere sogar Bretzeln für jeden mit. Sie alle lauschten gespannt den Worten von Resa und Miles, die die Geschichte so detailliert wie möglich wiedergaben. Und als sie fertig waren, machte keiner Anstalten zu gehen oder sich darüber lustig zu machen. Miles war erstaunt über das Vertrauen der Kinder, die ihm jedes Wort glaubten. Nacheinander fingen einzelne Gruppierungen an, miteinander zu diskutieren, was die beste Vorgehensweise sei.

Am Ende des Tages, als die Dämmerung hereinbrach, waren sie sich einig, wie sie vorgehen würden. Miles umarmte jeden zum Abschied und blieb mit Resa allein zurück. Sein Herz fühlte sich an, als würde es gleich platzen.

„Ich wusste gar nicht, dass die Kinder aus Lichtingen so cool sind. Und so mutig...", sagte er zu Resa, die sich an ihn lehnte.

„Tja, das stimmt wirklich. Ich bin echt gespannt auf morgen", antwortete sie und seufzte. „Vielleicht ist das unser letzter Sonnenuntergang als Lebende."
Miles knuffte sie in die Seite. „Ich dachte, du bist immer optimistisch."

„Bin ich. Ich weiß, dass alles gut wird", flüsterte sie und drehte sich zu Miles um. Er blickte in ihre hellen Augen und zählte die Sommersprossen auf ihrer Nase.

„Danke", hauchte er und fuhr mit seinen Fingerspitzen durch ihr weiches Haar. Resa beugte sich vor und gab Miles einen hauchzarten Kuss auf den Mund.

„Bitte."

Sie beiden schliefen tief in dieser Nacht, denn sie hatten viele neuen Eindrücke zu verarbeiten. Deshalb bekamen sie es auch nicht mit, dass über ihnen auf dem Dach der Hütte ein dunkler Schatten lauerte, der seine scharfen Krallen in das morsche Holz der Hütte bohrte.

26 Ein sanftes Kitzeln ließ Ludmilla aus ihrer Ohnmacht erwachen. Sie rieb sich über die Nase und schaute verwundert in runde, schwarze Augen.

„Keine Sorge, du bist in Sicherheit", sprach eine sanfte Stimme, von der Ludmilla ein Kribbeln im Bauch bekam. Sie reckte ihre Arme in die Höhe und testete ihre Funktionalität.

„Ich dachte, ich sterbe", sagte Ludmilla, ihre Stimme klang noch ganz verwirrt. Dann fuhr sie mit ihrer Hand über Parzivals glänzende schwarzen Federn und schloss ihre Augen wieder. Parzival strich erneut mit einer Feder über ihre Nase.

„Hey, das kitzelt", kicherte Ludmilla und schob die Feder von sich weg. „Hör auf, ich will noch ein bisschen schlafen."

„Du hast lange genug geschlafen. Du hast noch viel vor dir, Ludmilla", krächzte Parzival und ließ sie auf den moosigen Untergrund sinken. Sie stand auf ihren klapprigen Beinen wie eine gebrechliche alte Frau, als sie versuchte, ein paar Schritte zu gehen.

„Ich will lieber in deinen weichen Federn liegen bleiben", bettelte sie und wollte sich wieder darauf fallen lassen, doch Parzival schob sie wieder nach oben.

„Nein, du musst wieder auf die Beine kommen."
Ludmilla verdrehte die Augen und setzte sich demonstrativ auf den Boden. Dann fiel ihr etwas Wichtiges ein: sie faste sich an ihren Rücken und atmete erleichtert auf, als sie ihren Rucksack spürte.

„Ich merke, dass du etwas Wichtiges wiedergefunden hast", sprach Parzival, der Ludmillas panischen Blick gesehen hatte.

„Ja", sagte Ludmilla. „Woher weißt du davon?"

„Es wurde mir vor einiger Zeit erzählt. Ich wusste sofort, dass du das Mädchen mit der Kraft bist", antwortete er.

„Mit der Kraft?" Ludmilla blickte verdutzt auf ihre Hände. Parzival kitzelte sie wieder mit seiner Feder.

„Du hast die Kraft, deine Angst abzulegen." Ludmilla sah ihn zunächst mit aufgerissenen Augen an. Doch etwas tief in ihr war gar nicht so überrascht über seinen Satz.

„Woher kommt das? Warum kann ich das?" Parzival lies sich vor ihr in das weiche Moos sinken und schien nach den richtigen Worten zu suchen.

„Die Kraft ist erblich bedingt. Deshalb bist du auch so mutig", versuchte er ihr zu erklären.

„Und wieso wusste ich davon nichts? Was bringt es mir?", fragte Ludmilla, die den Reißverschluss ihres Rucksacks öffnete.

„Ich glaube, es ist an der Zeit, dass du es herausfindest."

„Und wie? Ich habe das Gefühl, ich weiß gar nichts mehr", bemerkte Ludmilla. Sie wollte, dass alles endlich Sinn ergab und dass sie einfach ihren besten Freund nach Hause bringen konnte. Parzival stand auf.

„Du musst dich deiner Angst stellen, nur so wirst du es herausfinden", sagte er mit leiser Stimme. Ludmilla wurde mit einem Schlag schwindelig.

„Ich… ich kann mich ihr nicht stellen. Ohne sie bin ich doch viel stärker. Und mutiger, das hast du selbst gesagt" Ihre Stimme zitterte. Sie hatte die im Laken eingewickelte Kiste auf ihrem Schoß liegen und wollte sie am liebsten einfach wegschmeißen. Sie spürte aber noch immer die starke Verbundenheit zu ihrem Inhalt und krallte sich an der Kiste fest.

„Dann lebst du nur ein halbes Leben", antwortete Parzival, der anfing, sich das Gefieder zu säubern.

„Was meinst du denn damit schon wieder?" Ludmilla merkte, wie Wut in ihr hochkam, die sie nur schwer unterdrücken konnte. Sie packte die Kiste wieder in ihren Rucksack und stand mit wankenden Knien auf, um von Parzival ein wenig Abstand zu gewinnen. Der Rabe schien es nicht zu merken, denn er war viel zu beschäftigt damit, sein Federkleid zu bearbeiten.

„Na super, Parzival ist ja wieder richtig gesprächig", murmelte Ludmilla und kickte ein paar Tannenzapfen vor sich her. Sie blickte sich um und erkannte, dass Parzival sie wieder zurück in den tiefen Wald geflogen hatte. Sie sah die dicken Baumstämme und das fast undurchdringliche Grün der Tannen. Sie sah das bunte Laub auf dem Boden und riesige Pilze, die an der Rinde wuchsen. Mit einer Falte auf der Stirn näherte sie sich ihnen und begutachtete sie. Das sind dieselben Pilze, die meine Pflegemutter mitgebracht hatte, dachte sie verwirrt. Komisch, dass die hier auch wachsen.

Sie vermisste sie. Mit voller Wucht kam das Gefühl, welches sie fast auf den Boden riss. Sie stützte sich an einem Baum ab und atmete tief durch. Die letzten Tage waren für sie die aufregendsten, aber auch die schlimmsten ihres bisherigen Lebens gewesen. Sie hatte das Gefühl, dass sie langsam nicht mehr unterscheiden konnte, was Realität war und was nicht. In ihrem Kopf war sie so verwirrt, dass sie zwischenzeitlich immer wieder ihr Ziel aus den Augen verloren hatte. *Was geht hier vor? Was will der Wald von mir?* Und was, verdammt, war mit ihrem Herzen los, das immer anfing wie wild zu pochen, sobald sie Parzival sah. Betrog ihr Herz sie? Sie vertraute ihm blind, ohne zu hinterfragen, wieso er ihr andauernd half. Sie musste sich endlich Klarheit verschaffen. Doch konnte sie Parzivals Worten trauen? Sie wollte ihre Angst nicht Besitz über sich ergreifen lassen. Doch vielleicht war das der einzige Weg…

Parzival fand Ludmilla, die sich zu einer Kugel zusammengerollt hatte.

„Es ist okay, dass du verwirrt bist. Kein Wunder, du hast so viel erlebt", sprach er leise. „Und du kannst mir vertrauen", fügte er noch hinzu.

Ludmilla blickte auf, ihre Augen waren glasig. „Ich vertraue dir. Aber ich habe nicht die Kraft dafür, mich meiner Angst zu stellen. Sie ist zu düster."

„Wenn jemand die Kraft dazu hat, dann bist du das, Ludmilla."

„Und wenn ich dann so werde wie die Lichtinger? Ich möchte mich nicht zu Hause verkriechen und Angst vor der Welt haben", schluchzte sie. „Ich wünschte, Palle wäre hier. Ich kann es nicht ohne ihn."

Parzival schwieg mit gesenktem Kopf. Als er wieder aufblickte, lag etwas tief Trauriges in seinem Blick. Er hüpfte auf Ludmilla zu und umflügelte sie mit seinen riesigen Schwingen. Ludmillas Tränen liefen unaufhaltsam aus ihren Augen und sie schluchzte so laut, dass es Parzival fast das Herz zerriss.

„Sag es mir", presste sie zwischen ihren Weinkrämpfen hervor. „Bitte."

„Ich weiß, was mit den Kindern passiert, die in den Wald gebracht werden", fing er an und drückte Ludmilla noch stärker an sich. „Sie werden zu einem Teil des Waldes. Sie werden von den Ascheschatten zu dem Baum der Vorhersehung gebracht und müssen von dem schwarzen Harz trinken. Dann lassen sie sie laufen, doch ein paar Stunden später werden sie zu einem Teil des Waldes."

„Heißt das, dass Palle vielleicht ein Baum geworden ist?", flüsterte Ludmilla und schluckte. Sie erstickte fast an ihren eigenen Tränen.

„Er kann alles Mögliche geworden sein. Ein Teil des Flusses, ein kleiner Pilz, oder eine große Eiche. Ich weiß es nicht. Ich glaube, wir werden ihn nicht finden, der Wald ist zu groß."

„Kann er es nicht flüstern, so wie die Bäume aus deiner Geschichte?", fragte Ludmilla, die ihn hoffnungsvoll anblickte. Doch Parzival schüttelte nur seinen von Federn übersäten Kopf. „Er wird sich nicht erinnern, dass er einmal ein Menschenkind gewesen war. Es tut mir leid, Ludmilla. Er ist nun ein Teil von hier. Er wird nie mehr zurückkehren."
Ludmilla schluckte. Sie glaubte ihm. Ein Teil von ihr war aber nicht bereit, Palle loszulassen. Dieser Teil war so stark, dass er sie überzeugen konnte, anderer Meinung als Parzival zu sein. „Ich kann ihn finden. Er muss irgendwo sein.", sagte sie entschlossen. „Er ist mein bester Freund, Parzival."

„Ich weiß", seufzte der Rabe.
Ludmilla trocknete ihr Gesicht an seinen Federn, die nach frischem Wind rochen.

„Ich werde mich meiner Angst stellen, sobald ich Palle gefunden habe", verkündete sie. Parzival lächelte.

„Ich glaube, dein Optimismus ist stärker als die Angst in deinem Rucksack", krächzte er und hob flatternd seine riesigen Flügel. „Komm, wir suchen ihn."

Mit diesen Worten hob er sich in die Luft und Ludmilla krallte sich in sein Gefieder. Sie schrie, als er die Kronen erreichte und immer weiter in die Höhe stieg.

„Halte dich gut fest!", rief er und ließ sich plötzlich fallen. In Ludmillas Bauch drehte sich alles. Die frische Luft peitschte ihr ins Gesicht und es schien für einen Moment, als würde sie alle negativen Gedanken davonpusten. Der Rabe fing sich wieder und segelte nun langsamer durch die Lüfte. Ludmilla wagte einen Blick nach unten und staunte. Die Spitzen der Tannen sahen aus, als würden sie wie kleine Pfeile in die Höhe schießen. Sie leuchteten in einem satten Grün.

„Der Wald sieht wunderschön aus von hier oben!", schrie Ludmilla gegen den Fahrtwind. Parzival machte zur Bestätigung kleine Schlenker, die Ludmilla zum Lachen brachten.

Plötzlich stieß sie jemand von der Seite an. Parzival schlingerte für einen kurzen Moment und Ludmilla musste sich doppelt so doll festhalten, damit sie nicht herunterfiel. Ein Ascheschatten hatte die beiden im Visier und sah aus, als wäre er bereit, erneut anzugreifen.

„Vorsicht ein Schatten! Flieg tiefer, Parzival", rief Ludmilla und der Rabe folgte ihren Anweisungen. Sie nahmen schnell an Höhe ab, doch der Schatten verfolgte sie weiterhin. Seine Flügel sahen eher aus wie ein langer, zerschlissener Umhang, den er hinter sich herzog. Parzival bemerkte, dass sie ihn nicht so leicht abschütteln würden und begab sich noch ein Stück tiefer, sodass er mit seinen Krallen fast die Spitzen der Bäume berührte. Der Schatten näherte sich. Kurz bevor er Ludmilla erreichen konnte, um seine Klauen nach ihr auszustrecken, machte Parzival einen Sturzflug in den tiefen Wald hinein. Der Schatten war darauf nicht vorbereitet und flog einige Meter weiter. Er hatte die beiden verloren.

„Sehr gut, Parzival", grinste Ludmilla außer Atem, ihr Gesicht war ganz rot von der kalten Luft geworden.

„Danke." Parzival hüpfte freudig durch den Wald. Der aufregende Flug schien ihm Spaß gemacht zu haben.

„Schau mal, da vorne ist ein Fluss. Hast du Durst?"
Ludmilla ließ sich nicht zweimal bitten und folgte dem Vogel bis zu dem Ort, der leise rauschte.
Sie trank viele große Schlucke und fühlte sich sofort stärker. Dann ließ sie sich neben Parzival auf das weiche Gras fallen und blickte sich um.

„Moment mal", sagte sie plötzlich. „Ich war hier schon mal." Sie stand auf und lief zu einem krumm gewachsenen Baum, unter dem ein zermatschter Pilz lag.

„Parzival! Hier, der Pilz ist von mir!", rief sie ihm zu, in ihrer Stimme lag Aufregung. *Das kann doch kein Zufall sein,* dachte sie. *Ich gelange zwei Mal an diesen Ort, doch warum?* Ihr Herz setzte für einen kurzen Moment aus. *Ich weiß, warum ich hier bin,* dachte sie. Das hier war kein Zufall. *Ich weiß, wo er ist.* Mit schnellen Schritten lief sie zu dem Baum, der ihr in der Nacht geholfen hatte.

Er stand da, groß, mächtig und so vertraut wie zuvor. Sie weinte, als sie ihn umarmte. Es gab keinen Zweifel.

„Parzival. Ich habe Palle gefunden", rief sie ihrem gefiederten Freund zu. Er kam mit schnellen Sprüngen an den Baum heran.

„Woher weißt du das?", fragte er skeptisch.

„Ich erkenne meinen besten Freund. Außerdem glaube ich, dass wir nicht ohne Grund hier gelandet sind. Wie können wir ihn wieder verwandeln?" Ludmilla ließ die Äste von Palles Baum nicht mehr los.

„Ich bin mir nicht sicher", antwortete Parzival. „Aber wenn es eine Lösung gibt, dann wirst du sie vielleicht erfahren, wenn du die Kiste öffnest und deine Angst befreist."

Ludmilla nickte ihm zu. Mit pochendem Herzen öffnete sie ihren Rucksack und hob die Kiste heraus. *Ich vertraue dir*, dachte sie, als sie einen letzten Blick auf Parzival warf. Der Vogel schaute ihr gespannt zu, wie sie den Deckel hob und der schwarze Klumpen zwischen dem roten Samt zum Vorschein kam. Ludmilla nahm ihn hoch, legte ihn an ihren Mund, hob ihren Kopf und würgte ihn in einem Stück herunter.

Um sie herum wurde es schwarz.

27 Resa und Miles wachten am nächsten Morgen schon früh auf, denn bei beiden meldete sich der Hunger. Resa zog Miles` Pullover an und verließ die Hütte, um in die Stadt zu gehen, weil sie ihnen Frühstück besorgen und ihren Eltern Bescheid geben wollte, dass sie sich keine Sorgen um sie machen mussten. Miles ging in der Zwischenzeit hinaus auf die Wiese und pflückte ein paar kleine Blümchen, die er in einer halb zerdrückten Coladose platzierte.

Als Resa wiederkam, hatte sie eine große Tüte dabei, die köstlich duftete.

„Hast du Essen für den ganzen Tag besorgt?", fragte Miles belustigt, der einen Blick in die Tüte warf.

„Wessen Magen hat denn heute morgen wie wild gegrummelt?", lachte Resa.

„Deiner auch!" Miles zeigte auf sie.

„Du hast Recht", sagte Resa und breitete die Tüte auf ihrem neuen Tisch aus. Er machte die Hütte viel wohnlicher und Miles fühlte sich hier mehr Zuhause, als er es je bei seinen Eltern getan hatte.

Nachdem sie fertiggegessen hatten und nur noch wenige Krümel in der Tüte zurückblieben, nahm Miles seine Worte zurück.

Mit vollem Magen saßen sie auf den Stühlen und überlegten, wie sie ihren Vormittag sinnvoll nutzen konnten.

„Wir könnten zu dem Wald spazieren und ihn von der Nähe anschauen", schlug Miles vor und Resa willigte ein. Es waren noch mehrere Stunden, bis die Schulglocke klingelte und die Kinder zu ihnen kommen würden.

Sie liefen über das noch taunasse Gras und erblickten die Spitzen der riesigen Tannen, die sich vor ihnen auftaten. Nach wenigen Minuten waren sie an dem Zaun angekommen. Der Boden davor war überwuchert mit Kräutern und Wildblumen, denn niemand in Lichtingen kümmerte sich um die Pflege. Der Zaun wirkte sehr stabil, als Miles ihn berührte. Seine Finger glitten über das Metall und er fragte sich plötzlich, ob er ihn schon jemals berührt hatte.

„Warst du schon einmal so nah an dem Wald?", fragte er Resa, die neben ihm stand und genau so schaute, wie er sich fühlte.

„Nein, noch nie", flüsterte sie leise, mit einem Blick durch den Zaun und zwischen den Bäumen hindurch, als könnte sie böse Gestalten auf sich aufmerksam machen, wenn sie zu laut sprach.

Es ist komisch, dachte Miles. Schon als kleines Kind wurde ihm immer gesagt, dass der Wald tabu sei. In der Grundschule wurde den Kindern am ersten Tag beigebracht, wie wichtig der Zaun war und dass es verboten war, sich ihm zu nähern. Miles hatte das Gefühl, dass es das erste war, was ihm überhaupt für sein Leben mitgegeben wurde und es hatte sich verankert, wie ein Biss eines Hundes, der nicht mehr loslassen wollte. Jetzt, wo er vor dem Wald stand und den Zaun zwischen seinen Fingern spürte, kam ihm das Ganze vor wie eine große Lüge.

„Warum erziehen die Lichtinger ihre Kinder zu Feiglingen?", fragte Resa leise, die wohl ähnliche Gedanken wie Miles hatte.

„Sie wollen verhindern, dass wir das sehen, was sich in dem Wald befindet. Deshalb müssen wir Ludmilla und Palle unbedingt herausholen. Sie muss ihnen erzählen, was sie gesehen hat." Miles schaute sie mit entschlossenen Augen an. „Heute ist der Tag, an dem wir die Mission starten. Wir dürfen keinen weiteren Tag verlieren."

Sie liefen zurück zu ihrer Hütte und bereiteten alles für die kommenden Stunden vor. Miles schrieb zwei Listen, denn sie hatten zwei verschiedene Missionen geplant. Auf der einen stand: *Die Wald-Mission*, auf der anderen stand: *Die Fabius-Mission*. Auf den Listen standen die jeweiligen Kinder, die sich bereit erklärt hatten teilzunehmen und die Dinge, die sie mitbringen würden.

„Ich hoffe, dass Piet die Waffen von seinem Vater klauen kann. Der merkt das doch bestimmt", wendete Miles ein. Ihm war nicht wohl bei dem Gedanken, mehrere Schusswaffen bei einer Gruppe von Kindern zu haben.

„Er bringt nur eine mit und die ist nicht einmal geladen", antwortete Resa, als sie sich Miles Listen schnappte.

Schon um kurz nach zehn kamen die ersten Kinder aus der Schule zu ihnen. Sie setzten sich an den Tisch und auf die Matratze und erzählten von ihrem Schultag.

„Die Lehrerin war immer noch sauer und wollte wissen, was wir auf dem Hof besprochen haben", sagte ein Mädchen, die einen vollgepackten Rucksack auf ihrem Schoß liegen hatte.

„Wir sind dann einfach während der Pause gegangen", sagte ein Junge, der mehrere Flaschen Wasser mitgebracht hatte. „Ich glaube, die anderen kommen auch gleich."

Ein paar Minuten später waren alle, die auf der Liste standen, in der Hütte versammelt. Resa stellte sich auf den Tisch und verkündete den Ablauf.

„Die Wald-Mission stellt sich bitte auf die rechte Seite der Hütte", rief sie und die Hälfte der Kinder bewegte sich dort hin. Die andere blieb stehen, sie gehörte zu der Fabius-Mission.

„Sehr gut. Die Wald-Mission wird gleich aufbrechen. Aber vorher muss ich kontrollieren, ob ihr an alles gedacht habt. Luna, hast du die rote Schnur dabei?"

Luna kontrollierte ihren Rucksack. „Ja, fünfhundert Meter Schnur sind hier drin."

„Viktor, hast du dein Taschenmesser eingepackt?", fragte Resa und Viktor nickte. „Gut, dann braucht ihr noch die Tarndecke, ein Pflanzenlexikon und Proviant, sowie Wasser." Alle nickten, sie schienen bereit zu sein.

„Wenn ihr durch den Zaun klettert, bindet ihr die Schnur an ihm fest und rollt ihn langsam ab. So könnt ihr immer wieder nach Hause finden", sagte Resa. „Miles wird euch begleiten", fügte sie hinzu und lächelte ihn matt an. Sie hatten sich in unterschiedliche Gruppen eingeteilt.

„Jetzt kommen wir zu der Fabius-Mission", rief sie wieder mit lauter Stimme, alle hörten gespannt zu. „Piet, du hast die Handschellen und die Waffe mitgebracht, oder?"
Piet nickte und klopfte auf seinen Beutel. Die Kinder um ihn herum schauten ihn erschrocken an. „Sie ist natürlich nicht geladen." Piet zwinkerte in die Runde.

„Dann brauchen wir noch ein langes Seil", fuhr Resa fort, „eine Kamera und die verschließbaren Plastiktüten."
Die geforderten Dinge wurden hochgehalten.

„Am besten verstecken wir die Sachen so gut wie möglich, um kein Aufsehen in der Stadt zu erregen."

Um die Mittagszeit herum betraten die beiden Gruppen die Wiese vor der Wassermühle. Sie sahen ein wenig eingeschüchtert aus, doch nicht unsicher. Sie bestärkten sich gegenseitig, dass sie das Richtige taten. Miles hatte das Gefühl, die meisten waren einfach froh, dass sie die Möglichkeit bekamen, ein Abenteuer zu erleben.

„Wir bringen Ludmilla und Palle nach Hause!", rief die eine Gruppe und feuerte sich gegenseitig an.

„Wir zeigen den Bürgern von Lichtingen, wer ihr Bürgermeister in Wahrheit ist!", rief die andere Gruppe.

Resa und Miles hielten sich im Arm und beobachteten sie.

„Das hast du geschafft", flüsterte Miles. „Danke."

„Ohne dich wäre hier niemand", sagte Resa.

Sie schauten einander an und wussten plötzlich nicht mehr, was sie sagen sollten.

„Jetzt müssen wir wohl „Tschüss" sagen", sagte Miles, der Resas Hand nahm.

„Wir sehen uns doch heute Abend schon wieder", antwortete sie, doch ihre Stimme klang wenig überzeugend.

Miles schaute ihr tief in die Augen und beugte sich langsam nach vorne.

„Wir müssen jetzt los", unterbrach sie in dem Moment ein Junge, der Miles auf die Schulter tippte. Miles lächelte Resa verlegen an und schaute dann auf den Boden.

„Okay... Dann sehen wir uns später", murmelte er leise.

„Viel Glück", rief Resa ihm zu, als sie zu ihrer Gruppe ging. Miles schaute ihr hinterher und fragte sich, ob sie sich je wiedersehen würden.

Miles` Gruppe näherte sich dem Wald. Die meisten der Gruppe zögerten, als sie ihn erreichten, nur ein paar Mutige streckten ihre Hand aus, um den Zaun zu berühren.

„Bevor wir hineingehen, sollte ich euch erstmal alles über den Wald erzählen, was ich weiß. Ich will, dass ihr so gut wie möglich vorbereitet seid", fing Miles an. Luna und Viktor standen nah nebeneinander und flüsterten. Viktor berührte den Zaun und Luna machte es ihm nach. Auch die anderen trauten sich allmählich näher heran und merkten, dass keine Gefahr zu bestehen schien.

„Ich würde sagen, wir setzen uns erst einmal da vorne auf die Wiese und besprechen ganz genau, was auf uns zu kommen wird und wie wir vorgehen", sagte Miles. Die anderen nickten und folgten ihm. Trotz des anstehenden Abenteuers und der möglichen Gefahr, die sie sich aussetzen werden würden, fühlte Miles sich gut. Er lernte eine neue Seite an ihm kennen, die ihm gefiel. Die Kinder hörten ihm zu und taten was er sagte. Und sie sahen ihn anders an als früher, das spürte er ganz deutlich. Sie respektierten ihn, weil er sie auch respektierte.

Als alle in einem Kreis zusammensaßen und ihn auffordernd anschauten, begann Miles noch einmal alles haarklein zu erzählen, was er von Ludmilla wusste.

„Es ist die Angst, die dort herrscht. Ich glaube, das einzige Mittel sie zu bekämpfen ist, dass ihr ihnen zeigt, dass ihr keine Angst habt", erklärte er und jeder stimmte ihm zu.

„Wir haben keine Angst", sagte ein Mädchen, die bequeme Wanderschuhe trug.

„Woher hast du die Schuhe?", fragte der Junge neben ihr.

„Das sind ganz alte von meinen Eltern, sie haben die mal von außerhalb mitgebracht." Alle schauten sich erstaunt die Schuhe an, sie sahen mit ihren Halbschuhen ein wenig neidisch aus.

„Ich bin mir sicher, dass alle gut vorbereitet sind. Habt ihr genug Wasser und Proviant für den Tag eingepackt? Am Abend sollten wir wieder zurück sein."

Resa und ihre Gruppe liefen den Hügel hinab in die Innenstadt. Bevor sie die Straßen erreichten, lösten sie sich in kleinere Gruppierungen auf, sodass sie nur noch mit höchstens vier Kindern unterwegs waren. Resa hatte ihnen gesagt, jede Kleingruppe sollte einen anderen Weg zu Fabius` Büro einschlagen, um so wenig Aufmerksamkeit wie möglich zu bekommen. Resa lief mit Piet, Billy und Ida durch kleine Nebengassen. Sie redeten nicht, denn jeder schien in tiefen Gedanken versunken zu sein. Ihre Herzen pochten immer schneller, je näher sie dem Kirchturm kamen, den sie schon von Weitem sahen.
Sie begegneten wenigen Menschen auf den Straßen, was sie ein minimal erleichterte. Als sie ankamen, waren schon weitere Gruppen aufgetaucht, die so unauffällig wie möglich in der Nähe des Marktplatzes herumschlichen. Als Resa alle Gruppen zählte, gab sie ihnen ein Zeichen, dass ihr Plan nun losgehen würde. Ida, Billy und Piet hielten sich nahe bei ihr und folgten

ihr zur Bürotür von Fabius. Billy hielt die Plastiktüten bereit, Piet griff nach der Pistole unter seiner Jacke und Resa öffnete die Abdeckung ihrer Kamera. Ida blickte ihnen noch einmal ins Gesicht, atmete tief durch und klopfte an der Tür.

Zunächst passierte nichts. Sie standen wie Statuen vor der Tür des Bürgermeisters und warteten darauf, dass etwas geschah. Allen kamen die Minuten, die vergingen, vor wie eine Unendlichkeit. Piets Finger, die er um die Waffe geschlossen hielt, wurde langsam schwitzig.

„Vielleicht ist er nicht da", wisperte Ida, die ein paar Schritt nach hinten getreten war. Resa konnte nicht antworten. Sie starrte auf die Klinke, als könnte sie sie beschwören sich zu bewegen. Kurz bevor sie sich aus ihrer Anspannung lösten, öffnete sich die Tür und Fabius stand mit einem überraschten Gesicht vor ihnen. Der Blitz, der aus Resas Kamera kam, ließ Fabius für einen Moment nur noch weiß sehen. Resa, Piet, Billy und Ida nutzen den Moment, um ihn in das Innere seines Büros zu drängen. Drei weitere Kinder folgten ihnen, die restlichen hielten vor der Tür Wache.

„Was soll der Mist?", kam es von Fabius, der mit erhobenen Händen nach Hinten stolperte. Als Piet seine Pistole zückte, weiteten sich seine Augen.

„Was zum...", presste er hervor und versuchte mit seinen Augen die von Piet zu fokussieren.

„Hey. Nimm die Waffe herunter, das ist nicht lustig", sagte er mit sanfter Stimmte, doch Piet dachte nicht daran. Er behielt Fabius weiterhin im Visier und sagte nichts.

„Setz dich auf den Stuhl!", befahl Resa, die ihre Kamera einsatzbereit in der Hand hielt.

„Erklärt mir doch erstmal, was überhaupt los ist", stotterte Fabius, der auf einmal sehr eingeschüchtert wirkte. Schweiß tropfte von seinen gegelten Haaren.

„Das werden wir, wenn du dich *verdammt noch mal* auf den Stuhl setzt", zischte Piet, dessen Stimme mit der Waffe in seinen Händen doppelt so gefährlich klang. Fabius setzte sich auf einen in Samt eingeschlagenen Stuhl und beobachtete die Kinder mit einer tief in Falten gelegten Stirn.

„Ganz ruhig, Kinder. Was wollt ihr?", sagte er nun nicht mehr so sanft, denn in seiner Stimme schwang sich langsam aufbauende Wut mit.

„Ida, die Handschellen", rief Resa ihrer Freundin zu, die die Handschellen zückte und damit auf Fabius zutrat.

„Schieß, wenn er sich wehrt", sagte sie leise zu Piet, aber laut genug, damit Fabius sie verstand. Piet nickte und nahm weiterhin den Bürgermeister nicht aus dem Visier. Fabius war wie erstarrt, als Ida ihm die Handschellen so um die Hände legte, dass er an dem Stuhl gefesselt war.

„Ganz ehrlich, was soll das", motzte er sie an und sah dabei ganz und gar nicht glücklich aus.
Resa trat nah zu ihm heran. „Wir wissen, was du bist", spuckte sie ihm förmlich entgegen. „Und wir haben keine Angst vor dir." Ihre Stimme klang erstaunlich

gefestigt. Es war wirklich keine Spur von Angst in ihr erkennbar, was selbst Resa wunderte.

Fabius schaute sie mit einem undurchdringlichen Blick an. Er schien langsam zu begreifen, worauf die Kinder hinauswollten.

„Sag uns, wo du die Fläschchen mit dem Harz aufbewahrst", befahl sie.

„Ihr liegt falsch. Ich habe so etwas nicht", zischte er ihr entgegen. Ihren Blick konnte er jedoch nicht standhalten und blickte seufzend zu Boden.

„Durchsucht das Büro", beauftragte Resa die anderen, die sich gleich ans Werk machten. Fabius presste seine Lippen aufeinander.

„Wir werden etwas finden, da bin ich mir sicher", flüsterte Resa ihm ins Ohr.

„Ach ja? Und woher willst du das so genau wissen?", sagte Fabius ärgerlich.

„Wir haben dich gesehen. Du hast die Flaschen von dem großen Vogel entgegengenommen. Wir wissen, dass du der Spion bist, der dafür sorgt, dass die Bürger in Angst und Schrecken in Lichtingen leben müssen. Wir werden ihnen helfen, das zu erkennen", sagte Resa und sah eine Spur von Erkenntnis in Fabius` Gesicht.

„Hier ist etwas", kam es plötzlich von Billy. Sie hatte das große Gemälde von Fabius abgenommen, hinter dem sich ein Tresor offenbarte. Fabius trat mit dem Fuß auf.

„Ihr habt es gefunden", sagte er. „Doch es ist anders als es wirkt."

Resa lachte. „Wir glauben dir nicht. Wir haben dir nie geglaubt. Nicht eine schleimige Rede, die du vor unseren gutgläubigen Eltern gehalten hast, glaubten wir."

„Dann hört mir wenigstens zu", bat Fabius.

„Nur wenn du uns verrätst, wie wir den Tresor öffnen können", sagte Resa, die ihn herausfordernd anblickte. Fabius ließ seinen Kopf sinken. „Na gut. Ich werde euch das Passwort aber erst sagen, nachdem ich euch alles erklären konnte."

„Das wünschst du dir wohl", antwortete Resa, die Piet aufforderte, seine Waffe an Fabius Schläfe zu halten.

„Du bist einer der Schatten. Zeige uns deine wahre Gestalt", sagte sie und hob ihre Kamera.

„Ich bin kein...", fing Fabius an, doch Piet drückte die Waffe nur noch fester gegen seinen Kopf.

„Na los! Sag uns endlich das Passwort", schrie er ihn an. Fabius Gesicht wurde rot, seine Adern auf der Stirn traten hervor.

„Na schön", presste er hervor. „Ihr müsst ein Wort so leise ihr könnt flüstern, dann öffnet sich der Tresor. Das Wort lautet: *Ludmilla*."
Stille breitete sich in dem Büro aus. Ida ließ die Unterlagen fallen, die sie durchforstet hatte. Resa ließ ihre Kamera sinken und Piet vergaß fast die Waffe festzuhalten.

„Du kranker Mistkerl", flüsterte Resa und blickte zu Billy, die mithilfe des Wortes den Tresor öffnen konnte.

„Jetzt lasst mich doch bitte erklären", kam es mit einer verzweifelten Stimme von Fabius. „Ihr habt den Falschen."

„Das sieht aber nicht danach aus", blaffte Resa ihn an, die das schwarze Fläschchen aus dem Tresor nahm und in eine Plastiktüte verstaute.

„Was ist denn damit, Fabius? Gehört dir das Zeug etwa nicht?" Resa wedelte mit der Tüte vor seinem Gesicht herum. Dann legte sie es auf den Schreibtisch und schoss einige Fotos davon.

„Das ist nicht für..", fing Fabius an und wurde von mehreren lauten Schreien unterbrochen, die von dem Marktpatz kamen. Erschrocken blickten sich die Kinder an und verharrten für einen Moment in einer Schockstarre.

„Was ist jetzt passiert?", fragte Ida mit zittriger Stimme. Die Schreie vermehrten sich, wurden immer lauter. Die Freunde im Büro ließen alles stehen und liegen und stürzten hinaus ins Freie.

Die Kinder von draußen hatten sich zu einer Menge versammelt und starrten auf etwas, das vor ihnen lag, doch sie verdeckten es und Resa und die anderen konnten zunächst nichts erkennen. Die Kinder weinten, schrien und hielten sich gegenseitig im Arm.

„Was ist hier los?", schrie Resa sie aufgelöst an, doch sie bekam keine Antwort. Sie drängte sich durch die Menge und erblickte vor ihren Füßen auf dem Boden ein Mädchen. Es hatte ein schwarz-weiß gesteiftes Oberteil an und einen orangenen Rucksack auf dem Rücken, ihr Körper war merkwürdig verengt.

Resa schnappte nach Luft. Sie fühlte sich plötzlich wie in einem fremden Körper. Wie gesteuert drehte sie das Mädchen zur Seite, um das Gesicht zu sehen.

Es war ohne Zweifel Ludmilla, doch statt ihren Augen befanden sich dunkle, ausgebrannte Höhlen in ihrem Gesicht.

28 Wie in einem dichten Nebel erlebte Ludmilla die Visionen, die über sie hereinbrachen wie ein sich langsam aufbauender Sturm. Zunächst sanft, doch dann mit einer unausweichlichen Mächtigkeit.

Ludmilla betrachtete ihre Hände, die wieder aussahen wie die eines kleinen Mädchens. In ihrem Herzen pochte die hoffende Erwartungshaltung eines Kindes, während sie mit einer kleinen Schaufel den Sand aus einem schmalen, flachen Fluss schippte.
Eine wunderschöne Stimme ertönte hinter ihr, die wie das Rauschen des Flusses und das Zittern der Blätter im Wind klang. „Ludmilla, mein Schatz. Komm ins Haus, gleich zieht ein Sturm auf."
Sie schmiss ihre Schaufel auf die Wiese und blickte mit runden, unschuldigen Augen in den Himmel. Über

ihrem kleinen Kopf kamen riesige dunkle Wolken zum Vorschein. Ludmillas Herz krampfte sich zusammen, als sie die ersten Blitze in der Ferne sah und das Grummeln hörte, das wie ein böses Omen am Himmel ertönte. Panik stieg in ihr auf, denn als sie sich umblickte, war ihre Mutter nicht mehr zu sehen. Der gesamte Himmel verdunkelte sich und grollte immer lauter. Ludmillas Augen füllten sich mit Tränen, die über ihre Pausbacken kullerten. Ein Kloß machte sich in ihrem Hals breit und ließ sie schwer atmen. Ludmilla schloss ihre Augen und atmete tief durch. Dann fing sie an zu würgen. Die schwarze Masse in ihrer Hand kitzelte, als sie sie hin und her schwenkte. Sie kicherte, als sie sie zwischen ihren wurstigen Finger hindurchsickern ließ. Das Grollen wurde lauter, doch Ludmilla nahm es nicht mehr als Bedrohung wahr. Sie schaute nun neugierig in den Himmel und beobachtete die Blitze, die immer wieder aufleuchteten.

Als sie wieder heruntersah, bemerkte sie, dass die Masse aus ihrer Hand gerutscht war. Sie rollte auf den Fluss zu, dessen Strömung an diesem Nachmittag sehr stark war. Ludmilla lief mit wackeligen Beinen hinter ihrer Angst her und kullerte mit ihr zusammen in den Fluss. Sie wollte nach ihr greifen, doch die Angst entwischte ihr und trieb ein paar Meter vor ihr in Richtung des tiefen Waldes. Ludmilla rappelte sich auf und versuchte ihr zu folgen, sie lief so schnell sie konnte. Durch ein Loch im Zaun, schlüpfte das kleine Mädchen in den Wald hinein.

Es wurde dunkler. Die Bäume verschluckten das letzte Licht, doch Ludmilla lief in den Wald, ihrer Angst immer hinterher. Sie drehte sich nicht einmal um und lief immer tiefer hinein und folgte der Strömung des Flusses. Nach einer halben Stunde erreichte sie den schwarzen Klumpen und als sie aufblickte, wusste sie nicht mehr, wo sie war. Sie drehte sich um, suchend, schaute nach ihrer Mutter. Doch sie war allein. Verzweifelt ließ sie sich auf den Boden sinken und weinte.

Ihre Mutter fand sie erst, als die Nacht über den Wald hereingebrochen war.

„Mama", schniefte Ludmilla, die von ihr fest in den Arm genommen wurde.

„Mein Liebling. Zum Glück habe ich dich gefunden", weinte ihre Mutter. Dicke Tränen der Erleichterung flossen über ihr wunderschönes, vertrautes Gesicht. „Papa und ich haben uns solche Sorgen gemacht. Wir haben dich überall gesucht."

Sie nahm ihre Tochter hoch und drückte sie fest an sich, als ein Schatten über ihnen auftauchte.

Er hatte lange Krallen, die er nach dem Kind ausstreckte.

„Nein!", schrie ihre Mutter, die zurücktaumelte. Ludmilla ließ ihre Angst aus ihrer Hand fallen und der Schatten griff danach.

Das kann nicht sein, flüsterte er.

„Lass mein Kind in Ruhe!", schrie Ludmillas Mutter das Schattenwesen an, doch es kam immer näher.

Das ist falsch. Gib sie mir.

„Ich werde sie dir niemals geben!", kam es von ihr, sie sank erschöpft auf die Knie. Sie legte sich schützend über Ludmilla, flüsterte ihr immer wieder ins Ohr, wie sehr sie sie liebte.

Ludmilla sah mit weit aufgerissenen Augen wie das Wesen ihre Mutter in die Luft zog. Sie verschwand in seinem schwarzen Mantel.

„Tilia!", ertönte plötzlich eine verzweifelt klingende Stimme eines jungen Mannes. „Nein!", schrie er, als er merkte, dass er nichts mehr für seine Frau tun konnte.

Der Mann beugte sich zu seinem Kind hinunter und Ludmilla blickte in die traurigen jungen Augen von Fabius. Er zog sie hoch und rannte mit ihr durch den Wald. Er rannte so lange durch die Dunkelheit, bis er mit einem wild schlagenden Herzen Halt machte. Sie waren an einem großen Haus angelangt, in dessen Garten ein riesiges Sonnenblumenbeet angelegt war. Er lief die Stufen, die zu der Villa führten, nach oben und legte Ludmilla erst ab, als er in einem Zimmer in der oberen Etage angelangt war.

Er legte sie in ein Bett und küsste sie auf die Stirn, während er immer wieder von starken Weinkrämpfen überrollt wurde.

„Hier nimm das", flüsterte er irgendwann und gab ihr ihre Angst zurück, die Ludmilla schlimme Albträume verschaffte. Als sie aufwachte, war sie allein.

Geißendes Licht erhellte das graue Zimmer für einen Moment.

29 Als Miles den leblosen Körper von Ludmilla sah, wurde ihm schwarz vor Augen. Die Wald-Mission war kurzerhand abgebrochen worden, als die Schreie der Kinder über den Hügel ertönt waren. Miles war voller Panik mit den anderen zum Marktplatz gerannt, doch was er dort fand, war schlimmer als das, was er sich je hätte vorstellen können.

Er hielt den Körper in seinen Armen, als er weinte. Seine Hoffnung, die er in den letzten Tagen gewonnen hatte, war mit einem Mal verschwunden. Seine Freunde schwiegen, die um ihn herumstanden und die Szene mit verweinten Augen betrachteten. Immer mehr Menschen versammelten sich auf dem Marktplatz, alle waren geschockt von dem Anblick des Mädchens, das sie schon fast vergessen hatten. Miles blieb neben ihr liegen, denn er hatte keine Kraft mehr aufzustehen. Es gab keinen Sinn mehr, in dieser Welt weiterzuleben, die anscheinend nur Schlechtes für ihn bereithielt. Die Angst stieg in ihm auf wie eine Welle aus flüssigem Beton, der sein Herz verhärtete. Plötzlich ertönte ein weiteres Schluchzen, das von einem Mann stammte. Fabius stand aufgelöst neben Miles und blickte auf Ludmilla herunter.

„Nicht auch noch meine Tochter!", schrie er, seine Stimme klang fremd, voller Liebe und voller Hass. Die Lichtinger Bürger blickten verwirrt und traurig ihren Bürgermeister an und den leblosen Körper, der durch Fabius` Weinen durchgeschüttelt wurde.

Alle Bürger aus Lichtingen befanden sich an diesem Tag in der Nähe des Marktplatzes, um die Tragödie mitzuerleben, die sich dort abspielte. Niemand sagte auch nur ein Wort. Alle verharrten in ihrer Schockstarre und versuchten zu begreifen, was das alles zu bedeuten hatte.
Resa hielt ihre Hand vor ihren Mund, sie konnte nicht verstehen, wie das alles passieren konnte. Wie hatte sie sich so in Fabius täuschen können? Ihr Herz schmerzte, als sie Miles` blasses Gesicht sah, das dem von Ludmilla fast glich. Sie beugte sich zu ihm herunter, um ihn zu umarmen, da löste plötzlich die Kamera aus, die noch immer um ihren Hals hing.

„Tut mir leid, das war aus Versehen", flüsterte sie tonlos, aber Miles schien den Blitz der Kamera nicht einmal bemerkt zu haben. Er starrte nur auf den leblosen Körper, den Fabius fest umklammert hielt.

Resa stand wieder auf und wollte ihre Kamera ausschalten, als ihr Blick auf das Display fiel. Sie erkannte darauf Miles` blasses Gesicht und die Füße der Menschen, die sich drum herum versammelt hatten. Von Ludmillas Körper war auf dem Foto nichts zu erkennen. Resa riss ihre Augen auf und taumelte ein paar Schritte rückwärts.

„Miles", kam es krächzend aus ihrem Mund. Als er sich nicht bewegte, versuchte sie es erneut. „Miles". Er blickte mit einem leeren Blick auf.

„Das ist nicht Ludmilla". Ihre Lippen formten die tonlosen Worte und Miles verstand sie. Seine roten Augen weiteten sich, in seinem Kopf schien es zu rattern. Er blickte auf die Kamera in Resas Hand und dann in ihre hellen Augen.

„Sie ist es nicht", wiederholte sie und dieses Mal bewegte sich Miles. Er legte die Hand, die er gehalten hatte, vorsichtig auf die Pflastersteine und stand langsam auf. Dann warf er Fabius einen Blick zu. Fabius starrte ihn geschockt an, er konnte Miles` Gesicht sofort deuten. Er schaute hinab auf den Körper seiner Tochter und fing plötzlich hysterisch an zu lachen. Die Lichtinger wechselten verwirrte Blicke. Ein Raunen ging durch die Menge. Miles schaute sich das Foto an, das Resa geschossen hatte und trat dann mit festen Schritten auf den leblosen Körper zu. Fabius hatte sich ebenfalls aufgerappelt und wischte sich mit seiner Krawatte über sein Gesicht.

„Du bist nicht Ludmilla. Du bist ein Schatten! Zeig dich, denn wir haben keine Angst vor dir!", schrie Miles den Körper an. „Na los, zeig dich!"

Plötzlich bewegten sich die Finger des leblosen Mädchens. Sie zuckten und verformten sich zu schwarzen Krallen. Aus ihrem Körper brach ein riesiges Monster hervor, das sich aus Ludmillas Haut wand, wie eine sich häutende Schlange.

Die Menge schrie auf und alle versuchte sich in Sicherheit zu bringen vor dem, was plötzlich auf dem Markplatz lag. Ein riesiges schwarzes Wesen mit glänzend scharfen Krallen und ausgebrannten Augen. Der Ascheschatten schien ein wenig geschwächt zu sein, er brauchte mehrere Versuche sich aufzurappeln.

Miles schrie das Wesen immer und immer wieder an. „Ich habe keine Angst vor dir!" Die Kinder fingen an, nacheinander mit einzustimmen. Der Ascheschatten krächzte, als würden ihn die Worte treffen.

Ihr solltet doch Angst haben, flüsterte er.

Plötzlich wand er sich erneut, als hätte er große Schmerzen. Er verwandelte sich zurück zu einem Menschen, erst der Kopf und dann der gesamte Körper. Die Verwandlung schien dem Schatten noch mehr Kraft zu rauben, denn er fiel vor den Kindern auf die Knie. Die Lichtinger schnappten nach Luft, denn vor ihnen kniete eine Person, die jeder von ihnen kannte. Es war Miles` Klassenlehrerin, die ihn mit ihren schwarzen Augen anstarrte.

Miles lachte laut auf. „Das ist unser Spion", rief er und die Kinder fielen in sein Lachen mit ein. Sie lachten und lachten, bis der Schatten vor lauter Kraftlosigkeit auf den Boden fiel. Zurück blieb nur ein Haufen Asche, der von der nächsten Böe mitgenommen wurde.

Die Kinder jubelten und fielen sich erleichtert in die Arme. Fabius stand zwischen ihnen und lächelte erschöpft und erleichtert. Als er in den Himmel blickte, erkannte er einen alten Freund. Parzival segelte über ihren Köpfen, auf ihm saß ein Mädchen, das Fabius zuwinkte.

Er lachte, als er seine Tochter endlich in den Armen halten konnte.

30 Miles konnte zunächst nicht glauben, dass er Ludmilla im Arm hielt. Er zwickte ihr immer wieder in die Wange und fragte: „Bist du es wirklich? Bist du es wirklich?" Ludmilla lachte und bestätigte es ihm immer wieder. Sie war unendlich erleichtert, ihn wiederzusehen, sie hatte ihn und sein dunkles Haar fest in ihr Herz geschlossen. Neben Miles stand ein Mädchen, das Ludmilla noch nicht kannte. Sie grinste Ludmilla an und ihre hellen Augen glänzten.

„Hallo. Ich bin Resa", stellte sie sich vor und verschränkte ihre Finger in die von Miles.

„Wie schön dich kennenzulernen! Ich bin Ludmilla", antwortete Ludmilla, Resa war ihr sofort sympathisch.

Miles` Gesicht war immer noch blass. Es schien, als könnte er seine Gefühle und Gedanken nicht richtig sortieren.

„Was ist mit deinem Walky Talky passiert? Was hast du gesehen? Wo warst du?", fragte er aufgebracht. „Und wie kann es sein, dass Fabius dein Vater ist?" Ludmilla atmete tief durch. Sie würde noch lange brauchen, um all das Erlebte zu verarbeiten.

„Ich bin in einen Fluss gefallen, als uns Ascheschatten angegriffen haben. Das Walky Talky ist dann leider kaputt gegangen, tut mir leid", sagte sie und Miles riss seine Augen auf.

„Das Ding ist mir sowas von egal. Ich habe mir nur solche Sorgen gemacht. Wir haben eine Mission gestartet, um dich aus dem Wald zu holen. Wir wurden aber von etwas unterbrochen."

„Was ist denn passiert?", fragte Ludmilla. Miles und Resa blickten sich an. „Wir dachten, dass Fabius der Spion ist, weil wir gesehen haben, dass er von dem Raben das schwarze Baumharz bekommen hat", begann Miles. „Der wahre Spion war aber – Ludmilla, du wirst es nicht glauben – unsere Klassenlehrerin." Ludmilla schaute ihn mit großen Augen an. „Was?"

„Miles hat recht", ertönte plötzlich eine tiefe Männerstimme. Fabius hatte sich zu ihnen gesellt und streichelte Ludmilla über die struppigen Haare.

„Ich habe ihr immer wieder das schwarze Harz gebracht. Sie hat seit vielen Jahren unsere Stadt beobachtet", sprach er. „Als Lehrerin hatte sie ganz besonders die Kinder im Blick und konnte mitentscheiden welche Inhalte im Unterricht durchgenommen wurden."

„Warum hast du ihr geholfen?", wunderte sich Ludmilla und drehte sich zu Parzival um. „Und warum hast du ihm das Harz gebracht und mir nichts davon erzählt?" Parzival schüttelte sich.

„Parzival ist ein enger Vertrauter von mir", kam ihm Fabius zuvor. „Wir kennen uns schon viele Jahre." Er strich über die glänzenden Federn des Vogels. „Wir waren immer wieder im Kontakt. Er hat mir versprochen, auf dich aufzupassen. Und das Harz bringt er mir, weil ich als Bürgermeister die Pflicht habe, die Stadt zu beschützen. Ich war verpflichtet, dem Ascheschatten das Harz zu besorgen."

„Ich verstehe irgendwie nichts mehr", sagte Ludmilla.

„Ich würde es dir gerne näher erklären. Willst du mit mir in mein Haus kommen? Parzival kann auch mitkommen", schlug Fabius vor. Dann drehte er sich zu den Kindern um.

„Ihr seid wirklich mutig.", sagte er freundlich. Dann wurde seine Stimme strenger. "Die Waffe war nicht geladen, oder?"

Piet schaute verlegen auf den Boden. „Natürlich nicht", flüsterte er.

Ludmilla versprach Miles und Resa, dass sie nach dem Gespräch mit Fabius zu der Wassermühle kommen würde.

„Du wirst die Hütte nicht wiedererkennen", sagte Miles mit einem Zwinkern. Seine Augen wirkten glänzender als noch vor ein paar Tagen. Der Schmerz war zwar immer noch darin abzulesen, aber etwas

Weiches war dazu gekommen. Ludmillas Herz überschlug sich fast, als sie ihn so glücklich sah.

„Ich erinnere mich an dieses Haus", sagte Ludmilla erstaunt und berührte die vielen Wildblumen, die in dem Vorgarten vor Fabius` kleinem Haus wuchsen.

„Du hast hier als kleines Kind auch gewohnt", sagte Fabius und sah plötzlich traurig aus. „Wir waren zu dritt. Mit deiner Mama." Er seufzte.

„Sie hieß Tilia, oder?", fragte Ludmilla, die das Namensschild entdeckte. „Cordata?"

„Ich habe ihren Namen angenommen, als wir hierhergezogen sind", antwortete Fabius. Dann schaute er sie ernst an. „Ludmilla, was ist im Wald passiert? Hast du deine Angst zurückbekommen?"
Ludmilla nickte. „Wollen wir reingehen? Ich erzähle dir alles." Parzival hatte es sich zwischen den Blumen gemütlich gemacht und hielt seinen schwarzen Kopf in die Sonne.

Von Innen sah das Haus sogar noch romantischer aus als von außen, doch auch hier war lange nicht mehr vernünftig geputzt worden. Die Gardinen, die lustlos an der Gardinenstange hingen, hatten Mottenlöcher und der Boden war sandig, weshalb Ludmilla ihre Gummistiefel lieber anbehielt.

„Du siehst hungrig aus. Möchtest du etwas essen? Ich habe von gestern noch Kartoffelbrei und Sauerkraut da." Ludmilla lief das Wasser im Mund zusammen und nickte ihm zu. Sie wartete im

Wohnzimmer auf ihn und schaute sich um. Die Wände waren leer, doch es schien, als hätten dort früher mehrere Bilder gehangen. Ludmilla erkannte es an den Nägeln, die Fabius in der Wand gelassen hatte. Sie öffnete die Schubladen einer Kommode und fand die Rahmen unter einem Haufen Papierkram. Ihre Hände zitterten, als sie die drei Personen auf den Fotos betrachtete. Sie erkannte Fabius sofort, er sah nur viel jünger aus als jetzt. Und viel glücklicher. In seinem Arm war eine Frau, die wunderschön aussah. Ihr Lächeln war so breit, dass man ihre geraden Zähne sehen konnte. Sie hielt ein Baby im Arm, das ebenfalls grinste, jedoch mit nur einem Zahn. Ludmilla lächelte, als sie ihre eigenen kleinen Hände erkannte.

„Das sind wir", kam es plötzlich aus der anderen Seite des Raumes. Fabius stand mit einem dampfenden Teller in der Tür. „Ich konnte die Bilder nach dem Tod deiner Mutter nicht mehr ansehen", sagte er mit gesenkter Stimme.

„Ich weiß, was passiert ist. Ich habe es in einer Vision gesehen, als ich meine Angst zurückbekommen habe. Ich bin schuld, dass sie getötet wurde", flüsterte Ludmilla, ihre Stimme stockte. „Es tut mir so leid."
Fabius blickte sie mit traurigen Augen an. „Es ist nicht deine Schuld! Du warst noch ein Kind", sagte er und er sah auf einmal so aus, als würde er es erst jetzt verstehen. „Mir tut es leid. So sehr..." Seine Stimme brach ab. Ludmilla konnte sehen, wie sich seine Augen mit Tränen füllten. Er gab Ludmilla den Teller, die nicht mehr warten konnte zu essen.

„Ich habe den Verlust nicht ertragen. Ich konnte mich nicht um dich kümmern. Jedes Mal, wenn ich dich anblickte, sah ich Tilia. Ich konnte es nicht ertragen und habe dich deshalb den Menschen gegeben, denen ich am meisten vertraut habe." Fabius sprach leise, als er erzählte. Ludmilla hörte ihm mit großen Augen zu.

„Ich wollte dich immer nur beschützen, Ludmilla. Ich wurde Bürgermeister, um mich um den Zaun kümmern zu können, der die Lichtinger daran hindern sollte, den Wald zu betreten. Ich habe den perfekten Bürgermeister gespielt, damit sie mir vertrauten und sie nicht auf die Idee kommen würden, das Dunkle aus dem Wald herauszufordern." Er hielt inne und zwinkerte Ludmilla dann zu, die sofort verstand.

„Wieso bin ich so anders als die meisten Lichtinger? Wieso kann ich meine Angst verlieren? Warum wollte ich unbedingt in den Wald, obwohl du es mit allen Mitteln verhindern wolltest?", fragte sie aufgebracht. „Was stimmt bloß nicht mit mir?"

„Mit dir stimmt alles. Es gibt aber eine Erklärung dafür, wieso du diese Gabe hast", sagte Fabius, der sich ein Glas Wasser nahm und es in tiefen Schlucken austrank. Ludmilla war mehr als gespannt, was er ihr nun erzählen würde. Sie kippelte mit dem Stuhl hin und her und Fabius fing an zu erzählen.

„Deine Mutter und ich kannten uns schon sehr lange. Eigentlich schon seitdem ich mich erinnere. Als kleiner Junge habe ich in einer riesigen Villa im Wald gewohnt. Meine Lieblingsbeschäftigung war es, in den Garten zu laufen und zu schaukeln. Und da war sie. *Tilia. Tilia Cordata.* Eine wunderschöne Winterlinde, deren Äste meine Schaukel trug. Ich habe sie schon damals geliebt, denn sie war mein Zuhause. Viele Jahre später wurde von der Stadt Lichtingen ein Auftrag erteilt, das Holz der schönsten Bäume des Waldes zu holen, um damit ganz besondere Tische zu bauen, die sie teuer verkaufen wollten. Sie fanden Tilia am nächsten Tag und holzten sie ab, denn sie stand hinter unserer Grundstücksgrenze. Aus dem Baum wurde ein Baumgeist und es war ein Wunder, dass sie nicht zu einem Ascheschatten wurde." Fabius schluckte. „Ich glaube, sie wurde zu keinem, weil sie Liebe in sich gespürt hat. Sie kam zu mir und bekam die Gestalt einer Frau. Wir wohnten lange Zeit in Lichtingen – in diesem Haus – und haben dich bekommen."

Ludmilla fuhr sich durch ihr blondes Haar. „Das heißt ja.."

„Ich weiß, es klingt komisch, aber es stimmt. Du bist ein Mensch und du bist auch ein Teil des Waldes. Du hast von deiner Mutter die Kraft geerbt, deine Angst verlieren zu können."

Ludmilla wusste nicht, was sie dazu sagen sollte. Es machte Sinn, aber sie konnte es trotzdem nicht glauben.

„Wieso hast du nie etwas gesagt?", flüsterte sie. „Ich habe dich echt verabscheut all die Jahre."

„Ich wusste, dass du irgendwann die Stadt verlassen und deine Angst finden würdest", sagte Fabius. Sein Gesicht wirkte plötzlich ganz anders als sonst. Viel weicher und herzlicher.

„Ich habe sie wieder in mir. Ich kann sie fühlen. Aber sie ist gar nicht so schwer wie ich dachte", sagte Ludmilla und legte ihre Hand auf ihr Herz, um es pochen zu spüren.

„Ich bin stolz auf dich", flüsterte Fabius unter Tränen. „Ich habe dich so vermisst."
Ludmilla spürte ihren Rucksack neben sich und erinnerte sich plötzlich an etwas.

„Wer hat das Buch geschrieben, das im Keller der Bibliothek versteckt liegt?", fragte sie. Fabius hielt den Kopf schief.

„Was denkst du denn?", grinste er.

„Du?", rief Ludmilla, die fast ihr Glas Wasser umgestoßen hätte.

„Ich und ein alter Freund. Er war ein guter Freund meines Vaters gewesen und hatte sein Leben damit verbracht, über den Wald zu forschen, Bücher zu schreiben und zu malen. Er war viele Jahre außerhalb von Lichtingen und hat mich einiges gelehrt. Es war unser Werk. Ich hoffe, die Karte hat dir geholfen. Als Tilia starb, verschwand auch er." Fabius Augen glitten zum Fenster und er schaute in Gedanken versunken hinaus. „Ich weiß nicht, was ihm passiert ist."

„Wie hieß er?", fragte Ludmilla sanft.

„Bertholt. Aber alle nannten ihn nur Balduin."
Ludmilla schnappte nach Luft. „Ich bin ihm im Wald begegnet." Sie erzählte Fabius von dem verwirrten Fuchs und Fabius lächelte matt. „Er gehörte schon immer in den Wald."

„Ich habe etwas für dich", sagte Ludmilla nach einer Weile und holte aus ihrem Rucksack einen gelben Stein hervor.

„Er soll dir Optimismus und Lebensfreude bringen", erklärte sie und hielt ihn Fabius verlegen hin. Sie umarmten sich lange. Plötzlich klopfte etwas gegen das Fenster. Parzivals Kopf lugte hindurch in das Wohnzimmer.

„Habt ihr alles besprochen?", krächzte er.

„Noch längst nicht", kam es von beiden gleichzeitig. Sie schauten sich an und lachten.

„Wir müssen langsam Palle holen. Bring das Harz mit", sagte Parzival. Ludmilla starrte ihn an.

„Wie war das?", rief sie und sprang von dem Tisch auf. Sie rannte so schnell sie konnte mit dem Fläschchen in den Garten und fiel dem Raben um den Hals. „Können wir Palle zurückbringen?"

„Wir werden es sehen", krächzte er und legte sich auf den Bauch, damit Ludmilla aufsteigen konnte. Sie winkte ihrem Vater zu, der den gelben Stein in der Hand hielt und glücklich lächelte. Dann stiegen sie in die Luft und der kalte Herbstwind wehte durch ihre offenen Haare. Obwohl Ludmilla nun Angst besaß, fürchtete sie sich nicht vor der Höhe. Sie war zwar verletzlicher, doch sie fühlte sich um einiges stärker als vorher. Sie presste ihre Beine an Parzivals Körper und hob ihre Arme. Der Jubelruf war in ganz Lichtingen zu hören.

Die Stimmung in der Stadt war verändert. Es war ein Gefühl von Freiheit, das alle Bürger in sich spürten. Sie wussten, dass jetzt eine Zeit kommen würde, die viel Gutes über die Stadt bringen würde und sie freuten sich darauf.

Ludmilla und Parzival fanden den Baum schnell wieder. Ludmilla kniete sich vor ihm in das Moos und strich über die Rinde.

„Palle", flüsterte sie. „Du brauchst keine Angst haben, ich bin hier."

„Ludmilla." Sie hörte seine Worte deutlich im Rauschen der Blätter.

„Ja, ich bin es. Du wirst wieder ein Mensch. Ich glaube fest an dich." Sie kramte in ihrem Rucksack. „Hier, der Stein ist für dich." Sie hielt den grünen Stein in der Hand. „Er spendet dir Kraft."
Parzival stupste Ludmilla mit seinem Schnabel an. Sie holte das schwarze Fläschchen hervor, die dunkle Flüssigkeit sah dickflüssig aus. Mit einem zweifelnden Blick schaute sie Parzival an, der seine Flügel hochzog.

„Das kann ich ihm nicht geben", flüsterte Ludmilla. „Es ist von dem bösen Baum. Ich glaube nicht, dass ihm das hilft." Sie sank auf dem Boden zusammen. „Ich werde ihn nie wiedersehen", schluchzte sie. Ihre Tränen rollten über ihre Wangen, tropften auf das Moos und versickerten im Boden. „Palle, du bist mein bester Freund. Ich würde alles für dich tun", weinte sie. Sie vergrub ihr Gesicht in ihren Händen.

„Das hast du doch schon", sagte eine kindliche Stimme hinter ihr. Ludmilla blickte erschrocken auf. Palle kniete neben ihr im Gras. Sein Gesicht war ein wenig verdreckt und in seinen Haaren hingen einige Blätter, aber sonst sah er aus wie ihr bester Freund.

„Palle!", schrie Ludmilla auf. Sie schlug sich die Hände vor ihren Mund und schluchzte noch mehr als vorher. Palle nahm sie in den Arm. Sein paillettenbesticktes Oberteil raschelte.

Gemeinsam flogen sie mit Parzival zurück in die Stadt. Ludmilla ließ Palle nicht mehr los. Sie krallte ihn so fest an sich, dass er fast keine Luft mehr bekam.

Die Kinder jubelten, als sie die drei angeflogen kommen sahen. Sie standen auf dem Hügel bei der alten Wassermühle und winkten ihnen zu. Als sie landeten, lief Miles auf Palle zu und hielt ihm seine Hand entgegen.

„Es tut mir leid, was ich dir angetan habe. Ich bin sehr froh, dass du wieder zu Hause bist."

Palle lachte, denn er gehörte zu den Menschen, die niemandem böse sein konnten. Er stieß Miles Hand weg und umarmte ihn.

„Ludmilla hat mir alles auf dem Flug erzählt. Danke, dass du geholfen hast", sagte er.

„Wie geht es jetzt weiter?", fragte Resa einige Stunden später. Sie lief neben ihrer neuen Freundin Ludmilla her, die mit schnellen Schritten auf den Zaun zutrat.

„Es ist an der Zeit, dass die Lichtinger merken, dass es die Angst selbst ist, die sie daran hindert, hinter den Zaun zu blicken. Ich habe mit Fabius geredet, er will ihnen Hilfe anbieten." Sie griff nach dem riesigen Verbotsschild und riss es mit einem kräftigen Ruck ab.

„Es gibt viel Dunkles auf unserer Welt. Die Frage ist aber nicht, wie wir diese Dinge loswerden, sondern wie wir mit ihnen umgehen."